**Fiódor Mijáilovich Dostoievski** nació en Moscú en 1821, hijo de un médico militar. Estudió en un colegio privado de su ciudad natal y en la Escuela Militar de Ingenieros de San Petersburgo. En 1846, su primera novela, *Pobre gente*, fue saludada con entusiasmo por el influyente crítico Belinski, aunque no así sus siguientes narraciones. En 1849, su participación en un acto literario prohibido le valió la condena de ocho años de trabajos forzados en Siberia, la mitad de los cuales los cumplió sirviendo en el ejército en Semipalátinsk. De regreso a San Petersburgo en 1859 publicó ese mismo año la novela *Stepánchikovo y sus habitantes*. Sus recuerdos de presidio, *Memorias de la casa muerta*, vieron la luz en forma de libro en 1862. Fundó con su hermano Mijaíl la revista *Tiempo* y, posteriormente, *Época*, cuyo fracaso le supuso grandes deudas. La muerte de su hermano y de su esposa el mismo año de 1864, la relación «infernal» con Apolinaria Súslova, la pasión por el juego, un nuevo matrimonio y la pérdida de su hija le llevaron a una vida nómada y trágica, perseguido por acreedores y sujeto a contratos editoriales desesperados. Sin embargo, desde la publicación en 1866 de *Crimen y castigo*, su prestigio y su influencia fueron centrales en la literatura rusa, y sus novelas posteriores no hicieron sino incrementarlos: *El jugador* (1867), *El idiota* (1868), *El eterno marido* (1870), *Los demonios* (1872), *El adolescente* (1875) y, especialmente, *Los hermanos Karamázov* (1879-1880). Sus artículos periodísticos se hallan recogidos en su monumental *Diario de un escritor* (1876). Dostoievski murió en San Petersburgo en 1881.

# FIÓDOR M. DOSTOIEVSKI

# Noches blancas y otros cuentos

*Traducción de*
BELA MARTINOVA

PENGUIN CLÁSICOS

Papel certificado por el Forest Stewardship Council®

Primera edición: marzo de 2026
Primera reimpresión: abril de 2026

PENGUIN, el logo de Penguin y la imagen comercial asociada son marcas registradas
de Penguin Books Limited y se utilizan bajo licencia.

© 2026, Penguin Random House Grupo Editorial, S. A. U.
Travessera de Gràcia, 47-49. 08021 Barcelona
© 2007, Ediciones Siruela, S. A.
© Bela Martinova, por la traducción,
cedida por Ediciones Siruela, S. A.
Diseño de la colección: Penguin Random House

*Printed in Spain* – Impreso en España

ISBN: 978-84-9105-805-2
Depósito legal: B-1.132-2026

Compuesto en M. I. Maquetación, S. L.
Impreso en Black Print CPI Ibérica
Sant Andreu de la Barca (Barcelona)

PG 5 8 0 5 2

# Sobre esta colección

En 1934, al regresar a Londres tras visitar a su amiga Agatha Christie, el joven editor Allen Lane hizo un alto en el quiosco de libros de la estación Exeter St Davids y notó que solo se vendían libros caros y de mala calidad. Comprendió que al público lector le haría falta justo lo contrario: buenos libros a un precio asequible. Al año siguiente fundó con sus dos hermanos Penguin Books, la empresa con la que creó el libro de bolsillo e inició una revolución editorial en todo el mundo.

El primer lote de libros de Penguin se lanzó en julio de 1935 y consistió en diez títulos. Los libros tenían un diseño distintivo y uniforme: cubiertas con dos bandas horizontales de color naranja y el logotipo de un pingüino impreso en el frontal. Esta uniformidad contribuyó a que fueran fácilmente reconocibles, mientras que la calidad de la selección demostraba el atractivo de la colección. En los diez meses siguientes al lanzamiento se vendieron más de un millón de ejemplares a seis peniques cada uno.

Los hitos siguieron sucediéndose. En su afán por acercar los libros al público, en 1937 Lane ideó la Penguincubator, una máquina expendedora que ofrecía una selección de libros de bolsillo en la estación de Charing Cross Road, Londres, para que nadie se quedara sin su libro al esperar el tren. Con mayor impacto aún, en 1946 la empresa lanzó la colección Penguin Classics, a fin de que los mejores libros jamás escritos estuviesen a disposición de todos. Su primer título, la *Odisea* en traducción de E. V. Rieu, se convirtió en un best seller.

En la actualidad, Penguin Clásicos, heredera de Penguin Books, sigue haciendo honor a los principios fundadores de Allen Lane. Y con ello bien presente esta serie de clásicos quiere rendir homenaje al diseño original que tanto contribuyó a crear un referente en el mundo de la lectura.

# Índice

# Noches blancas

## (*Belye Nochi*, 1848)

### Un relato sentimental
### (de los recuerdos de un soñador)

… ¿Acaso fue creado para
existir solo un instante
en compañía de tu corazón…?

I. Turguénev

## Noche primera

Hacía una noche extraordinaria, como solo puede hacer, querido lector, cuando somos jóvenes. El cielo estaba tan estrellado y claro que, mirándolo, sin querer te preguntabas: ¿acaso bajo un cielo así puede vivir gente malhumorada y caprichosa? ¡También esta, querido lector, es una pregunta que se hace uno cuando es muy, muy joven, pero quiera Dios que te la hagas más veces…! Hablando de personas caprichosas y de todo tipo de caballeros malhumorados, no he podido dejar de recordar mi propio proceder con tan buena conducta durante todo ese día. Desde por la mañana me estuvo martirizando una extraña melancolía. De pronto me dio la impresión de que al solitario que era yo todos le habían abandonado y le daban la espalda. Claro que cualquiera estaría en su derecho de preguntar: ¿y quiénes son esos todos? Porque llevo ya ocho años viviendo en San Petersburgo, sin poder fraguar una sola amistad. Pero ¿para qué sirven las amistades? Pues, sin necesidad de ellas, conozco toda la ciudad. Y esta es la razón por la que me dio la impresión de que todos me abandonaban cuando los habitantes de San Petersburgo se levantaban para marcharse a sus casas de campo. Me entró un terrible miedo de quedarme solo y me pasé tres días deambulando por la ciudad sumido en una profunda melancolía, sin comprender qué era lo que me sucedía exactamente. Bien caminando por la avenida Nevski o por el jardín, bien paseando por el muelle, no hallaba ni a una sola de las personas con las que solía encontrarme en esos lugares a la misma hora durante todo el año. Ellos, claro está, no me conocen, pero yo a ellos sí. Los conozco bien. Casi tengo estudiadas sus fisonomías y me alegra verlos cuando están contentos y me entristezco cuando sus semblantes se nublan. Prácticamente me he hecho amigo de un ancianito al que veía en la Fontanka todos los días a la misma hora. ¡Qué rostro tan interesante y pensativo! No cesa de murmurar y mover la mano izquierda, mientras que en la derecha lleva un largo bastón de pomo dorado. Incluso se da cuenta de mi presencia y se alegra de verme. Si algo sucediera y yo no pudiera estar en el lugar conocido de la Fontanka, estoy convencido de que se pondría melancólico. He aquí por qué a veces casi nos inclinamos el uno ante el otro, especialmente cuando estamos de buen humor. Hace poco, cuando estuvimos dos días enteros sin vernos, y nos encontramos al tercero, estábamos a punto de quitarnos el sombrero, pero afortunadamente nos dimos cuenta a tiempo, y bajamos las manos, cruzándonos los dos con manifiesto interés. También conozco las casas. Cuando voy andando, parece que cada una de ellas sale corriendo delante de mí por la calle, me mira con todas sus ventanas faltándole poco para decirme: «¡Hola! ¿Cómo está? ¡Yo también, gracias a Dios estoy bien de salud, y en el mes de mayo me van a añadir una planta más!». O bien: «¿Cómo está? ¡A mí mañana me empiezan a hacer obras!». O incluso: «¡Casi me quemo! ¡Qué susto!», etc. De todas ellas, hay algunas casas por las que tengo predilección y con las que también tengo algo de amistad. Una de ellas está dispuesta a curarse este verano bajo la dirección de un arquitecto. ¡Pasaré por allí a propósito todos los días para ver si le hacen alguna chapuza! ¡Que Dios la ampare…! Pero jamás olvidaré la historia de una maravillosa casita de color rosa claro. Era una preciosa casita de piedra que a mí me miraba de un modo tan hospitalario, y a sus torpes vecinas con tanto orgullo, que mi corazón se alegraba cuando tenía ocasión de pasar junto a ella. De pronto, la semana pasada, cuando iba por la calle y miré a mi amiga, en tono lastimoso le oí exclamar: «¡Me van a pintar de amarillo!». ¡Malvados! ¡Bárbaros! No se apiadan de nada, ni de las columnas ni de las cornisas, y mi amiga lució un color amarillo canario. Por este motivo casi me da un ataque de bilis y aún no he recobrado fuerzas para encontrarme con esa pobre y desfigurada casa, que pintaron del color que mejor le fuera al cielo del imperio.

De modo que comprenderá usted, lector, de qué manera conozco todo San Petersburgo.

Como ya dije antes, llevaba tres días martirizándome el desasosiego, hasta que me di cuenta de lo que se trataba. También me encontraba mal en la calle (no está este, tampoco aquel, ¿dónde se habrá metido ese otro?). Y ni siquiera en casa me encontraba a gusto. Dos tardes enteras me he estado preguntando: ¿qué es lo que echaba yo de menos en mi rincón? ¿Por qué me encontraba tan a disgusto en él? Y, sin comprenderlo, observaba sus paredes verdosas, llenas de hollín, el techo cubierto de telas de araña que, con grandes esfuerzos, quitaba Matriona. Miraba los muebles, observaba cada silla pensando si la tristeza pudiera deberse a eso (pues con que hubiera solo una silla mal colocada, como lo estuvo ayer, yo ya no era el mismo), me asomaba a la ventana, y todo era en vano... ¡Nada me aliviaba! Incluso se me ocurrió llamar a Matriona y al instante la reprendí paternalmente por las telas de araña y el desorden general; pero ella solo me miró con asombro y se dio la vuelta, sin responder palabra, de manera que las telas de araña siguen hasta ahora colgando felizmente en su sitio. Por fin, solo esta mañana me he dado cuenta de lo que se trataba. ¡Eh! ¡Pero si se marchan a sus casas de campo huyendo de mí! Pido disculpas por la trivialidad de la frase, pero hoy no estaba yo para expresarme con estilo pulido... ya que todos cuantos había en San Petersburgo, bien se habían trasladado ya a sus casas de campo, bien lo estaban haciendo ahora; porque cada caballero de buena presencia y buen aspecto que alquilaba un coche se convertía ante mis ojos en el respetabilísimo padre de familia que, después de sus quehaceres y obligaciones rutinarios, se dirigía ligero de equipaje al seno de su familia, a la casa de campo; porque cada uno de los transeúntes tenía ahora un aspecto especialmente particular, al que solo faltaba decirle a quien se cruzara: «Nosotros, caballeros, estamos aquí solo de paso, porque dentro de dos horas nos marchamos a la casa de campo». Si se abría una ventana en la que repiqueteaban unos dedos tan finos y blancos como el azúcar, y se asomaba la cabeza de alguna bella muchacha que llamaba al vendedor ambulante de flores, al instante me daba la impresión de que aquellas flores se compraban solo por comprar, es decir, que ello en absoluto se hacía para disfrutar del placer primaveral en el corazón de un piso de la capital, y que muy pronto todos se trasladarían a sus casas de campo llevándose consigo las flores. Por si fuera poco, ya había logrado yo tales éxitos en este nuevo tipo de descubrimientos que ya podía, sin temor a equivocarme, y a juzgar simplemente por el aspecto, adivinar en qué casa de campo vivía cada cual. Los habitantes de las islas Kámenny y Aptékarski, o los del camino de Petergof, se distinguían por la delicadeza de sus maneras, por la elegancia de sus trajes y los maravillosos coches con que venían a la ciudad. Los habitantes de Pargólovo y sus afueras, al primer golpe de vista, «impresionaban» por su nobleza y buen porte. El que vivía en la isla de Krestovski se distinguía por su imperturbable y alegre aspecto. Si se me presentaba la ocasión de cruzarme con una larga hilera de transportistas que caminaban perezosamente con las riendas en la mano junto a sus carretas, llenas hasta arriba, con montañas enteras de todo tipo de muebles, mesas, sillas, sofás turcos y de otras procedencias, y todo tipo de bártulos domésticos, encima de los cuales, en lo más alto de la carreta, a menudo iba sentada una cocinera canija, protegiendo los bienes de sus señores como oro en paño; y si se me ocurría mirar a las pesadas barcas llenas de carga doméstica que se deslizaban por el río Nevá, o por la Fontanka, hasta el río Chiorny o hasta las islas, tanto las cargas como las barcas se multiplicaban ante mis ojos, por diez y por cien. Parecía que todo se había levantado y había emprendido el camino, que se trasladaba en caravanas enteras a las casas de campo; parecía que todo San Petersburgo amenazaba con convertirse en un desierto, de modo que al final me sentía avergonzado, incómodo y triste. Verdaderamente, no tenía nada que hacer y ninguna dacha a la que dirigirme. Estaba dispuesto a marcharme con cada carga, irme con cualquier caballero de aspecto honorable que alquilaba un coche. Pero decididamente ninguno me invitaba. Era como si se hubieran olvidado de mí, como si realmente les fuera ajeno.

Estuve andando mucho rato, de modo que ya me había dado tiempo, como me ocurre a menudo, a olvidarme de dónde me encontraba. Cuando quise darme cuenta estaba a las puertas de la ciudad. De pronto sentí alegría, rebasé la barrera del paso a nivel para cruzarla y caminé por entre los campos y praderas sembrados, sin reparar en el cansancio, más bien sintiendo con todo mi cuerpo que me quitaba un peso del alma. Todos los transeúntes me miraban de un modo tan cordial que solo les faltaba saludarme; absolutamente todos estaban por alguna razón tan contentos que todos ellos, sin excluir a ninguno, fumaban puros. También yo estaba tan alegre como no lo había estado hasta entonces. Es como si de pronto me encontrara en Italia… tanta fue la impresión que causó la naturaleza a un caballero enclenque como yo, que estaba a punto de ahogarse entre las paredes de la ciudad.

Hay algo inexplicablemente conmovedor en nuestra naturaleza petersburguesa cuando, al comenzar la primavera, de pronto muestra toda su potencia, todas las fuerzas que le deparó el cielo; se reviste toda, se engalana, se llena de abigarradas flores… Involuntariamente, me evoca a una muchacha enfermiza y marchita, a la que unas veces se mira con lástima, otras, con cariño y compadecimiento, otras simplemente uno no se percata de ella; y que de pronto, inesperadamente, se convierte en extraordinariamente bella, y usted, impresionado y extasiado, se pregunta sin querer: ¿qué fuerza ha hecho brillar con fuego esos ojos tristes y pensativos?, ¿qué ha hecho sonrosarse esas pálidas y flacas mejillas?, ¿qué cubrió de pasión esos delicados rasgos de la cara?, ¿qué hace que su corazón palpite así?, ¿qué ha suscitado esa fuerza, vida y belleza en el rostro de la pobre joven, obligándolo a iluminarse con esa sonrisa, a revivir con esa resplandeciente y chispeante risa? Uno mira alrededor y busca algo, se da cuenta de algo… Pero pasado un instante, e incluso probablemente al día siguiente, vuelve usted a ver de nuevo la mirada pensativa y despistada de antes, el mismo semblante pálido, la misma humildad y timidez en sus movimientos, e incluso remordimiento y huellas de alguna tristeza mortecina y enojo por un momento de pasión… Y uno siente lástima de que tan pronto, y sin retorno, se haya marchitado aquella instantánea belleza que tan engañosamente y en vano brilló ante usted; se siente triste por no haber tenido tiempo a enamorarse de ella…

Pero ¡a pesar de todo mi noche fue aún mejor que el día! He aquí lo que sucedió.

Regresé a la ciudad muy tarde, y ya habían dado las diez de la noche cuando me propuse volver a mi piso. Mi camino me llevaba a lo largo del muelle del canal, en el que a esas horas no encuentras un alma. A decir verdad, vivo en una zona alejada de la ciudad. Iba caminando y cantando, porque cuando me siento feliz irremediablemente maúllo alguna melodía dentro de mí, como cualquier hombre feliz que no tiene amigos, ni buenos conocidos, y quien en momentos felices de la vida no tiene con quién compartir su alegría. De pronto me sucedió una aventura de lo más inesperada.

Cerca de mí, con los codos en la barandilla del muelle, había una mujer apoyada en la rejilla mirando atentamente las turbias aguas del canal. Llevaba un bonito sombrero de color amarillo y una mantilla muy coqueta de color negro. «Es una joven, y seguramente morena», pensé yo. Al parecer, no se había percatado de mis pasos, y ni siquiera se inmutó cuando pasé junto a ella, con la respiración entrecortada y el corazón palpitando. «¡Qué raro!», pensé, «seguramente estará sumida en algún pensamiento»; y de pronto me detuve como si me hubiera quedado petrificado. Me pareció oír un sordo sollozo. ¡Sí! No me había equivocado: la muchacha estaba llorando, y a cada minuto le sobrevenían sollozos. ¡Dios mío! Se me encogió el corazón. Y por muy vergonzoso que fuera yo con las mujeres, al tratarse de una cuestión así… me di la vuelta, retrocedí un paso hacia ella y al instante habría querido decirle: «¡Señorita!», de no ser porque esa exclamación había sido miles de veces empleada en todas las novelas rusas de alta sociedad. Eso fue lo único que me detuvo. Pero, mientras rebuscaba la palabra, la muchacha se repuso, se dio la vuelta, se percató de mi presencia, bajó la mirada y me esquivó por el muelle. Yo la seguí al instante, pero ella se dio cuenta, abandonó el muelle, cruzó la calle y siguió caminando por la otra acera. Yo no me atreví a cruzar la calle. Mi corazón se estremecía como el de un pajarillo recién capturado. De pronto un suceso salió en mi ayuda.

Al otro lado de la acera, cerca de mi desconocida, de repente apareció un caballero vestido de frac, entrado en años, aunque con unos andares poco nobles. Iba tambaleándose y apoyándose cuidadosamente sobre la pared. La muchacha, por el contrario, caminaba como una flecha, deprisa y tímidamente, tal y como andan todas las jóvenes que no desean que alguien les ofrezca acompañarlas de noche a su casa, y claro está que el caballero que se tambaleaba no la habría alcanzado por nada del mundo, si en mi destino no se hubiera interpuesto una artificiosa estratagema. De pronto, sin decir palabra, el caballero arrancó a correr tras la joven para alcanzar a mi desconocida. Ella caminaba tan rauda como el viento, pero el tambaleante caballero que iba en pos de ella la alcanzó, la muchacha lanzó un grito… y ¡yo bendigo el destino por llevar en aquella ocasión un bastón de nudos en mi mano derecha! Al instante me encontré en la otra acera y el inesperado caballero enseguida comprendió de qué se trataba, y se percató de mi irrebatible motivo. No dijo palabra, se quedó rezagado, y solo cuando ya estábamos muy lejos comenzó a protestar, insultándome en unos términos muy enérgicos. Pero sus palabras apenas llegaban hasta nosotros.

—Deme la mano —dije yo a mi desconocida—, y él ya no se atreverá a molestarla.

Ella en silencio me dio su mano todavía temblorosa por el miedo y el sobresalto. ¡Oh, inesperado caballero, cuánto te agradecí aquel momento! La miré de soslayo: era muy bella y morena: había acertado; en sus negras pestañas todavía brillaban lágrimas de un reciente disgusto o alguna desgracia acaecida. No lo sé. Pero en sus labios ya resplandecía una sonrisa. También ella me miró a hurtadillas. Se sonrojó ligeramente y bajó la mirada.

—Lo ve. ¿Por qué me rehuyó usted antes? Si yo hubiera estado aquí, nada habría ocurrido…

—Pero si yo no le conocía: pensaba que usted también…

—Pero ¿acaso me conoce ahora?

—Un poco. Por ejemplo, ¿por qué está usted temblando?

—¡Oh! ¡Ha acertado al primer golpe de vista! —respondí yo, completamente entusiasmado de que mi muchacha fuera inteligente: eso nunca estorba a la belleza—. Pero si desde el primer momento se dio cuenta usted de con quién trataba. Es cierto, soy tímido con las mujeres. No estoy menos turbado que usted hace un momento, cuando ese caballero le dio el susto… Ahora estoy algo avergonzado. Parece un sueño, y ni siquiera en un sueño podría presentárseme la idea de hablar con una mujer.

—¿Cómo es eso? ¿Es cierto…?

—Y si mi mano está temblorosa es porque nunca había cogido una mano tan agradable y pequeñita como la suya. He perdido la costumbre de tratar con las mujeres; quiero decir que nunca he tratado con ellas, soy un solitario… Si ni siquiera sé cómo hablarles. He aquí que no sé cómo dirigirme a ellas. Tampoco sé ahora mismo si le habré dicho alguna tontería. Dígamelo directamente; se lo aseguro, no soy de los que se ofenden…

—No, nada, nada, al contrario. Y si usted exige que yo sea sincera, entonces le diré que a las mujeres les gusta este tipo de timidez; y si desea saber algo más, le diré que también a mí me gusta, y no le echaré de mi lado hasta llegar a casa.

—Va a conseguir usted que deje de sentirme intimidado —empecé a decirle entusiasmado— y de tener vergüenza al momento, y entonces ¡adiós a todos mis procedimientos…!

—¿Procedimientos? ¿Qué procedimientos? Y ¿para qué? Esto ya sí es una tontería.

—Yo tengo la culpa, se me ha escapado. Pero ¿cómo quiere que en un momento así no tenga yo algún deseo…?

—¿De agradar, acaso?

—Pues sí; pero, por favor, tenga usted la bondad. ¡Júzgueme tal y como soy! Porque yo ya tengo veintiséis años, y jamás he tratado con nadie. ¿Cómo puedo hablar bien, con habilidad y oportunamente? A usted le resultará más cómodo cuando todo quede explicado con claridad… No sé callar cuando me habla el corazón. Bueno, si da lo mismo. ¡Créame que no he conocido jamás a ninguna mujer! ¡Jamás! ¡No he conocido a ninguna! Y no hago más que soñar que finalmente algún día me encontraré con alguien. ¡Oh! ¡Si supiera cuántas veces he estado enamorado de ese modo…!

—Pero ¿cómo? ¿De quién?

—Pues de nadie, de un ideal, de la que se me aparece en sueños. Creo en mi imaginación novelas enteras. ¡Oh, usted no me conoce! A decir verdad, sí he conocido a dos o tres mujeres, pero ¡qué mujeres! Son una especie de patronas que... Le voy a hacer reír si le cuento que en unas cuantas ocasiones estuve tentado de entablar una conversación (así, por las buenas) con alguna aristócrata en la calle, cuando estaba ella sola, claro está; entablar una conversación tímida, respetuosa y apasionadamente; decirle que me muero de soledad, que no me eche de su lado, que no tengo posibilidad de conocer a mujer alguna; infundirle, incluso, que está obligada como mujer a no despreciar una petición tan tímida que procede de alguien tan infeliz como yo. Que, finalmente, cuanto estoy pidiendo se limita únicamente a dirigirme un par de palabras amistosas, participando, sin echarme desde el primer momento de su lado; a creer en lo que digo, escucharme, reírse de mí, si viniera al caso, a que me diera esperanzas, que me dijera un par de palabras, solo un par, ¡aunque después ya no nos volviéramos a ver más...! Pero se ríe usted... Por lo demás, hablo solo para hacerla reír...

—No se enoje; me río porque es usted su propio enemigo, y si lo intentara lo conseguiría, aunque la ocasión surgiera en la calle: cuanto más sencillo, mejor... Ninguna mujer buena, a menos que fuera una estúpida, o estuviera especialmente enfadada por algo en aquel momento, se decidiría a echarle de su lado sin haberle dejado pronunciar esas dos palabras que usted suplica tan tímidamente... ¡Además, quién soy yo para hablar! Lo más probable es que lo tomara por un loco. Pero juzgo por mí misma. ¡Como si yo supiera mucho de cómo vive la gente en este mundo!

—¡Oh, se lo agradezco! —exclamé yo—, ¡no sabe cuánto ha hecho ahora por mí!

—¡Está bien! ¡Está bien! Pero, dígame, ¿por qué ha sabido que yo era una de esas mujeres con las que… bueno, bueno, a las que considera dignas… de atención y amistad… en una palabra, que no era una patrona, como usted las llama? ¿Por qué ha decidido acercarse a mí?

—¿Que por qué? ¿Por qué? Pues porque estaba usted sola y aquel señor era excesivamente atrevido, y ahora es de noche: reconózcalo, tenía que hacerlo…

—No, no, antes de eso, estando allí, en la otra acera. Porque usted quería acercarse a mí, ¿no es cierto?

—¿Allí, en aquella acera? A decir verdad, no sé qué decir; temo… ¿Sabe una cosa? Hoy me he sentido feliz; iba caminando y cantando. Estuve en las afueras de la ciudad; hasta ahora no había sentido momentos tan felices. Usted… a mí, puede que me haya parecido… Bueno, disculpe si se lo recuerdo: me pareció que estaba usted llorando, y no podía oírlo… el corazón se me estremeció… ¡Oh, Dios mío! Bueno, pues sí, ¿acaso no podía sentir lástima hacia usted? ¿Acaso sería un pecado sentir hacia usted una compasión fraternal…? Perdone, he dicho compasión… Bueno, pues sí, en una palabra, ¿acaso podía ofenderla porque involuntariamente se me ocurriera acercarme a usted…?

—Déjelo, ya es suficiente, no hable más… —dijo la muchacha, bajando la mirada y apretando mi mano—. La culpa es mía por haber empezado a hablar de eso; pero estoy contenta de no haberme confundido respecto a usted… bueno, pues ya he llegado a casa. Tengo que ir por aquí, por esta callejuela. Estoy a dos pasos… Adiós, le agradezco…

—Pero ¿acaso es posible que no nos volvamos a ver más…? ¿Es que esto se va a quedar así?

—Lo ve —dijo la muchacha sonriendo—, usted deseaba primero intercambiar solo un par de palabras, y ahora… Por lo demás, no le prometo nada… Puede que nos encontremos…

—Vendré aquí mañana —dije yo—. ¡Oh, disculpe, ya estoy exigiendo…!

—Sí, es usted muy impaciente… casi está exigiendo…

—¡Escuche, escuche! —la interrumpí—. Discúlpeme si de nuevo le digo algo por el estilo… Pero atienda una cosa: no podré dejar de venir aquí mañana. Soy un soñador; tengo tan poca vida privada, y unos minutos como estos, como los de ahora, se me presentan en tan escasas ocasiones que no puedo dejar de repetirlos en mis pensamientos. Estaré soñando con usted toda la noche, toda la semana y el año entero. Irremediablemente vendré aquí mañana, exactamente aquí, a este mismo lugar, a la misma hora, y seré feliz recordando lo de ayer. Este lugar ya me es querido. Tengo dos o tres lugares de estos en San Petersburgo. En una ocasión hasta lloré recordando algo, igual que usted… ¿Quién sabe? Puede que usted, hace diez minutos, también llorara recordando algo… Pero discúlpeme, de nuevo se me ha pasado; puede que usted en alguna ocasión haya sido especialmente feliz aquí…

—Está bien —dijo la joven—, a lo mejor yo también vendré aquí mañana, a las diez. Veo que ya no se lo puedo prohibir… La cuestión está en que tengo que estar aquí; no piense que le estoy citando. Le aseguro que yo tengo que estar aquí. Bueno… se lo diré directamente: no estaría mal que también viniera usted. Por un lado, de nuevo podríamos tener algún disgusto como el de hoy, y por otro... en una palabra, simplemente me gustaría verle... para intercambiar con usted un par de palabras. Pero, lo ve, ¿no me estará juzgando usted ahora? ¿No se pensará que estoy dándole una cita con mucha ligereza...? Yo se la daría, a no ser... Pero ¡que eso sea un secreto mío! Antes de todo una condición...

—¡Una condición!... dígala, cuénteme, cuéntemelo todo. Estoy dispuesto a todo, a todo —exclamé yo entusiasmado—. Yo respondo por mí: seré obediente, respetuoso... Usted me conoce...

—Porque le conozco, le estoy invitando mañana —dijo la muchacha sonriendo—. Le conozco perfectamente. Pero tenga en cuenta una cosa, venga con una condición. Sobre todo (sea amable y cumpla lo que le pida: está viendo que le hablo con franqueza): no se enamore de mí... Eso está prohibido, se lo aseguro. Estoy dispuesta a una amistad, y aquí tiene mi mano... Pero ¡no se enamore, se lo ruego!

—¡Se lo juro! —exclamé yo cogiéndole la mano...

—Es suficiente. No jure, porque sé que es usted capaz de estallar como la pólvora. No me juzgue por hablar así. Si usted supiera... Tampoco yo tengo a nadie con quien intercambiar palabra, y a quien pedirle un consejo. Claro está que no iba a buscar un consejero en la calle, pero usted es una excepción. Le conozco como si fuéramos amigos desde hace veinte años... ¿Verdad que no va usted a cambiar?

—Ya lo verá... solo que no sé cómo sobreviviré estas veinticuatro horas.

—¡Que tenga un feliz sueño! Buenas noches; y recuerde que ya he confiado en usted. Pero hace un rato lanzó usted una exclamación tan hermosa que ¡acaso hay que dar explicaciones de cada sentimiento, incluso en el sentido fraternal! ¿Sabe una cosa? Lo expresó usted de una forma tan bella que al instante se me pasó por la cabeza la idea de confiar en usted...

—¡Por el amor de Dios! Pero ¿de qué se trata? ¿Qué es?

—Hasta mañana. Que de momento sea un secreto. Será mejor para usted; aunque lejanamente se parezca a una novela. Puede que se lo diga mañana y puede que no... Todavía tengo que hablar más con usted, conocernos mejor...

—¡Oh, sí! Mañana le contaré todo sobre mi persona. Pero ¿qué es esto? ¡Parece que me está sucediendo un milagro...! ¿Dónde estoy? ¡Dios mío! Pero, dígame, ¿acaso no está satisfecha de sí misma por no haberse enfadado conmigo como lo hubiera hecho otra mujer? ¿Por no haberme rechazado desde el primer momento? Dos minutos, y me ha convertido usted para siempre en una persona feliz. ¡Sí! ¡Feliz! ¿Quién sabe? Puede que me haya reconciliado conmigo mismo y haya resuelto mis dudas... Es posible que me sobrevengan minutos de esa naturaleza... Pero bueno, ya mañana le contaré todo, y usted lo sabrá todo, todo...

—Está bien, estoy de acuerdo. Empezará usted.

—Estoy conforme.

—¡Adiós!

Y nos despedimos. Estuve deambulando toda la noche. No me decidía regresar a casa. ¡Estaba tan feliz...! ¡Hasta mañana!

# Noche segunda

—¡Bueno, ya veo que ha sobrevivido! —me dijo ella sonriendo y estrechándome las manos.

—Llevo aquí ya dos horas. ¡No sabe cómo lo he pasado durante el día!

—Lo sé, lo sé… pero vayamos al asunto. ¿Sabe por qué he venido? Pues no para decir cosas absurdas como ayer. Mire una cosa: debemos actuar con más inteligencia. Estuve dando muchas vueltas a todo esto ayer por la noche.

—¿En qué aspecto he de actuar con más inteligencia? Por mi parte, estoy dispuesto. Pero, a decir verdad, nunca en la vida me han ocurrido cosas tan sensatas como las de ahora.

—¿De veras? En primer lugar, se lo suplico, no me apriete tanto las manos; y en segundo lugar, le confieso que hoy he estado pensando durante mucho rato en usted.

—Y bien, ¿qué ha concluido?

—¿Qué he concluido? He concluido que es preciso comenzar por el principio, porque hoy he decidido que usted es completamente desconocido para mí, y que ayer me comporté como una cría, una jovencita; claro está, mi buen corazón tiene la culpa de todo. Es decir, yo me alabé, como siempre sucede cuando uno empieza a examinar su vida. Y por ello, para enmendar el error, he decidido enterarme ahora acerca de su vida de la manera más detallada posible. Y como no tengo a nadie que me la cuente, deberá hacerlo usted mismo, para que se conozca todo el intríngulis. Por ejemplo, ¿qué tipo de persona es usted? ¡Vamos! ¡Cuente su historia!

—¡Historia! —exclamé yo asustado—. ¡Historia! Pero ¿quién le ha dicho que yo tengo una historia? No tengo historia...

—Entonces ¿cómo ha vivido usted sin una historia? —interrumpió ella, sonriendo.

—Pues ¡sin historia alguna! Como dicen aquí, simplemente viviendo, es decir, completamente solo; solo del todo. ¿Comprende lo que quiere decir solo?

—Pero ¿cómo que solo? ¿Quiere decir que jamás ha visto a nadie?

—¡Oh, no! Veía a gente, pero a pesar de todo estaba solo.

—Pero ¿acaso no habla usted con nadie?

—En sentido estricto, con nadie.

—Entonces, explíquese: ¿quién es usted? Espere, yo misma lo adivinaré: usted, al igual que yo, tiene una abuela. La mía es ciega y lleva toda la vida sin dejarme ir a ninguna parte, de modo que hasta casi se me olvida hablar. Y cuando hace dos años hice una trastada, al darse ella cuenta de que no había forma de sujetarme, cosió mi vestido al suyo con un imperdible y así nos pasamos sentadas días enteros; ella tejiendo calcetines aunque esté ciega, y yo junto a ella, cosiendo o leyendo un libro en voz alta. De esta forma tan rara, llevo ya dos años prendida con un imperdible a su vestido...

—¡Oh, Dios mío, qué desgracia! Pues no, yo no tengo una abuela como la suya.

—Y si no es así, ¿cómo puede quedarse sentado en casa...?

—Espere, ¿quiere saber quién soy?

—¡Pues sí!, ¡sí!

—¿En el estricto sentido de la palabra?

—¡En el más estricto!

—Disculpe, soy… un tipo.

—¡Un tipo, un tipo! ¿Qué tipo? —exclamó la muchacha riéndose como si no tuviera oportunidad de reírse así durante todo el año—. Pero ¡si es muy divertido estar con usted! Mire: aquí hay un banco. ¡Sentémonos! ¡Por aquí no pasa nadie y nadie nos oirá! ¡Comience ya a contar su historia! Porque usted no me convencerá, tiene una historia, solo que la está ocultando. En primer lugar, ¿qué es un… tipo?

—¿Un tipo? Un tipo es algo original, un hombre muy gracioso —respondí yo, soltando una carcajada a continuación de su risa infantil—. Es un tipo de carácter. Escuche: ¿sabe usted lo que es un soñador?

—¿Un soñador? Disculpe, ¿cómo no iba a saberlo? ¡Yo misma soy una soñadora! Algunas veces que estoy sentada junto a la abuela, hay que ver la de ideas que me vienen a la cabeza. Te pones a soñar y te quedas tan ensimismada en los pensamientos que vas y te casas con un príncipe chino… ¡O quizás no, sabe Dios! Especialmente cuando tienes en qué pensar sin necesidad de recurrir a eso —añadió la joven esta vez con un tono bastante serio.

—¡Excelente! Puesto que si en una ocasión se casó con un emperador chino, en tal caso, me entenderá a la perfección. Escuche… Pero permítame: si todavía no sé cómo se llama usted.

—¡Por fin! ¡A buenas horas!

—¡Ay, Dios mío!; es que no me dio por pensar en ello, me encontraba muy a gusto sin necesidad de saberlo…

—Me llamo Nástenka.

—¡Nástenka! Y ¿nada más?

—Nada más. ¿Acaso es poco? ¡Qué insaciable es usted!

—¿Que si es poco? Mucho, mucho, al contrario, es muchísimo, Nástenka. Es usted una muchacha muy bondadosa, ya que desde el principio ha sido Nástenka para mí.

—¡Eso es! ¡Bueno!

—Pues bien, escuche, Nástenka, qué historia más ridícula me va a salir.

Me senté junto a ella, adopté una pose entre pedante y seria y comencé a hablar como si estuviera leyendo un libro:

—Hay en San Petersburgo, Nástenka, si no lo sabe usted, unos rincones bastante curiosos. En esos lugares parece que no asoma el mismo sol que para el resto de los petersburgueses, sino otro, nuevo, como si se encargara a propósito para esos rincones, luciendo con una luz diferente, muy particular. En esos rincones, querida Nástenka, se vive de una forma completamente diferente que en nada se parece a la que bulle en torno a nosotros, sino que por el contrario se vive una vida que bien pudiera transcurrir en otro reino desconocido, y no aquí en este tiempo tan tremendamente serio. Pues precisamente esa vida viene a ser una mezcla de algo puramente fantástico, ardiente e ideal, con (¡oh, Nástenka!) algo terriblemente prosaico y corriente, por no decir trivial hasta más no poder.

—¡Uf! ¡Oh, Dios mío! ¡Vaya introducción! ¿Qué es lo que oigo?

—Lo que oye usted, Nástenka (creo que jamás me cansaría de llamarla Nástenka). Sí, lo que oye usted es que en esos rincones vive gente rara, soñadora. El soñador, si es necesario definirlo con más precisión, no es un hombre, sino, si quiere saberlo, un ser de género neutro. Se ubica generalmente en algún rincón inaccesible, como si se escondiera del mundo, y se introduce en él apegándose a su rincón como un caracol, o al menos pareciéndose mucho a ese curioso animal que es casa y animal a la vez, como la tortuga. ¿Por qué cree usted que ama tanto sus cuatro paredes, pintadas precisamente de verde, cubiertas de hollín, tristes e inadmisiblemente impregnadas de tabaco? ¿Por qué ese ridículo caballero, cuando le visita alguno de sus pocos conocidos (y lo que sucede es que se queda sin amigos), lo recibe de un modo tan tímido, demudándosele la cara y quedándose tan azorado como si acabara de cometer un crimen entre esas cuatro paredes, o de hacer unos billetes falsos o algunos versos para enviar a una revista con carta anónima, dejando constancia en ella de que el verdadero poeta ha muerto y de que su amigo considera un deber sagrado publicar sus versos? ¿Por qué, dígame, Nástenka, no fluye la conversación entre esos dos interlocutores? ¿Por qué ni la risa ni una palabra alegre salen de la boca del desconcertado compañero que acababa de irrumpir en su casa, y al que en otras ocasiones le gusta tanto la risa como las palabras alegres, así como las conversaciones sobre el bello sexo, y otros temas amenos? ¿Por qué, finalmente, ese compañero, al que probablemente conociera no hace mucho, ya en su primera visita (dado que no habrá otra, pues el compañero ya no volverá más), se queda tan confuso, petrificado, con lo ocurrente que es (¡eso solo si lo es!), al mirar la cara de zozobra del dueño, a quien a su vez ya le dio tiempo a quedarse completamente confuso, embrollarse tras los gigantescos y vanos esfuerzos de allanar y adornar la conversación, mostrándole a su vez desde su perspectiva los conocimientos que tiene de la sociedad, y hablarle de la belleza del sexo opuesto, aunque solo fuera por agradar con este humilde gesto al pobre hombre que cayó en un lugar inapropiado visitándole por error? ¿Por qué razón el huésped de pronto coge su sombrero y sale apresuradamente acordándose de un asunto muy importante, que jamás existió, y libera como puede su mano de los calurosos apretones del dueño, que por todos los medios intenta demostrar su arrepentimiento y enderezar el asunto? ¿Por qué el compañero que sale de su casa suelta una carcajada al cerrar la puerta, y se da palabra de no volver a entrar en casa de ese ser tan estrafalario, aunque este, en esencia, sea un joven maravilloso que a su vez no puede dejar de imaginar algo caprichoso: de comparar, aunque sea muy lejanamente, la fisonomía de su compañero de conversación durante el tiempo que duró la visita con el aspecto de aquel gatito infeliz al que estrujaron los niños, espachurrándolo y ofendiéndolo de todas las maneras posibles, tomándolo a la fuerza como presa, confundiéndole hasta más no poder, para meterse finalmente debajo de una silla, en la oscuridad, donde se vio obligado a pasar una hora entera, con el pelo erizado, bufando y lavando con sus dos patitas su ofendido hociquito; y que, transcurrido un buen rato, mira hostil el mundo y la vida, e incluso los restos de la comida de los señores que le lleva la compasiva ama de llaves?

—Escuche —interrumpió Nástenka, que durante todo ese tiempo estuvo escuchándome asombrada y boquiabierta—. Escuche: ignoro por completo por qué ha sucedido todo esto y por qué me hace usted preguntas tan ridículas. Pero de lo que estoy segura es de que todas esas aventuras de cabo a rabo le ocurrieron irremediablemente a usted.

—Sin duda alguna —respondí yo con cara muy seria.

—Pues, si no cabe duda, entonces continúe —respondió Nástenka—, porque tengo muchas ganas de saber cómo termina eso.

—¿Desea saber, Nástenka, lo que hacía nuestro héroe en su rincón, o mejor dicho, yo, porque el héroe de todo esto soy yo, con la particular timidez que me caracteriza? ¿Quiere saber por qué me había alarmado y turbado tanto durante el resto del día la inesperada visita del compañero? ¿Desea saber por qué me estremecí y me sonrojé tanto al abrir la puerta de mi casa? ¿Por qué no supe recibir la visita y me sentí morir, avergonzado bajo el peso de mi propia hospitalidad?

—Pues ¡sí! ¡Sí! —respondió Nástenka—, en ello está la cuestión. Escuche: usted lo narra maravillosamente, pero ¿no se podría contar de un modo más sencillo? Porque habla usted como si leyera un libro.

—¡Nástenka! —le respondí con voz grave y severa, sin poder apenas aguantar la risa—. ¡Querida Nástenka, sé que lo cuento muy bien, pero siento no poder contarlo de otro modo! Ahora, querida Nástenka, me parezco al espíritu del rey Salomón, que permaneció durante mil años encerrado en una urna bajo siete sellos, y al que finalmente liberaron. Y ahora, cuando nos hemos encontrado de nuevo tras una larga separación… porque yo ya la conozco desde hace mucho, y porque desde hace tiempo estuve buscando a alguien, lo que significa que la estuve buscando precisamente a usted y que nos estaba destinado encontrarnos; ahora en mi cabeza se han abierto miles de válvulas y tengo que derramar un río de palabras, pues de lo contrario me ahogaría. De manera que le suplico que no me interrumpa, Nástenka, sino que me escuche paciente y atentamente. De lo contrario, me callaré.

—¡De ninguna manera! ¡Hable! Ahora no diré ni una palabra.

—Continúo: hay en el día, mi querida amiga Nástenka, una hora que yo adoro extraordinariamente. Viene a ser la hora en que la gente termina casi todos sus quehaceres, obligaciones y deberes, y todos corren deprisa hacia sus casas para comer, descansar, y, mientras tanto, él camina y se inventa otros temas divertidos relacionados con la tarde, la noche y el tiempo restante. A esa hora, también nuestro héroe, y permítame, Nástenka, hablar en tercera persona, porque en primera me resultaría tremendamente bochornoso contarle todo esto, de modo que a esa hora, nuestro héroe, que también tiene cosas que hacer, va caminando con los demás. Pero un extraño sentimiento de satisfacción juguetea en su semblante pálido y ligeramente arrugado. Mira con indiferencia el crepúsculo vespertino que se apaga lentamente en el frío cielo petersburgués. Miento cuando digo que mira. Porque no mira, sino que contempla inconscientemente como si a la vez estuviera cansado o ensimismado en alguna otra cuestión más interesante, de modo que solo de pasada, y casi involuntariamente, repara en lo que le rodea. Se siente satisfecho porque ha finalizado hasta mañana los asuntos que le resultan tediosos, y está tan contento como un colegial al que liberan del pupitre para que se distraiga con travesuras y juegos divertidos. Mírele de reojo, Nástenka: al instante verá que la alegría ya afectó felizmente a sus débiles nervios y su fantasía, enfermizamente irritada. Y he aquí lo que piensa... ¿Cree usted que en la comida? ¿En la tarde de hoy? ¿Qué es lo que mira de ese modo? ¿A ese caballero de tan buen aspecto cual si estuviera plasmado en un cuadro, inclinándose ante la dama que acaba de pasar junto a él en un espléndido coche de veloces caballos? No, Nástenka, ¡qué le importan todas esas pequeñeces! Ahora ya es rico con su particular vida. De repente parece convertirse en un hombre rico, y el rayo de despedida del sol que se apaga no brilló en vano alegremente delante de él, sino que suscitó en su cálido corazón todo un enjambre de recuerdos. Ahora apenas se fija en aquel camino en el que antes le podía sorprender la cosa más nimia. Ahora la diosa Fantasía (si ha leído usted a Zhukovski, querida Nástenka) ya bordó con caprichosa mano su pátina de oro, desplegando ante él bordados de una vida desconocida, extravagante; y ¿quién sabe?, puede que lo transporte con su mágica mano hasta el séptimo cielo de cristal, arrancándole del espléndido suelo de granito por el que está caminando. Intente detenerle ahora y pregúntele: ¿dónde se encuentra ahora y por qué calles caminó? Probablemente no recuerde nada, ni por dónde anduvo, ni dónde se encuentra ahora, y, sonrojándose de angustia, mentiría ligeramente para salvar las apariencias. Esa es la respuesta a por qué se estremeció casi hasta gritar al mirar temeroso alrededor cuando una distinguida anciana que se había equivocado de camino le detuvo cortésmente en la acera para preguntarle por una calle. Sigue adelante con el entrecejo arrugado sin percatarse apenas de que más de un transeúnte sonrió al verle, volviéndose para mirarle, y de que alguna pequeña, que le cedió tímida el paso, soltó una carcajada al mirar con ojos como platos su amplia sonrisa contemplativa y sus gestos de manos. Y, sin embargo, esa misma Fantasía arrancó también en su vuelo juguetón a la anciana, a los curiosos transeúntes, a la niña que se rio, y a los *muzhiks* que se pasan la tarde en sus barcas que invaden la Fontanka (supongamos que en ese momento nuestro héroe está pasando por ella), prendiendo traviesamente todo y a todos en su cañamazo como moscas en una tela de araña. Con su nueva adquisición, el estrafalario entra en su acogedora madriguera, se sienta a cenar, termina, y solo regresa a la realidad cuando la pensativa y siempre triste Matriona, que le sirve, haya recogido la mesa y entregado la pipa. Es cuando se despabila y con sorpresa recuerda que ya cenó, completamente abstraído de cómo había transcurrido aquello. La habitación se queda a oscuras. Siente vacío y tristeza en su alma. Todo un reino de sueños se acaba de derrumbar alrededor de él, destruyéndose sin dejar huella, sin ruido ni estrépito, pasando junto a él como una visión, sin que él mismo pueda recordar lo que ha visto. Pero una sensación oscura hace gemir y atormentar su pecho. Una sensación nueva que tienta e irrita su fantasía suscita imperceptiblemente todo un enjambre de nuevos espectros. El silencio reina en la pequeña habitación. La soledad y la pereza acarician la fantasía. esta se enciende con suavidad, y se pone ligeramente en ebullición como el agua en la tetera de la vieja Matriona, que prosigue tranquilamente con sus quehaceres en la cocina, preparando el café. He aquí que ya se empieza a abrir camino entrecortadamente, y el libro cogido sin finalidad alguna y al azar le resbala entre las manos a mi soñador, que no ha llegado ni a la tercera página. Su imaginación de nuevo está lista para despertar, suscitarse, y de pronto otra vez un nuevo mundo, una nueva y maravillosa vida brilla junto a él en su centelleante perspectiva. ¡Un nuevo sueño, una nueva vida! ¡Una nueva dosis de un veneno refinado y voluptuoso! ¡Oh! ¡Qué le importa nuestra vida real! Para su mirada cautiva, usted y yo, Nástenka, llevamos una vida perezosa, lenta y desvaída. ¡Para su mirada, todos nosotros estamos tan descontentos de nuestro destino y tan fatigados de nuestra vida! Y, verdaderamente, fíjese y verá cómo en realidad, al primer golpe de vista, todo entre nosotros parece frío, lúgubre, como si estuviéramos enfadados... «¡Pobres!», piensa mi soñador. Y no es de extrañar que piense así. ¡Fíjese en esas visiones mágicas! ¡De qué modo tan encantador, con qué filigranas, y de qué manera tan caprichosa e ilimitada se compone ante él un cuadro mágico y animado, donde en primer plano y en primera persona, evidentemente, aparece él, nuestro soñador, con su especial particularidad! ¡Fíjese en qué diferentes acontecimientos, y qué infinito enjambre de sueños ardientes! Tal vez se pregunte usted qué está soñando. ¿Para qué preguntarlo? Pues sueña con todo, con el destino del poeta, desconocido al principio y coronado después; con la amistad de Hoffmann; con la noche de san Bartolomé, con la Diana de Vernon, con el papel heroico ante la toma de Kazán por Iván Vasílievich; Clara Mowbray, Effie Deans, el concilio de los prelados y Huss ante ellos, con la rebelión de los muertos en la obertura (¿se acuerda de la música?: ¡huele a cementerio!) con Minna y Brenda, la batalla de Berezina, la lectura del poema en casa de la condesa V. D., con Danton, con Cleopatra, *e i suoi amanti*, *La casita en Kolomna*, de Pushkin, con su rinconcito junto a un ser querido, que le escucha en una tarde de invierno con los ojos y la boca abiertos, tal y como me escucha usted ahora, mi pequeño ángel… ¡No, Nástenka, qué más le da, qué le importa al voluptuoso holgazán esta vida, a la que tanto nos aferramos! Él piensa que esta vida es pobre y triste, sin adivinar que también le llegará el día en que suene la hora fatal, en que por un día de esta triste vida entregaría él todos sus años fantásticos, y no ya a cambio de la alegría o la felicidad, pues no tendría preferencias en esa hora de tristeza, arrepentimientos y dolor sin obstáculos. Pero, hasta que llegue ese momento amenazador, no desea nada, pues está por encima de los deseos porque lo tiene todo, está saciado, él mismo es el artífice de su vida, que va creando a su antojo a cada momento. ¡Y es que ese mundo de cuento y fantasía se va creando de un modo tan fácil y natural! Como si realmente todo ello no fueran visiones. Pero a decir verdad está dispuesto a aceptar, en ese momento, que toda esa vida no es efecto de la excitación de los sentidos, sino que todo ello es verdaderamente real, auténtico y tangible. Y ¿por qué, dígame, Nástenka, por qué durante esos minutos se le estremece el alma? ¿Por qué tipo de magia o voluntad invisible se le acelera el pulso, las lágrimas brotan de los ojos del soñador, arden sus pálidas y humedecidas mejillas y toda su existencia se llena de ese irresistible deleite? ¿Por qué noches enteras de insomnio duran un instante, lleno de inagotable alegría y felicidad, y cuando en su ventana brilla el alba con su rayo de color rosa iluminando al amanecer la sombría habitación con una luz incierta y fantástica, como ocurre en nuestras casas de San Petersburgo, nuestro soñador, fatigado y agotado, se deja caer sobre la cama para quedarse dormido con el alma presa de éxtasis por la enfermiza exaltación de su espíritu y el dulce y agotador dolor de su corazón? Sí, Nástenka, nuestro héroe le hace involuntariamente creer a uno que una pasión verdadera y genuina le atormenta el alma, cree que hay algo vivo, tangible, en sus sueños incorpóreos. ¡Y, sin embargo, qué engaño! El amor ha penetrado en su pecho con toda su inagotable alegría y sus agotadores sufrimientos… Basta mirarle para convencerse. ¿Podrá creer al mirarle, querida Nástenka, que realmente jamás conoció a la que tanto amó en sus frenéticos sueños? ¿Acaso solo la vio en sus seductoras visiones y solo ha soñado esa pasión? ¿Es posible que de veras no hayan caminado cogidos de la mano en todos los años de su vida, solos los dos, dejando el mundo a un lado y uniendo cada uno su mundo y su vida con los del compañero? ¿Acaso no era ella quien, a última hora de la separación, estaba apoyada en su pecho sollozando y triste, sin oír la tormenta que se preparaba bajo el cielo amenazador, ni el viento que le arrancaba las lágrimas de sus negras pestañas? ¿Acaso todo ello había sido un sueño? ¡Y ese jardín, melancólico, abandonado y salvaje, con sus caminitos cubiertos de musgo, solitario y sombrío, donde tanto pasearon los dos, presos de esperanza y melancolía y amándose tan intensamente el uno al otro, «tanto tiempo y con tanta ternura»! ¡Y aquella extraña y vieja casa, en la que durante tanto tiempo vivió ella en soledad y tristeza junto a su viejo y lúgubre marido, eternamente callado y bilioso, que los asustaba como a niños tímidos que ocultaban el amor que se tenían? ¡Cómo sufrían! ¡Cómo temían y qué puro e inocente era su amor! ¡Y, por supuesto, Nástenka, qué malvada era la gente! ¡Dios mío! ¿Acaso él no la encontró a ella después lejos de su tierra, bajo un cielo extraño, meridional y cálido, en una ciudad maravillosa y eterna, en el esplendor de un baile, bajo el estruendo de la música, en un *palazzo*, «precisamente un *palazzo*», ahogado en el mar de luces, sobre un balcón cubierto de mirto y rosas, en el que ella, reconociéndole, se quitó apresuradamente la máscara y susurrando: «¡Soy libre!» se lanzó temblorosa a sus brazos? Y exclamando de entusiasmo, abrazándose los dos, se olvidaron por un instante de la pena, la separación, los sufrimientos, la casa lúgubre, el anciano y el jardín sombrío en la lejana tierra, y del banco en que, tras el último beso apasionado, ella se arrancó de sus brazos petrificados por la tristeza y la desesperación… ¡Oh!, reconocerá, Nástenka, que uno se agitará, se turbará y se ruborizará como un colegial que acaba de meter en su bolsillo la manzana robada del jardín vecino cuando un muchacho alto y fuerte, juguetón y bromista, su amigo anónimo, abre la puerta y grita como si nada pasara: «¡Hermano, acabo de llegar de Pavlovsk!». ¡Dios mío! ¡Ha muerto el viejo conde, comienza una felicidad inenarrable…! ¡Y en ese momento llega gente de Pavlovsk!

Me callé patéticamente, finalizando mis conmovedoras exclamaciones. Recuerdo que tenía enormes ganas de echarme a reír a carcajadas, porque sentía un malévolo diablillo agitarse en mi interior; se me ponía un nudo en la garganta, me temblaba la barbilla y los ojos se me humedecían cada vez más… Yo esperaba que Nástenka, que me estaba escuchando con sus inteligentes y abiertos ojos, se echara a reír con su risa infantil e irresistiblemente alegre. Me arrepentía de haber llegado tan lejos y de haber contado en vano aquello que bullía en mi corazón desde hacía tiempo y acerca de lo cual podía hablar como si leyera un libro; porque desde hacía mucho había preparado la sentencia en contra de mí mismo, y no me resistía ahora a leerla, sin esperar que se me comprendiera. Pero para mi sorpresa ella se quedó callada, y después de un rato me estrechó la mano y me dijo tímidamente:

—¿De veras que ha vivido usted así durante toda su vida?

—¡Toda la vida, Nástenka! —respondí—. ¡Toda la vida, y me parece que también la acabaré del mismo modo!

—¡No, eso no puede ser! —dijo ella, inquieta—. Eso no sucederá; del mismo modo tampoco yo puedo pasarme la vida entera junto a mi abuela. ¡Escuche! ¿Sabe usted que no está bien vivir de ese modo?

—¡Lo sé, Nástenka! ¡Lo sé! —exclamé sin poder contener mi emoción—. ¡Ahora más que nunca sé que he malgastado los mejores años de mi vida! ¡Ahora lo sé, y eso me causa más dolor, porque Dios mismo me ha enviado a usted, a mi bondadoso ángel, para decirme esto y demostrármelo! Ahora que estoy sentado junto a usted y le hablo, hasta me da miedo pensar en el futuro, porque en el futuro… de nuevo me espera la soledad, de nuevo esa vida rancia e inútil. Y ¿con qué podría soñar cuando ya he sido tan feliz en la vida real junto a usted? ¡Que Dios la bendiga, querida muchacha, porque no me rechazó desde el primer momento, y porque ya puedo decir que he vivido dos noches en mi vida!

—¡Oh, no, no! —exclamó Nástenka, y unas lagrimillas brillaron en sus ojos—. ¡Eso ya no sucederá! ¡No nos separaremos de ese modo! ¿Qué es eso de dos noches?

—¡Oh, Nástenka, Nástenka! ¿Sabe para cuánto tiempo me ha reconciliado conmigo mismo? ¿Sabe que ahora ya no pensaré tan mal de mí mismo como lo he hecho otras veces? ¿Sabe que posiblemente ya no me entristeceré por haber cometido un crimen o un pecado en mi vida, porque esta vida es un delito y un pecado? ¡Y no piense que le estoy exagerando, por el amor de Dios, no lo piense, Nástenka, porque a veces me sobrevienen momentos de tanta, tanta melancolía…! Porque entonces me parece que ya no seré capaz de empezar a vivir de otro modo; porque me parece que he perdido todo el tacto y la intuición en lo real, en lo tangible; porque finalmente lancé maldiciones contra mí mismo; porque a mis noches de fantasía les sobrevienen momentos de desembriagamiento, que son horribles. Y mientras tanto oyes cómo a tu alrededor, en un torbellino vital, la muchedumbre humana da vueltas estruendosamente; oyes y ves cómo vive la gente (que vive de verdad), y ves que la vida para ellos no está hecha por encargo, que su vida no se esfumará como un sueño o una visión; que su vida, siempre joven, se renueva continuamente, y ni una sola de sus horas se parece a otra, que lo que resulta aburrido y monótono hasta el extremo es la asustadiza fantasía, sierva de la sombra, de la idea; sierva de la primera nube que repentinamente ha tapado el sol y estruja en la melancolía el verdadero corazón petersburgués, que tanto aprecia su sol. Y ¿qué fantasía puede haber en la tristeza? Sientes que ella finalmente se cansa, se agota en su continua tensión, porque uno finalmente madura dejando atrás sus ideales de antes, que se esfuman como el polvo y se rompen en pedazos; y si no hay otra vida, es preciso construirla con esos mismos pedazos. ¡Mientras tanto el alma ansía y te pide algo diferente! ¡Y en vano escarba el soñador entre sus viejas fantasías, como si fueran ceniza en la que busca algún rescoldo para reavivar el fuego y calentar su frío corazón, haciendo resurgir de nuevo en él todo cuanto ha sido tan querido, cuanto arrebataba el alma, cuanto le hacía hervir la sangre, arrancando lágrimas y cautivando sutilmente! ¿Sabe a lo que he llegado, Nástenka? ¿Sabe que hasta me siento obligado a celebrar el aniversario de mis sensaciones, el aniversario de aquello que antes me resultaba tan querido?; algo que en realidad nunca existió (porque ese aniversario se celebra conforme a aquellos sueños absurdos e incorpóreos), y esos sueños absurdos ni siquiera existen y no hay por qué sobrevivirlos: porque también los sueños se sobreviven. ¿Sabe que ahora, en una fecha determinada, me gusta recordar y visitar aquellos lugares donde algún día fui feliz a mi manera? ¿Sabe que me gusta construir lo presente conforme a lo que se fue sin retorno, y a menudo deambulo por las callejuelas y avenidas petersburguesas como una sombra triste y afligida, sin finalidad ni necesidad alguna? Y ¡qué recuerdos! Me viene a la memoria, por ejemplo, que justo en ese lugar, hace un año, a la misma hora, caminé por esa acera igual de solitario que ahora. Recuerdo que también entonces las ideas eran tristes y, aunque no estuviera mejor, parece que de alguna manera resultaba más fácil vivir, y que no te atormentaba esa idea oscura que ahora no te abandona; que no tenías esos remordimientos de conciencia; remordimientos oscuros, lúgubres, que ahora no te dejan en paz ni de día ni de noche. Y te preguntas: ¿dónde están tus sueños? Y sacudes la cabeza diciendo: ¡cómo pasan los años! Y de nuevo te preguntas: ¿qué has hecho con tus años?, ¿dónde has enterrado tus mejores años? ¿Has vivido o no? ¡Mira!, te dices a ti mismo. ¡Qué frío se llega a sentir en esta vida! Pasarán los años y vendrá la lúgubre soledad, y después, junto al bastón, la trémula vejez y, detrás de ella, la tristeza y la melancolía. Palidecerá tu mundo fantástico, se petrificarán y ahogarán tus sueños, y caerán cual hojas amarillentas de los árboles… ¡Oh, Nástenka, será triste quedarse solo, completamente solo sin tener nada que lamentar! Nada, absolutamente nada… ¡porque todo cuanto has perdido, todo eso no ha sido nada, porque el absurdo y aberrante cero no ha sido más que un sueño!

—¡Bueno, no me haga ponerme más triste! —dijo Nástenka, secándose una lagrimilla que salía de sus ojos—. ¡Ahora ya ha terminado! Ahora estaremos los dos juntos; me pase lo que me pase, no nos separaremos jamás. Escuche. Soy una muchacha sencilla, he estudiado poco, aunque la abuela pagaba a un profesor para darme clases. Pero, a decir verdad, yo le entiendo, porque todo cuanto usted me acaba de contar también lo he vivido yo cuando la abuela me cosió con imperdibles a su vestido. Yo no lo habría podido contar tan bien como usted, porque no he estudiado —repitió tímidamente, expresando todavía admiración y respeto por mi discurso patético y mi elevado estilo—; pero estoy muy contenta de que haya confiado en mí. Ahora yo le conozco bien, le conozco a fondo. Y ¿sabe una cosa? Me gustaría contarle también mi historia, toda íntegra, sin ocultar nada, y después de ello me dará usted un consejo. Es usted una persona muy inteligente, ¿me da su palabra de que me dará ese consejo?

—¡Oh, Nástenka! —respondí—. Aunque antes jamás había sido consejero, y menos aún consejero inteligente, me parece sensato lo que usted me propone. Bueno, mi querida Nástenka, ¿de qué consejo se trata? Dígamelo abiertamente. Ahora me siento tan contento y feliz, tan valiente y ocurrente, que no será necesario recurrir a trucos para responder con palabras precisas.

—¡No, no! —interrumpió Nástenka echándose a reír—, no me hace falta un consejo inteligente, sino uno que salga del corazón, fraternal, como si me quisiera usted hace ya un siglo.

—¡De acuerdo, Nástenka! ¡De acuerdo! —exclamé entusiasmado—. ¡Si yo la quisiera veinte años, a pesar de ello no la querría más de lo que la quiero ahora!

—¡Deme su mano! —dijo Nástenka.

—¡Aquí está! —le respondí yo, dándole la mano.

—Comencemos mi historia, pues.


## La historia de Nástenka


—Ya conoce usted la mitad de la historia, es decir, ya sabe usted que tengo una abuela anciana…

—Y si la segunda mitad es tan corta como esta… —la interrumpí yo sonriendo.

—Calle y escuche. Antes que nada vamos a poner la condición de no interrumpir, porque de lo contrario me equivocaré. Bueno, pues escuche atentamente:

»Yo tengo una abuela anciana. Vivo con ella desde que era muy pequeña, porque mis padres murieron. Hay que tener en cuenta que antes la abuela vivía mejor, pues hasta hoy recuerda días mejores. Ella fue quien me enseñó francés y después me buscó un profesor particular. Cuando yo tenía quince años, pues ahora tengo diecisiete, terminaron mis estudios. Y en ese tiempo fue cuando hice algunas travesuras; lo que hice no se lo voy a contar, pero es suficiente con que le diga que no fue nada grave. Entonces una mañana me llamó la abuela y me dijo que, como estaba ciega, no podía vigilarme. Cogió entonces un imperdible y prendió su vestido al mío, diciendo que así es como viviríamos siempre, si yo, claro está, no sentaba la cabeza. En una palabra, al principio no podía apartarme de ella de ninguna de las maneras: tenía que hacerlo todo junto a la abuela: trabajar, leer, estudiar. Una vez se me ocurrió hacer un truco y convencí a Fiokla para que se sentara en mi lugar. Fiokla es nuestra criada y está sorda. Se sentó en mi lugar. Durante ese rato la abuela se quedó dormida en su sillón, y yo me fui a casa de una amiga que no vive lejos. Pero la cosa terminó mal. La abuela se despertó cuando yo no había regresado aún y preguntó algo pensando que yo estaba quieta sentada en mi sitio. Fiokla, al ver que la abuela la preguntaba, y ella que no oía lo que le decía, sin saber qué hacer, desabrochó el imperdible y salió corriendo…

Llegado este punto Nástenka se calló y se echó a reír. Yo me reí con ella. Pero ella al instante se detuvo.

—Escuche: usted no se ría de la abuela. Yo me río, porque me hace gracia… Pero ¿qué se puede hacer cuando la abuela es así? Pero yo, a pesar de todo, la quiero un poco. Y bien, entonces recibí mi merecido: al instante me sentó nuevamente a su lado sin que ya pudiera moverme ni hacer nada.

»Bueno, se me había olvidado decirle que tenemos, más bien que la abuela tiene, su propia casa, es decir, una casita pequeña, con solo tres ventanas, de madera y tan vieja como la abuela. Arriba hay un desván; y un día un inquilino nuevo se instaló en nuestro desván…

—¿Se entiende que era un inquilino mayor? —puntualicé yo de pasada.

—Pues claro —respondió Nástenka—, y sabía estar callado mejor que usted. Aunque a decir verdad apenas hablaba. Era un anciano seco, mudo, ciego y cojo, de manera que finalmente se le hizo imposible vivir en este mundo y murió. Después de aquello tuvimos que instalar a otro inquilino, pues no podíamos vivir sin alquilar. Nuestros únicos ingresos eran la pensión de la abuela y lo que cobrábamos por el alquiler. Y, como si fuera a propósito, el nuevo inquilino era un hombre joven que no era de aquí sino que estaba de paso. Como no regateó, la abuela lo aceptó. Después me preguntó: «¿Qué, Nástenka, es joven nuestro inquilino?». No quise mentirle y dije: «Bueno, abuela, no es del todo joven, pero tampoco parece viejo». «Bueno ¿y tiene buen aspecto?», preguntó la abuela.

»Tampoco quise mentirle. «Sí, tiene buen aspecto, abuela». Y la abuela me dijo: «¡Ay, qué castigo! Te lo digo, nieta, para que no le mires a la cara. ¡Vaya tiempos que corren!

¡Hay que ver, un inquilino tan insignificante, y tiene que tener buen aspecto! ¡Eso no pasaba en mis tiempos!».

»La abuela lo relacionaba todo con sus tiempos. En sus tiempos ella era más joven, el sol calentaba más, las ciruelas no se ponían tan pronto ácidas… y todo lo relacionaba con sus tiempos mozos. Y he aquí que estoy yo sentada y pensando: «¿Por qué la abuela me hace esas preguntas: que si el inquilino tiene buen aspecto, que si es joven?». Pero eso solo lo pensé un momento y continué sentada contando los puntos y haciendo calceta, olvidándome después de ello por completo.

»Un día por la mañana vino a vernos el nuevo inquilino para recordarnos que habíamos prometido empapelarle la habitación. Una palabra siguió a la otra, y como la abuela es charlatana me dice: «Ve, Nástenka, a mi dormitorio y tráeme las cuentas». Yo me levanté deprisa y sin saber por qué me sonrojé toda, olvidándoseme además que estaba sentada y prendida con un imperdible. En lugar de desabrochar despacito el imperdible para que el inquilino no se percatara, di un tirón tan fuerte que arrastré el sillón de la abuela. Al darme cuenta de que ahora el inquilino lo sabía todo sobre mí, me sonrojé, me quedé clavada en el sitio y de pronto rompí a llorar. ¡Sentí en aquellos momentos tanta vergüenza y amargura que quería morirme! Y la abuela gritó: «¿Qué haces quedándote ahí parada?», y yo lloraba aún más… Al ver el inquilino que estaba abochornada delante de él, hizo una reverencia y se marchó.

»Desde entonces, cuando oía un ruido en el zaguán, me quedaba paralizada. «Ya está», pensaba yo, «ya viene el inquilino», y por si acaso desabrochaba despacito el imperdible. Pero no era él. No venía. Pasaron dos semanas: el inquilino nos envió un recado a través de Fiokla en que decía que tenía muchos libros en francés que eran muy buenos, y que podíamos leerlos. Que si no le gustaría a la abuela que yo se los leyera para no aburrirse. La abuela aceptó agradecida, pero no paró de preguntar si eran libros morales, «en caso de que no lo sean, tú, Nástenka, no debes leerlos pues aprenderías cosas malas».

»—¿Y qué puedo aprender, abuela? ¿Qué es lo que dicen?

»—¡Ah! —me dijo—. Escriben cómo los jóvenes seducen a las muchachas, y bajo el pretexto de casarse con ellas se las llevan de la casa paterna para después abandonar a las pobres muchachas a la voluntad de Dios, que se pierden de la manera más lamentable. Yo —dijo la abuela— he leído muchos de esos libros, y todo está tan maravillosamente expresado que te pasas la noche leyéndolos en silencio. Así que tú —dijo—, Nástenka, ten cuidado, no los leas. ¿Y qué libros ha traído? —preguntó la abuela.

»—Todos son novelas de Walter Scott, abuela.

»—¡Las novelas de Walter Scott! Bueno, ¿y no habrá en ellas algún truco? Mira a ver si no habrá introducido él dentro alguna notita de amor.

»—No, abuela —le dije—, no hay ninguna nota.

»—Mira debajo de la encuadernación. ¡A veces, ellos las introducen allí, entremedias, los muy tunantes…!

»—No abuela. Tampoco hay nada debajo de la encuadernación.

»—Bueno, está bien.

»De modo que nos pusimos a leer a Walter Scott y en cosa de un mes nos leímos casi la mitad de los libros. Después él continuó enviándonos más. Nos mandó la obra de Pushkin, de modo que yo ya no podía vivir sin libros y dejé de pensar en casarme con un príncipe chino.

»Así transcurrían las cosas cuando un día me crucé en la escalera con nuestro inquilino. La abuela me había mandado a hacer un recado. Él se detuvo, yo me sonrojé toda, y él también, pero se echó a reír, me saludó y preguntó por la salud de la abuela, y me dijo: «Y bien, ¿ha leído usted los libros?». Y yo le respondí: «Los he leído». «¿Y cuál le ha gustado más?». Y yo le dije: «*Ivanhoe* y Pushkin son los que más me han gustado». Con esto concluyó aquella vez la conversación.

»Al cabo de una semana de nuevo me topé con él en la escalera. En aquella ocasión no iba a hacer ningún recado de la abuela sino que era yo quien necesitaba algo. Eran cerca de las tres y el inquilino volvía a esa hora a casa. «¡Hola!», me dijo. Y yo le respondí: «¡Hola!».

»—¿Y qué? —me dijo—, ¿no se aburre usted de estar todo el día sentada junto a la abuela?

»Cuando me preguntó aquello, no sé por qué me ruboricé toda, me avergoncé y me sentí ofendida, seguramente al pensar que ya era un tema que estaba en boca de todos. Estuve a punto de no responderle y marcharme, pero no tuve fuerzas.

»—¡Escuche! —me dijo—, ¡si usted es una buena muchacha! Disculpe que le hable en este tono, pero le aseguro que deseo su bien más que su abuela. ¿No tiene usted ninguna amiga a la que pudiera visitar?

»Le respondí que no tenía ninguna, que tuve una, Máshenka, pero que se había marchado a vivir a Pskov.

»—Escuche —me dijo él—. ¿Quiere venir conmigo al teatro?

»—¿Al teatro? Pero ¿y la abuela?

»—Pues márchese usted despacito de su lado…

»—No —le dije—. No quiero engañar a la abuela. ¡Adiós!

»—Bueno, pues adiós —respondió él, y no dijo más.

»Pero después de la comida vino a vernos. Se sentó y estuvo largo rato hablando con la abuela, preguntando si salía a alguna parte, si tenía conocidos. Y de pronto dijo:

—Pues hoy he sacado un palco para la ópera. Representan *El barbero de Sevilla*. Unos conocidos querían ir a verlo, pero después desistieron y me he quedado con una entrada en la mano.

»—¡*El barbero de Sevilla*! —exclamó la abuela—. ¿Y es el mismo *barbero* que representaban en mis tiempos?

»—Sí, el mismo —dijo él mirándome—; ¿lo conoce?

—Yo ya lo había comprendido todo, me sonrojé, y el corazón me saltaba por la espera.

»—¡Cómo no iba a conocerlo! —respondió la abuela—. En mis tiempos yo misma representé el papel de Rosina en un teatro casero.

»—¿Y no querría ir hoy? —dijo el inquilino—. La entrada que tengo se perdería en vano.

»—¡Pues sí, vayamos! —dijo la abuela—. ¿Por qué no habíamos de ir? Pero resulta que mi Nástenka nunca ha estado en el teatro.

»¡Dios mío, qué alegría! Al momento nos pusimos en marcha, nos arreglamos y partimos al teatro. La abuela aunque estuviera ciega deseaba oír música, pero aparte de eso es buena, pues lo que más quería era agradarme a mí, porque por nuestra cuenta nosotras nunca nos habríamos decidido a ir. No le voy a contar la impresión que me causó *El barbero de Sevilla*, solo que durante toda la tarde nuestro inquilino me miraba de un modo tan agradable, se dirigía a mí en un tono tan cortés, que enseguida comprendí que por la mañana me pondría a prueba proponiéndome que me fuera sola con él al teatro. ¡Bueno, qué alegría! Me fui a dormir tan orgullosa, tan alegre, y el corazón me latía con tanta fuerza que hasta tuve un poco de fiebre y me pasé la noche delirando con *El barbero de Sevilla*.

»Yo creí que después de aquello el inquilino vendría a vernos más a menudo, pero no lo hizo. Casi dejó de visitarnos. Como máximo un par de veces al mes y solo para invitarnos al teatro. Fuimos al teatro dos veces más. Solo que yo no estaba contenta. Me percaté de que a él simplemente le daba lástima que yo viviera en esas condiciones con la abuela; nada más. Según pasaba el tiempo me di cuenta de que no podía estarme quieta sentada: no leía, tampoco hacía mis labores, a veces me echaba a reír y le hacía alguna travesura a la abuela para hacerla rabiar, y otras, simplemente me echaba a llorar. Finalmente adelgacé y casi caigo enferma. Pasó la temporada de ópera y el inquilino dejó de visitarnos por completo. Cuando nos encontrábamos (siempre en la misma escalera, se entiende), él se inclinaba sin decir nada, todo serio, como si no quisiera hablar, y bajaba después al porche mientras yo seguía aún en mitad de la escalera, colorada como una cereza, porque al cruzarme con él empezaba a subírseme toda la sangre a la cabeza.

»Y ahora ya viene el final. Hace ahora justo un año, en el mes de mayo, vino el inquilino a casa diciendo a la abuela que ya había concluido todas sus gestiones aquí y que debía partir de nuevo a Moscú por un año. En cuanto lo oí, me quedé pálida y como muerta me dejé caer en la silla. La abuela no se percató de nada. Y él, tras decirnos que nos dejaba, se despidió y se marchó.

»¿Qué iba yo a hacer? Le di muchas vueltas, estaba muy triste, hasta que por fin tomé una decisión. Él se marchaba al día siguiente y decidí resolverlo todo por la noche, cuando la abuela se fuera a dormir. Y así pasó. Hice un hatillo y metí todo dentro; todo cuanto tenía de vestidos y ropa, y con él en la mano, ni viva ni muerta, me dirigí al desván donde vivía nuestro inquilino. Creo que tardé una hora en subir la escalera. En cuanto abrí la puerta para entrar en su habitación, él me vio y dio un grito. Debió de pensar que era un fantasma y fue corriendo a ofrecerme agua, porque apenas me tenía en pie. El corazón me latía con fuerza, me dolía la cabeza y estaba mareada. Cuando me recompuse, puse mi hatillo en su cama, me senté junto a él, me tapé la cara con las manos y rompí a llorar desconsoladamente. Él pareció comprenderlo todo al instante, y permanecía delante de mí pálido y mirándome de un modo tan triste que faltaba poco para que me estallara el corazón.

»—Escúcheme —dijo él—. Escúcheme, Nástenka, no puedo hacer nada. Soy pobre y de momento no puedo ofrecer nada, ni siquiera un puesto de trabajo decente. ¿Cómo íbamos a vivir si yo me casara con usted?

»Estuvimos hablando largo rato, pero finalmente yo estallé y le dije que no podía vivir con la abuela, que me escaparía de su lado, que no quería que me cosiera con un imperdible, y que si él quería me iría con él a Moscú, porque no podía vivir sin él. La vergüenza, el amor y el orgullo… todo ello hablaba al mismo tiempo en mi interior, y me faltó poco para caer en la cama y delirar. ¡Temía tanto el rechazo!

»Estuvo un rato sentado en silencio, después se levantó, se acercó a mí y me cogió de la mano.

»—¡Escuche, mi buena y querida Nástenka! —dijo con lágrimas en la voz—. Escuche. Le juro que si en algún momento tengo posibilidades de casarme, inmediatamente formaría usted parte de mi felicidad. Le aseguro que ahora solo usted puede hacerme feliz. Escuche, yo me voy a Moscú y permaneceré allí justo un año. Espero arreglar mis asuntos. Cuando regrese y si usted sigue queriéndome, le juro que seremos felices. Pero ahora es imposible, no puedo, no tengo derecho a ofrecerle nada. Le juro que, si no es al cabo de un año, algún día se hará realidad; se entiende que en caso de que no prefiera usted a otro, porque no puedo ni me atrevo a pedirle que me dé su palabra.

»Eso fue lo que me dijo, y al día siguiente se marchó. Lógicamente acordamos no decir ni palabra de aquello a la abuela. Así lo quiso él. Y, bueno, ahora ya casi termina mi historia. Pasó justo un año. Él regresó, y ya lleva aquí tres días y…

—Y ¿qué? —exclamé yo impaciente por oír el final.

—¡Hasta ahora no se ha presentado! —respondió Nástenka como si quisiera recobrar fuerzas—. No se sabe nada de él…

Llegado este punto se detuvo, se quedó callada, bajó la cabeza y de pronto, tapándose la cara con las manos, empezó a sollozar de tal modo que mi corazón al oír su llanto dio un vuelco.

No podía imaginarme un desenlace así.

—¡Nástenka! —dije con voz tímida e insinuante—. ¡Nástenka, no llore, por el amor de Dios! ¿Cómo lo sabe usted? Puede que aún no haya venido...

—¡Está aquí! ¡Está aquí! —respondió rápidamente Nástenka—. Yo sé que se encuentra aquí. Habíamos acordado una cosa. Aquella noche, antes de su marcha, cuando nos dijimos todo lo que yo le conté, acordamos salir a dar un paseo por aquí, justamente en este muelle. Eran las diez de la noche. Estuvimos sentados en este banco. Yo ya no lloraba, me deleitaba escuchándole... Me dijo que en cuanto regresara vendría a nuestra casa y, si yo no lo rechazaba, le contaríamos todo a la abuela. ¡Ahora ha regresado, lo sé, pero no viene!

Y de nuevo se echó a llorar.

—¡Dios mío! ¿Acaso no hay forma de ayudarla? —exclamé yo, saltando del banco verdaderamente desesperado—. Dígame, Nástenka, ¿y no podría yo ir a verle...?

—¿Acaso es posible? —dijo ella, levantando de pronto la cabeza.

—¡No! ¡Claro que no! —señalé yo, ocurriéndoseme de repente—. Pero mire, escríbale una carta.

—¡No, de ninguna de las maneras! ¡No lo puedo hacer! —respondió ella decididamente, pero ya con la cabeza gacha y sin mirarme.

—¿Cómo que no puede? ¿Por qué es imposible? —continué yo, aferrándome a mi idea—. Sepa una cosa, Nástenka: que no se trata de una carta cualquiera. Porque hay cartas y cartas y... ¡Oh, Nástenka, es así! ¡Créame! No le voy a dar un consejo absurdo. Todo eso se puede preparar. Si usted ha dado el primer paso, y ahora ya...

—¡No puede ser! ¡No puede ser! Podría parecer que quiero comprometerle...

—¡Oh, mi querida Nástenka! —interrumpí yo, sin ocultar la sonrisa—. ¡Le digo a usted que no! Usted, a decir verdad, está en su derecho porque él le hizo una promesa. Y por lo que veo se trata de una persona delicada, que ha actuado correctamente —continué yo, entusiasmándome cada vez más por la lógica de mis propias conclusiones y mis convencimientos—. ¿Cómo ha actuado él? Dio su palabra de compromiso. Le dijo que en caso de casarse, no lo haría con nadie que no fuera usted y le dio plena libertad para rechazarle en cualquier momento... En un caso así, usted puede dar el primer paso, tiene derecho a hacerlo, lleva ventaja, aunque solo fuera, por ejemplo, para liberarle del compromiso dado...

—¡Escuche! ¿Cómo la escribiría?

—¿Qué?

—Pues esa carta.

—Yo por ejemplo la escribiría del siguiente modo: «Muy señor mío...».

—¿Y necesariamente ha de ser así? ¿«Muy señor mío»?

—¡Necesariamente! Además, qué más da. Yo creo...

—¡Bueno, bueno, continúe!

—«¡Muy señor mío! Disculpe que yo...». ¡Por lo demás, no, no hace falta dar ningún tipo de excusas! El propio hecho lo justifica todo. Diga simplemente:

Me dirijo a usted. Perdone mi impaciencia. Durante todo el año fui feliz esperándole. ¿Acaso ahora soy culpable por no soportar un solo día de duda? Ahora que ha regresado usted, puede que haya cambiado de intención. En tal caso esta carta le demostrará que ni me quejo ni le recrimino. No le culpo porque no soy dueña de su corazón. ¡Mi destino es así!

Es usted una persona honesta. No se burle ni se enfade al leer estas impacientes líneas mías. Recuerde que las escribe una pobre joven, que está sola, sin nadie que la pueda orientar ni aconsejar, y que nunca supo dominar su corazón. Pero disculpe que por un instante la duda haya penetrado en mi corazón. No sería usted capaz de ofender ni siquiera mentalmente a la persona que tanto le amó y le ama.

—¡Sí, sí! Así es exactamente como yo lo he pensado —exclamó Nástenka, y la alegría brilló en sus ojos—. ¡Oh! Ha disipado usted mis dudas, Dios mismo le ha enviado a mí. ¡Se lo agradezco! ¡Se lo agradezco!

—¿El qué? ¿Haber sido enviado por Dios? —respondí yo, mirando entusiasmado su rostro lleno de felicidad.

—Sí, aunque sea eso.

—¡Ay, Nástenka! ¡Debemos agradecer a algunas personas el simple hecho de vivir junto a nosotros! ¡Yo le agradezco que nos hayamos encontrado, y que la recordaré todo un siglo!

—Bueno, basta. Y ahora escuche: entonces acordamos que en cuanto él llegara haría saber de su presencia dejándome una carta en casa de unos conocidos míos, gente buena y sencilla, que no saben nada de esto; y en caso de no poder escribirme la carta, porque no siempre se puede contar todo en una carta, entonces el día de su llegada vendría aquí, donde nos citamos, a las diez en punto de la noche. Sé que ya ha llegado; pero ya lleva aquí tres días y no tengo carta suya ni ha venido. Escaparme de la abuela por la mañana me resulta imposible. Entregue mañana usted mismo mi carta a esa buena gente de la que le hablo: ellos se la harán llegar; y en caso de haber respuesta, usted me la traerá a las diez de la noche.

—¡Pero la carta, la carta! Si lo primero que tengo que hacer es escribir la carta. De este modo, quizás todo podría solucionarse pasado mañana.

—¡La carta...! —respondió Nástenka, ligeramente confusa—, ¡la carta...!; pero...

No finalizó la frase. Al principio volvió la cara, se sonrojó como una rosa, y de pronto sentí la carta en mi mano, escrita al parecer ya hacía tiempo, completamente preparada y con el sobre cerrado. ¡Un recuerdo conocido, tierno y simpático, pasó por mi cabeza!

—¡*Ro-ro-si-si-na-na!* —dije yo.

—¡*Rosina!* —entonamos los dos, yo casi abrazándola de entusiasmo, y ella sonrojándose hasta más no poder, y riendo entre lágrimas, que como perlas temblaban sobre sus negras pestañas.

—¡Bueno, basta! Ahora, adiós —dijo ella deprisa—. Aquí tiene usted la carta y la dirección donde debe llevarla. ¡Adiós! ¡Hasta la vista! ¡Hasta mañana!

Me apretó con fuerza las dos manos, hizo un ademán con la cabeza y como una flecha desapareció en su callejuela. Permanecí un largo rato en el sitio, acompañándola con la vista.

«¡Hasta mañana! ¡Hasta mañana!», se me pasó por la cabeza cuando hubo desaparecido.

## Noche tercera

Hoy ha sido un día triste, lluvioso, sin un rayo de luz, igual que lo será mi vejez. Pensamientos extraños, sensaciones oscuras e interrogaciones poco claras se agolpan en mi cabeza, sin que me encuentre con fuerzas ni ganas para resolverlos. ¡No seré yo quien resuelva todo esto!

Hoy no nos veremos. Ayer, cuando nos estábamos despidiendo, las nubes comenzaron a cubrir el cielo y empezó a levantarse la niebla. Le dije que al día siguiente haría mal tiempo. No me respondió, no quería contrariarse; para ella ese día era claro y luminoso y ninguna nube cubriría su felicidad.

—¡Si llueve no nos veremos! —dijo ella—. No vendré.

Pensé que no se daría cuenta de la lluvia de hoy, pero a pesar de ello no apareció.

Ayer fue nuestro tercer encuentro, nuestra tercera noche blanca…

¡Y hay que ver cómo la alegría y la felicidad hacen que el hombre sea algo maravilloso! ¡Cómo bulle de amor el corazón! Parece que quieres fundir tu corazón con el otro, deseando que todo transcurra de la forma más alegre y que todo sonría. ¡Y qué contagiosa es esa alegría! Ayer en sus palabras había tanta complacencia, tanta bondad suya hacia mi corazón… ¡Cómo me cortejaba, qué tierna se mostraba y cómo alentaba y mimaba mi corazón! ¡Oh, cuánta coquetería encierra la felicidad! Y yo… Yo me lo tomaba todo como un juego limpio; pensaba que ella…

Pero Dios mío, ¿cómo podía pensar yo eso? ¿Cómo podía estar tan ciego cuando todo estaba ya en manos de otro, y nada me pertenecía; cuando, finalmente, incluso la misma ternura, su solicitud, su amor, sí, amor hacia mí, no eran más que la felicidad por la próxima cita con el otro, el deseo de trasladarme también a su felicidad...? Cuando él no apareció y esperábamos en vano, ella frunció el entrecejo y se quedó cohibida y acobardada. Todos sus gestos y palabras ya no eran tan suaves, juguetones y alegres. Y, cosa extraña, se mostró más atenta conmigo, como si instintivamente quisiera verter sobre mí aquello que deseaba y lo que temía si la cosa no se cumpliera. Mi Nástenka se quedó tan apocada y asustada que finalmente parecía creer que yo la amaba y se apiadó de mi pobre amor. Ello sucede cuando somos infelices y sentimos con más fuerza la desgracia de los demás; el sentimiento no se rompe, sino que se concentra...

Acudí al encuentro con el corazón rebosante, haciéndoseme interminable la espera. No presentía lo que iba a experimentar; ni que todo aquello tuviera el desenlace que tuvo. Estaba radiante de felicidad, esperaba una respuesta. Y la respuesta fue ella misma. Él debía venir, llegar corriendo a su llamamiento. Ella llegó una hora antes que yo. Al principio se reía de todo, y sonreía a cada palabra mía. Yo empecé a hablar y me quedé callado.

—¿Sabe por qué estoy tan contenta? —dijo ella—. ¿Por qué estoy tan contenta de verle? ¿Y por qué le quiero tanto hoy?

—¿Y bien? —dije yo con el corazón encogido.

—Le quiero porque no se ha enamorado usted de mí. Porque cualquier otro en su lugar estaría molestándome, dándome la lata, quejándose, haciéndose el enfermo, ¡mientras que usted es tan adorable!

En ese momento apretó tanto mi mano que me faltó poco para lanzar un grito. Se echó a reír.

—¡Dios mío, qué buen amigo es usted! —dijo pasado un minuto, en tono serio—. ¡Si el mismo Dios le ha enviado a mí! Pero ¿qué sería de mí si no estuviera usted ahora conmigo? ¡Qué desinteresado! ¡Cuánto me quiere! Cuando me case mantendremos una gran amistad, más que si fuéramos hermanos. Yo le querré casi tanto como a él…

En aquel instante sentí mucha tristeza y, sin embargo, algo similar a la risa se removió en mi alma.

—Usted tiene un ataque de nervios —dije yo—. Cree que él no vendrá.

—¡Vaya por Dios! —respondió ella—. Si no fuera tan feliz creo que me echaría a llorar por su desconfianza y sus reproches. Por lo demás, usted me dio la idea y me hizo pensar mucho; pero lo pensaré más tarde, y ahora le confieso que tiene usted razón. ¡Sí! No parezco la misma. Estoy completamente a la expectativa y todo me llega con demasiada susceptibilidad. Pero ¡ya es suficiente, dejemos a un lado los sentimientos…!

En ese momento se oyeron unos pasos y en la oscuridad apareció un transeúnte que se dirigía justo hacia nosotros. Los dos nos echamos a temblar, a ella le faltó poco para lanzar un grito. Yo bajé su mano e hice un gesto como si fuera a apartarme. Pero estábamos equivocados: no era él.

—¿De qué tiene miedo? ¿Por qué ha retirado mi mano? —dijo ella, dándomela de nuevo—. ¿Y bien? Lo encontraremos juntos. Yo quiero que vea cuánto nos queremos el uno al otro.

—¡Cómo nos queremos el uno al otro! —exclamé.

«¡Oh, Nástenka, Nástenka!», pensé yo, «¡cuánto has dicho con esas palabras! ¡Un amor como este, Nástenka, en determinados momentos enfría el corazón y vuelve pesarosa el alma! Tu mano está fría y la mía arde como el fuego. ¡Qué ciega estás, Nástenka…! ¡Oh! ¡Qué insufrible resulta una persona feliz en momentos como este! Pero no puedo enfadarme contigo…».

Finalmente sentí que mi corazón estallaba.

—¡Escuche, Nástenka! —exclamé—. ¿Sabe cómo me he sentido durante todo el día?

—¿Qué? ¿Qué es lo que le ha sucedido? ¡Cuéntemelo deprisa! ¿Por qué ha estado todo este rato callado?

—En primer lugar, Nástenka, hice todos sus recados, entregué la carta, estuve en casa de sus conocidos; después… me fui a casa y me eché a dormir.

—¿Solo eso? —interrumpió ella echándose a reír.

—Sí, casi nada más —respondí con esfuerzo, porque unas absurdas lagrimillas empezaron a aflorar en mis ojos—. Me desperté una hora antes de la cita, con la impresión de no haber dormido. No sé qué me sucedió. Venía para contarle todo esto, como si el tiempo se hubiera detenido para mí, como si solo una sensación, un sentimiento, desde este momento debiera quedarse para siempre dentro de mí, como si un minuto debiera continuar toda la eternidad y toda mi vida se hubiera detenido… Cuando desperté, creí que una dulce melodía que había oído en algún lugar volvía a aflorar en mi memoria. Tenía la impresión de que durante toda la vida había estado queriendo salir de mi alma y solo ahora…

—¡Ay, Dios mío, Dios mío! —interrumpió Nástenka—. ¿Cómo es que ha sucedido esto? No entiendo nada.

—¡Ay, Nástenka! Me gustaría, de algún modo, transmitirle esa extraña sensación… —dije yo con voz lastimera, en la que aún remotamente latía la esperanza.

—¡Basta, basta, no siga! —dijo ella. ¡Y al instante se dio cuenta, la muy tunanta!

De pronto se puso muy habladora, alegre y traviesa.

Me cogía del brazo, sonreía, invitándome también a reír, y cada tímida palabra mía se reflejaba en ella en forma de una sonora y prolongada risa… Empecé a enojarme y ella de pronto se puso a coquetear.

—Escuche —dijo ella—, me sienta mal que no se haya enamorado usted de mí. Después de esto, ¿quién entiende a los hombres? Pero a pesar de todo, caballero inflexible, no podrá usted dejar de alabarme por lo sencilla que soy. Yo le cuento absolutamente todo, hasta las tonterías que se me pasan por la cabeza.

—¡Escuche! ¡Parece que han dado las once! —dije yo, cuando se oyeron las campanadas de una lejana torre de la ciudad. De pronto Nástenka se detuvo, dejó de sonreír y se puso a contar.

—Sí, son las once —dijo finalmente con voz tímida e indecisa.

Al instante me quedé compungido por haberla asustado haciéndole contar las horas y me maldije por mi ataque de rabia. Me producía lástima y no sabía cómo redimir mi pecado. Me puse a tranquilizarla y a buscar razones que justificaran su ausencia, a esgrimir argumentos y pruebas. Nadie era más fácil de engañar entonces que ella, y además en momentos así todos escuchamos con alegría una palabra de consuelo, y nos sentimos felices con solo una sombra de justificación.

—Pero ¡si esto es ridículo! —dije yo, acalorándome cada vez más y satisfecho por la claridad de mis pruebas—. Si no podía venir. También a mí me ha engañado y engatusado usted, Nástenka, haciéndome incluso perder la noción del tiempo… Dese cuenta de que apenas le dio tiempo a recibir la carta; supongamos que no pudiera venir, supongamos que piensa contestar, en cuyo caso la carta no llegaría hasta mañana. Mañana en cuanto amanezca iré a recogerla y le haré saber lo que sea. Suponga, finalmente, miles de posibilidades: como, por ejemplo, que no estuviera en casa cuando llegara la carta, y puede que no la haya leído hasta ahora. Todo es posible.

—¡Sí, sí! —respondió Nástenka—, ni siquiera lo pensé: claro que todo es posible —dijo con voz complaciente en la que en forma de disonancia dolorosa se percibía otra idea lejana—. Ya sé lo que tiene que hacer usted mañana —dijo—. Vaya lo más temprano posible y si hay algo me lo dice enseguida. Porque usted sabe dónde vivo —y de nuevo empezó a repetirme la dirección de su casa.

Después, de pronto se puso muy tierna y tímida conmigo… Parecía escuchar atentamente lo que le decía; pero cuando me dirigí a ella con una pregunta, se quedó confusa y en silencio giró la cabeza. La miré a los ojos, y efectivamente: estaba llorando.

—Pero ¿es posible?! Pero ¡qué niña es! ¡Qué infantil…! ¡Vamos, basta!

Intentó sonreír y tranquilizarse, pero le temblaba la barbilla y le palpitaba el pecho.

—Estoy pensando en usted —dijo tras un minuto de silencio—. Es usted tan bondadoso, que tendría que ser de piedra para no sentirlo. ¿Sabe lo que me ha venido ahora a la cabeza? Los he comparado a los dos. ¿Por qué él, y no usted? ¿Por qué él no es como usted? Él no es tan bueno como usted, aunque yo le quiera más.

No respondí nada. Parecía que Nástenka estaba esperando que yo dijera algo.

—Claro que puede que no lo comprenda bien todavía, no lo conozco bien. ¿Sabe una cosa? Siempre he tenido la sensación de tenerle respeto. Siempre se ha mostrado tan serio, tan orgulloso. Cierto que esa es la impresión que da, y que su corazón es más tierno que el mío… Recuerdo cómo me miraba cuando me dirigí a él con mi hatillo; pero a pesar de todo le respeto demasiado, como si no estuviéramos en pie de igualdad.

—¡No, Nástenka! ¡No! —respondí yo—, ¡eso quiere decir que le ama usted más que a nada en el mundo, incluso más que a sí misma!

—Sí, supongamos que así sea —respondió ingenuamente ella—, pero ¿sabe lo que se me ha pasado ahora por la cabeza? solo que no voy a hablar de él, sino en general. Ya lo pensé hace tiempo. Escuche, ¿por qué no nos tratamos fraternalmente los unos a los otros? ¿Por qué hasta el hombre más bondadoso parece siempre disimular y callar en presencia de otro? ¿Por qué no se puede expresar en el momento lo que tienes en el corazón, sabiendo que tus palabras no se las llevará el viento? Porque todo el mundo se cree más severo de lo que realmente es, como si temiera ofender con sus sentimientos si los muestra demasiado deprisa…

—¡Ay, Nástenka!, es cierto lo que dice. Pero sucede a

menudo —interrumpí yo, conteniendo en aquellos momentos mis sentimientos más que nunca.

—¡No, no! —respondió ella con gran pesar—. Usted, por ejemplo, no es como los demás. Yo, a decir verdad, no sabría expresar lo que siento. Me parece que, por ejemplo, usted… aunque solo fuera ahora… creo que se sacrifica por mí —añadió ella tímidamente y mirándome de soslayo—. Usted… y disculpe si le hablo de este modo: soy una muchacha sencilla. He visto poco en esta vida y la verdad es que a veces no sé ni hablar —dijo con una voz temblorosa que parecía ocultar algún sentimiento y procuraba a su vez sonreír—, pero me gustaría expresarle que le estoy agradecida y que también siento todo esto… ¡Oh! ¡Que Dios se lo pague haciéndole feliz! Porque lo que usted me describió con su soñador no es en absoluto cierto, o sea, quiero decir, que en absoluto le corresponde a usted. Usted se está reponiendo, realmente no es la misma persona que describió. Si algún día se enamora, ¡que Dios le haga feliz junto a ella! A ella no le deseo nada, porque ya será feliz con usted. Lo sé, yo soy una mujer, y debe creer lo que digo…

Se quedó callada y me apretó fuertemente la mano. De la agitación que tenía no podía hablar. Pasaron varios minutos.

—Sí, por lo que se ve, hoy no vendrá —dijo finalmente levantando la cabeza—. ¡Es muy tarde…!

—Vendrá mañana —dije yo en un tono convincente y severo.

—Sí —añadió ella, alegrándose—. Yo misma veo ahora que vendrá mañana. ¡Entonces hasta mañana, pues! ¡Hasta mañana! Si llueve, posiblemente no vendré. Pero pasado mañana vendré, lo haré sin falta, ocurra lo que ocurra. Esté aquí, pase lo que pase. Deseo verle y contarle todo.

Y después, cuando nos estábamos despidiendo, me dio su mano y me dijo en tono claro y mirándome a los ojos:

—Porque desde ahora siempre estaremos juntos, ¿no es así?

¡Oh, Nástenka, Nástenka! ¡Si supieras qué solo me siento ahora!

Cuando dieron las nueve de la noche, no pude permanecer más tiempo en la habitación, me vestí y salí sin reparar en el desapacible tiempo que hacía. Estuve sentado allí, en nuestro banco. Ya me había dirigido a su callejuela, pero me sentí incómodo y me di la vuelta sin mirar sus ventanas y a dos pasos de su casa. Regresé a casa tan triste como no lo estaba desde hacía tiempo. ¡Qué tiempo más malo, húmedo y aburrido! Si hiciera bueno, me estaría paseando toda la noche…

Pero ¡hasta mañana! Mañana ella me lo contará todo.

Sin embargo, hoy no ha habido carta. Por lo demás, así es como debía ser. Ya estarán juntos…

## Noche cuarta

¡Dios mío, cómo ha terminado todo esto! ¡Qué fin ha tenido!

Llegué a las nueve de la noche. Ella ya estaba allí. La vi desde lejos. Estaba de pie como la primera vez, apoyada en la barandilla del muelle y sin darse cuenta de que me acercaba.

—¡Nástenka! —le dije, sobreponiéndome y superando la agitación.

Ella se dio rápidamente la vuelta.

—¡Venga! —dijo ella—. ¡Venga, más rápido!

Yo la miraba asombrado.

—Pero ¿dónde está la carta? ¿Trajo usted la carta? —repitió ella, agarrándose con la mano a la barandilla.

—No, yo no tengo la carta —dije finalmente—. Pero ¿es que él no ha venido?

Ella palideció terriblemente, y permaneció un largo rato mirándome inmóvil. Yo había destruido su última esperanza.

—¡Allá él! —dijo finalmente con voz entrecortada—. ¡Allá él si ha decidido dejarme así!

Bajó los ojos; después hizo un gesto para mirarme, pero no pudo. Todavía durante unos minutos estuvo haciendo el esfuerzo de sobreponerse a su agitación, pero de pronto se dio la vuelta, se apoyó en la balaustrada del muelle y se echó a llorar.

—¡Basta, basta! —empecé a decirle yo, sin que me quedaran fuerzas para continuar; además ¿qué podía decirle?

—No me tranquilice —me decía ella llorando—. No me hable de él, ni me diga que va a venir, ni que no me ha abandonado de un modo tan cruel e inhumano. ¿Por qué, por qué? ¿Acaso había algo en mi carta, en mi infeliz carta?

En ese momento sus sollozos interrumpieron su voz. Me dolía el corazón de verla.

—¡Oh, qué inhumano y cruel es esto! —dijo de nuevo—. ¡Y ni una sola línea! ¡Ni una línea! Podía haber respondido que no le hacía falta alguna, que me rechaza, pero no escribir ni una sola línea a lo largo de tres días enteros… ¡Qué fácil le resulta insultar y ofender a una pobre e indefensa muchacha culpable únicamente de amarle! ¡Oh, cuánto he llegado a soportar durante estos tres días! ¡Dios mío! Cuando recuerdo que fui yo quien acudió a verle la primera vez, que me humillé ante él, lloré y supliqué una gota de amor… ¡Y después de eso…! Escuche —dijo dirigiéndose a mí, y sus negros ojos brillaron—. ¡Si no es así! ¡No puede ser así! ¡No es natural! O usted o yo estamos equivocados. ¿Es posible que no haya recibido la carta? ¿Puede que hasta hoy no sepa nada? ¿Cómo es posible? Júzguelo usted mismo, dígame, por el amor de Dios, explíqueme, porque no consigo entenderlo, ¿cómo es posible actuar de un modo tan bárbaro como ha hecho él conmigo? ¡Ni una sola palabra! ¡Si hasta con las peores personas se porta la gente con más compasión! ¿Es posible que él haya oído algo? ¿Que alguien le haya dicho algo sobre mí? —exclamó ella dirigiéndose a mí—. ¿Qué piensa usted?

—Escuche, Nástenka, mañana iré a verle de su parte.

—¿Y bien?

—Le preguntaré todo, y le contaré todo.

—¿Y qué más?, ¿qué más?

—Usted escriba una carta. ¡No diga que no, Nástenka! ¡No diga que no! Yo haré que vea digno su proceder, él lo sabrá todo, y si…

—¡No, amigo mío! ¡No! —interrumpió ella—. ¡Ya está bien! ¡No recibirá de mí ni una palabra, ni una línea! ¡Es suficiente! ¡No le conozco, ya no le quiero y le ol-vi-da-ré…!

No terminó la frase.

—¡Tranquilícese, tranquilícese! Siéntese aquí, Nástenka —dije yo indicándole el banco.

—Estoy tranquila. ¡Está bien! ¡No es nada! ¡Solo son unas lágrimas! ¡Ya se me secarán! ¿Cree usted que me voy a suicidar? ¿Que me voy a tirar al agua...?

Mi corazón estallaba de emoción. Quise empezar a hablar, pero no pude.

—¡Escuche! —continuó ella, cogiéndome la mano—. Dígame: usted no actuaría así, ¿verdad? ¿Abandonaría a una muchacha que vino donde usted por su propio pie? No se burlaría cruelmente de ella por tener un corazón tan débil y absurdo. ¿Usted la protegería? ¡Usted sabría que estaba sola, que no podía mirar por sí misma, que no supo actuar de otro modo respecto al amor que sentía por usted! ¡Sabría que no era culpable, que finalmente no tenía la culpa... que no había hecho nada...! ¡Oh, Dios mío, Dios mío...!

—¡Nástenka! —exclamé yo finalmente, sin poder sobreponerme a la agitación—. ¡Me está usted martirizando! ¡Me está destrozando el corazón, me está matando! ¡No puedo callar! ¡Tengo que hablar y expresar lo que bulle aquí, en mi corazón...!

Al decirlo, me levanté del banco. Ella me cogió de la mano y me miró asombrada.

—¿Qué le ocurre? —dijo finalmente.

—¡Escuche! —dije yo en tono decidido—. Escúcheme, Nástenka. ¡Lo que voy a decirle ahora es absurdo, son ilusiones vanas y una estupidez! Sé que eso nunca se podrá realizar, pero no puedo callar más. ¡Le pido anticipadamente disculpas por lo que está sufriendo ahora...!

—¿De qué se trata?, ¿qué es? —dijo ella dejando de llorar y mirándome fijamente con una extraña curiosidad brillando en sus sorprendidos ojos—. ¿Qué le ocurre?

—Es una quimera, pero yo la amo, Nástenka. ¡Eso es! Bueno, ya lo sabe usted todo —dije gesticulando con la mano—. Ahora usted misma juzgará si puede hablar conmigo como hasta este momento, y si finalmente escuchará lo que le vaya a decir…

—Bueno, ¿y qué? —interrumpió Nástenka—. ¿Qué hay de nuevo en eso? Ya sabía desde hacía tiempo que usted me amaba, solo que creía que me quería así, sencillamente… ¡Ay, Dios mío! ¡Dios mío!

—Al principio todo era muy sencillo, Nástenka, mientras que ahora, ahora… me siento igual que usted cuando se dirigió donde él con su hatillo de ropa. Peor de lo que se sentía usted, porque entonces él no quería a nadie, mientras que ahora usted quiere a otro…

—Pero ¿qué me está diciendo? Ahora no le comprendo en absoluto. Pero escuche, ¿por qué todo esto?; o mejor dicho, ¿por qué me dice esto, y así de repente…? ¡Dios mío! ¡Estoy diciendo tonterías! Pero usted…

Y Nástenka se quedó completamente turbada. Sus mejillas se encendieron y bajó la mirada.

—¿Qué puedo hacer, Nástenka? ¿Qué puedo hacer? Soy culpable, y he abusado… Pero no, yo no tengo la culpa, Nástenka, soy consciente de esto y lo siento, pues mi corazón me dice que tengo razón, y que en absoluto puedo ofenderla ni agraviarla. Fui su amigo; bueno, y también lo soy ahora, no he cambiado en nada. Mire cómo me corren las lágrimas, Nástenka. Allá ellas, que corran… no molestan a nadie. Ya se secarán…

—Pero ¡siéntese, siéntese! —dijo ella, haciéndome sentar en el banco—. ¡Ay, Dios mío!

—¡No, Nástenka! No me voy a sentar. Ya no puedo estar aquí más tiempo, usted no me verá ya más. Lo diré todo y me marcharé. Solo quiero decirle que usted jamás se habría enterado de que yo la amaba. Yo habría guardado mi secreto. Y no la estaría martirizando en estos momentos con mi egoísmo. ¡No! Pero no he podido soportarlo ya. Usted misma empezó a hablar de ello, usted tiene la culpa... tiene toda la culpa, y no yo. No puede alejarme de su lado...

—Pero ¡no! ¡Yo no le echo de mi lado! —dijo Nástenka, ocultando la pobre como podía su turbación.

—¿No me aleja de su lado? ¿No? Yo mismo quería irme. Y me marcharé, solo que antes le contaré todo, porque cuando me hablaba yo no podía permanecer indiferente al verla llorar y martirizarse porque, bueno, porque... (lo diré, Nástenka), porque la rechazaban, rechazaban su amor, y yo sentía que en mi corazón ¡hay tanto amor para usted, Nástenka! ¡Tanto...! Y he estado tan triste por no poderla ayudar en ese amor... que el corazón se me rompía, y no podía callar porque tenía que hablar, Nástenka. ¡He tenido que hablar...!

—¡Sí, sí, dígamelo!... hábleme así —dijo Nástenka con un gesto delicado—. A lo mejor le extraña que le hable así, pero... hable. ¡Ya le diré más tarde! ¡Le contaré todo!

—Usted siente lástima de mí, Nástenka. Sencillamente siente lástima de mí, amiga mía. Lo que se ha perdido, perdido está, y lo que se ha dicho ya no vuelve atrás. ¿No es así? Bueno, ahora ya lo sabe usted todo. Esto es un punto de apoyo. ¡Todo está bien ahora! Pero escuche. Cuando usted estaba ahí sentada y llorando, yo pensaba para mis adentros (¡oh, déjeme decir lo que pensaba!), pensaba que usted... bueno, que de alguna manera absolutamente indirecta ya no le quería. Entonces, yo ya pensaba esto, Nástenka, ayer y anteayer… entonces yo haría todo lo posible para que usted me quisiera: si usted misma dijo que ya casi me quería. Y ahora ¿qué más? Bueno, esto es casi todo lo que quería decir; solo queda preguntar: ¿qué es lo que ocurriría si se enamorara usted de mí? solo quería decir eso, nada más. Escúcheme, amiga mía, porque a pesar de todo sigue siendo mi amiga, y yo, claro está, soy un hombre sencillo, pobre e insignificante, solo que no se trata de eso (parece que no estoy hablando de lo que debo, pero es por lo confuso que estoy, Nástenka)… Yo la amaría tanto, que si usted le siguiera queriendo a él y continuara amando al que yo no conozco, a pesar de todo no se percataría del peso de mi amor. Usted únicamente oiría y sentiría que junto a usted late un corazón noble y apasionado, que para usted… ¡Oh, Nástenka! ¿Qué ha hecho usted conmigo?

—¡No llore! ¡No quiero que llore usted! —dijo Nástenka, levantándose rápidamente del banco—. ¡Vamos, levántese, levántese! ¡Venga conmigo, no llore, no llore! —dijo, limpiándome las lágrimas con su pañuelo—. Bueno, ahora vámonos. Puede que le diga algo… Si él ahora me ha abandonado porque ya me olvidó, y aunque todavía le ame (pues no quiero engañarle…), pero escúcheme y responda. Por ejemplo, en el caso de que yo le tomara cariño a usted, es decir, solo si… ¡Oh, amigo mío! ¡Ahora me doy cuenta de cómo le ofendí entonces, cuando me reí de su amor! ¡Cuando le elogiaba por no haberse enamorado de mí…! ¡Oh, Dios mío! Pero ¡cómo pude yo no darme cuenta! ¿Cómo pudo pasárseme? ¡Qué estúpida fui! Pero… bueno, he tomado la decisión de decirlo todo…

—Escúcheme, Nástenka, ¿sabe una cosa? Yo me alejaré de usted. ¡Eso es! Porque de este modo solo la estoy martirizando. Porque ahora le remuerde la conciencia por haberse reído de mí, pero yo no quiero, no quiero, que junto a la pena que siente… ¡Claro que yo tengo la culpa, Nástenka! Pero ¡adiós!

—Espere, escúcheme: ¿puede esperar?

—¿Esperar qué? ¿Cómo?

—Yo le quiero a él, pero eso pasará, debe pasar, no puede no pasar. Ya se está pasando, lo siento… Tal vez termine hoy mismo, porque le odio, porque se rio de mí, cuando usted lloraba a mi lado, porque usted no me habría rechazado como él, porque me quiere, mientras que él no, y porque en suma yo misma le quiero a usted. ¡Sí, le quiero! Le quiero como usted me quiere a mí. Si yo misma le dije eso antes, usted mismo lo escuchó… le quiero porque es usted mejor que él, porque es más noble que él, porque, porque, él…

La emoción de la pobre era tal, que no pudo terminar la frase; apoyó su cabeza en mi hombro, después en mi pecho, y rompió a llorar amargamente. Yo la tranquilizaba, la calmaba, pero ella no cesaba de llorar. No hacía más que apretarme la mano y decir entre sollozos: «¡Espere, espere! ¡Ya se me pasa! ¡Quiero hablarle… no piense que estas lágrimas… son debilidad, espere a que se me pase…!». Por fin cesó de llorar, se secó los ojos y de nuevo nos pusimos a andar. Yo quería hablar, pero ella estuvo un largo rato rogándome que me esperara. Nos quedamos en silencio… Finalmente se recompuso y se puso a hablar…

—Mire —dijo Nástenka con voz débil y temblorosa, en la que de pronto sonó una nota que me llegó directamente al corazón gimiendo dulcemente—: no piense que soy tan inestable y voluble. No crea que puedo olvidarme y cambiar tan rápidamente y tan a la ligera... Le he amado a él durante todo el año, y por Dios juro que jamás, jamás, le fui infiel siquiera en el pensamiento. Él ha despreciado esto. Se ha reído de mí... allá él. Pero me ha herido y ha ofendido mi corazón. Yo, yo no le quiero, porque solo puedo amar al que es generoso, al que me entiende y es noble, pues yo misma soy así y él no se merece a alguien como yo. Bueno, ¡allá él! Es mejor que haya actuado así, que yo me desengañara de él esperanzada, y que me enterara después de cómo es realmente... ¡Bueno, ya se acabó! Pero ¿quién sabe, amigo mío? —continuó ella, apretándome la mano—, ¿quién sabe? Es posible que todo mi amor fuera un engaño de los sentimientos, una imaginación. Es posible que haya comenzado como una travesura, absurdamente, por encontrarme bajo la vigilancia de la abuela. Quizás debiera amar a otro y no a él, a otra persona que se apiadara de mí, y, y... Pero dejemos, dejemos eso —se interrumpió Nástenka ahogándose de agitación—. Yo solo quería decirle... quería decirle que si a pesar de que le quiero a él (no, mejor dicho, de que le quería), si a pesar de ello, dice usted todavía... si siente que su amor es tan grande que puede reemplazar finalmente en mi corazón al otro... si desea apiadarse de mí, si no quiere dejarme a solas con mi destino, desconsolada y desesperanzada, si quiere amarme siempre, tal y como lo está haciendo ahora, entonces le juro que el agradecimiento... que mi amor será finalmente digno del suyo. ¿Me cogerá usted ahora de la mano?

—¡Nástenka! —exclamé yo, ahogándome en sollozos—. ¡Nástenka…! ¡Oh, Nástenka!

—Bueno, ¡basta, basta! ¡De veras! —dijo sin poder apenas sobreponerse—. Ahora ya está dicho todo. ¿No es verdad? ¿No es así? Usted es feliz y yo también. Ni una palabra más de ello. ¡Espere, compadézcase de mí…! ¡Hable de otra cosa, por el amor de Dios…!

—¡Sí, Nástenka, sí! Bueno, dejémoslo, ahora soy feliz; yo… Hablemos de otra cosa. Cambiemos de tema, vamos. ¡Sí! Estoy dispuesto…

Y, sin saber de qué hablar, nos pusimos a reír, a llorar, a decir mil palabras sin sentido y que no venían a cuento. Tan pronto caminábamos por la acera como retrocedíamos y cruzábamos la calle. Después nos parábamos y de nuevo cruzábamos el muelle. Parecíamos unos críos…

—Ahora, Nástenka, estoy viviendo solo —dije yo—. Y mañana… Nástenka, usted sabrá que soy pobre, y que todo mi capital asciende a mil doscientos rublos, pero no importa…

—Por supuesto que no; pero la abuela tiene una pensión y no será una carga. Tendríamos que llevarnos a la abuela.

—Claro que nos llevaremos a la abuela… solo que también está Matriona… ¡Ay, si usted también tiene a Fiokla! Matriona es bondadosa, solo que tiene un defecto: carece absolutamente de imaginación, Nástenka. Pero ¡eso no importa…!

—Da lo mismo. Ellas pueden estar juntas. Entonces, múdese a nuestra casa.

—¿Cómo es eso? ¿Donde usted? Está bien, estoy dispuesto…

—Sí, como inquilino. Arriba tenemos una buhardilla;

está vacía. Teníamos una inquilina, una anciana de familia noble, pero se mudó, y sé que la abuela quiere alquilárselo a algún joven. Y yo le pregunto: «¿Y por qué a un joven?». Y ella me responde: «Pues porque yo ya estoy vieja; pero no te pienses, Nástenka, que quiero casarte con él». Y me percaté de que precisamente de eso se trataba...

—¡Ay, Nástenka...!

Y los dos nos echamos a reír.

—¡Ya basta! ¿Y dónde vive usted? Se me ha olvidado.

—Allí, cerca del puente, en la casa de Barannikov.

—¿Esa casa que es tan grande?

—Sí, esa casa tan grande.

—¡Ay, la conozco, es una buena casa! Es solo que... ¿sabe una cosa? Déjela y múdese a vivir con nosotras cuanto antes...

—Mañana mismo, Nástenka, mañana mismo. Debo algo por el alquiler, pero no importa... Pronto cobraré...

—¿Sabe? A lo mejor me pongo a dar clases. Me prepararé y me pondré a dar clases...

—¡Estupendo...! Y a mí me ascenderán pronto, Nástenka...

—De modo que mañana será usted mi inquilino...

—Sí, e iremos a ver *El barbero de Sevilla*, porque pronto lo volverán a representar otra vez.

—Sí, iremos —dijo sonriendo Nástenka—. No, mejor sería que fuéramos a oír otra cosa y no *El barbero*...

—Bueno, está bien, otra cosa. Claro, mejor será, no me había dado cuenta...

Mientras hablábamos, los dos caminábamos como si estuviéramos embriagados, como si no supiéramos lo que nos sucedía. Tan pronto nos deteníamos y nos quedábamos un largo rato hablando en el mismo lugar, como de pronto nuevamente arrancábamos a andar para llegar Dios sabe dónde, para otra vez más echarnos a reír y a llorar... De repente, Nástenka expresaba su deseo de regresar a casa sin que yo me atreviera a retenerla. Arrancábamos a andar y al cabo de un cuarto de hora de nuevo nos encontrábamos en nuestro banco en el muelle. Allí Nástenka suspiró, y le brotaron nuevamente lágrimas en los ojos. Me quedé acobardado y sobrecogido de frío... Pero al instante ella me apretó la mano, tirando nuevamente de mí para volver a andar, charlar y conversar...

—¡Ya es hora, debo regresar a casa! Creo que ya es muy tarde —dijo finalmente Nástenka—, ¡dejémonos de tantas chiquilladas!

—Sí, Nástenka, solo que ahora ya no podré conciliar el sueño. No voy a ir a casa.

—Creo que yo tampoco podré dormirme. Pero acompáñeme usted...

—Por supuesto.

—Ahora es preciso que lleguemos hasta mi casa.

—Por supuesto, por supuesto...

—¿Palabra de honor?... ¡Porque alguna vez habrá que volver a casa!

—Palabra de honor —respondí yo sonriendo.

—¡Vamos pues!

—Vamos. ¡Mire el cielo, Nástenka, mírelo! Mañana hará una mañana estupenda. ¡Qué cielo tan azul y qué luna! Mire cómo esa nube amarilla va a cubrirla ahora. ¡Mire, mire...! No. Ha pasado de largo. ¡Mírelo, mírelo...!

Pero Nástenka no miraba la nube y permanecía callada como si se hubiera quedado petrificada. Al cabo de un minuto empezó a apretarse contra mí con cierta timidez. Su mano temblaba en la mía. La miré... Ella se apretó contra mí con más fuerza todavía.

En ese instante junto a nosotros pasó un caballero joven. De pronto se detuvo, se quedó mirándonos fijamente y después avanzó unos pasos hacia nosotros. Mi corazón se estremeció...

—Nástenka —dije yo a media voz—. ¿Quién es, Nástenka?

—¡Es él! —respondió ella susurrando, apretándose contra mí, aún más estremecida... Yo apenas podía sostenerme en pie.

—¡Nástenka! ¡Nástenka! ¡Eres tú! —se oyó una voz detrás de nosotros, y en aquel instante el joven caballero avanzó unos pasos más hacia nosotros.

¡Dios mío, qué grito dio ella, cómo se estremeció! ¡Cómo se arrancó de mis brazos y se lanzó a su encuentro...! Me quedé mirándoles con el corazón hecho pedazos. Pero, apenas le hubo extendido tímidamente la mano y se hubo echado en sus brazos, de pronto se dio la vuelta y como una ráfaga de aire o un relámpago se lanzó hacia mí, y sin que me diera tiempo de reponerme me rodeó el cuello con los brazos y me dio un fuerte y ardiente beso. Después, sin decir palabra, de nuevo se lanzó hacia él, le cogió de las manos y le arrastró tras ella.

Permanecí un largo rato mirándoles... Finalmente los dos desaparecieron de mi vista.

# La mañana

Mis noches terminaron por la mañana. Hacía un día desapacible. Llovía, y la lluvia golpeaba tristemente en mis cristales. La habitación estaba oscura y el patio sombrío. Me dolía la cabeza y estaba mareado. La fiebre recorría todos los miembros de mi cuerpo.

—Señor, el cartero le ha traído una carta —dijo Matriona inclinándose sobre mí.

—¡Una carta! ¿De quién? —exclamé yo, saltando de la silla.

—No veo, señor, mírelo, puede que aquí ponga quién lo envía.

Rompí el sello. ¡Era de Nástenka!

> ¡Oh, perdone, disculpe! De rodillas le ruego que me perdone… Le he engañado a usted y a mí misma. Ha sido un sueño, una ilusión… Hoy estoy sufriendo por usted hasta más no poder. ¡Perdóneme, perdóneme…!
>
> No me culpe, porque en absoluto he cambiado respecto a usted. Dije que le iba a querer, y le quiero ahora, y aún más que eso. ¡Oh, Dios mío! ¡Si pudiera amarles a los dos a la vez! ¡Oh, si usted fuera él!

«¡Oh, si él fuera usted!», se me pasó por la cabeza. ¡Recordé tus propias palabras, Nástenka!

> ¡Dios sería testigo de lo que sería capaz de hacer ahora por usted! Yo sé que se siente mal y está triste.

Yo le ofendí, pero ya sabe que, cuando se ama, la ofensa no puede sostenerse mucho tiempo. ¡Y usted me ama!

¡Se lo agradezco! ¡Sí, le agradezco ese amor! Porque ha impregnado mi memoria como un dulce sueño que al despertar se recuerda largo tiempo. Porque recordaré eternamente aquel momento en que me abrió usted su corazón tan fraternalmente acogiendo generosamente el mío, que estaba destrozado, para protegerlo, cuidarlo con ternura y curarlo… Si usted me perdona, su recuerdo se enaltecerá en mí con un eterno sentimiento de gratitud que jamás se borrará de mi alma… Guardaré ese recuerdo y le seré fiel, no lo cambiaré ni traicionaré mi corazón: es demasiado constante. Ayer mismo se volvió rápidamente hacia aquel a quien ha pertenecido siempre.

Nos encontraremos, usted vendrá a vernos, no nos dejará, y será eternamente un amigo mío, un hermano… Y cuando me vea, ¿me tenderá usted su mano? ¿Verdad que sí? Usted me la tenderá, me perdonará, ¿no es cierto? ¿Me ama como antes?

¡Oh, quiérame, no me abandone, porque le quiero tanto en estos momentos!, porque soy digna de su amor… porque lo mereceré… mi querido amigo. La semana que viene me caso con él. Regresó enamorado y jamás se olvidó de mí… No se moleste porque le escriba sobre él. Pero me gustaría ir con él a su casa. Le cogerá simpatía, ¿verdad?

¡Perdóneme y recuerde y quiera a su Nástenka!

Estuve un largo rato releyendo la carta. Los ojos se me llenaron de lágrimas. Finalmente la carta resbaló de mis manos y me cubrí la cara.

—¡Caramba! ¡Caramba! —dijo Matriona.

—¿Qué sucede, mujer?

—Pues que he quitado todas las telarañas del techo. Ahora incluso puede casarse e invitar a la gente, antes de que se ensucie de nuevo…

Miré a Matriona… Todavía era una mujer vital y joven, y no sé por qué se me presentó de pronto con la mirada apagada, arrugas en la cara, encorvada y senil… No sé la razón por la que me figuré mi habitación tan envejecida como ella. Las paredes y los suelos parecían descoloridos y todo estaba ensombrecido. No sé por qué al mirar por la ventana me dio la impresión de que la casa de enfrente también se tornaba decrépita y sombría, a la vez que la pintura de sus columnas se ahuecaba y caía; que las cornisas se habían ennegrecido y agrietado y en las paredes de color ocre chillón aparecían manchas…

Tal vez un rayo de sol que asomaba detrás de una nube se ocultara detrás de otra, preñada de lluvia, oscureciendo nuevamente todo ante mis ojos. Probablemente me figuraría pasar fugaz y tristemente toda la perspectiva de mi futuro, viéndome en aquel momento quince años después, como un hombre envejecido en aquella misma habitación, igual de solitario y junto a la misma Matriona que no había ganado en luces durante esos años.

Pero ¡recordar yo mi ofensa, Nástenka! ¿Ensombrecer con una oscura nube tu felicidad clara y serena? ¿Envenenar tu corazón con secretos remordimientos, obligándolo a latir con tristeza en los momentos de tu felicidad? ¿Ajar un solo pétalo de esas delicadas flores que entrelaces en tus negros rizos cuando junto a él te dirijas al altar…? ¡Eso jamás, jamás! ¡Que resplandezca tu cielo, que tu tierna sonrisa sea clara y serena, que Dios te bendiga por un minuto de felicidad que des a otro corazón solitario y agradecido!

¡Dios mío! ¡Un minuto entero de felicidad! ¿Acaso es poco para toda una vida humana…?

# El corazón débil

(*Slaboie serdtse*, 1848)

Bajo el mismo techo, en la misma casa, en un cuarto piso, vivían dos jóvenes funcionarios, Arcadi Ivánovich Nefédevich y Vasia Shumkov… El autor, lógicamente, se ve en la obligación de explicar al lector por qué un héroe tiene el nombre completo y el otro no, aunque solo sea porque esto se pueda considerar incorrecto, si bien es normal. Pero como para ello sería necesario describir antes el grado, la edad, el tratamiento, el cargo y, finalmente, incluso los caracteres de los personajes de que se trata, y dado que hay muchos escritores que tienen esa forma de empezar, el autor del presente relato decide comenzar directamente desde la acción, para no parecerse a ellos (pues, como dicen algunos, lo hacen por su ilimitado amor propio). Y, dando por finalizada la presente introducción, comienza así el relato:

Al atardecer, en la víspera de Año Nuevo, hacia las seis de la tarde, Shumkov regresó a casa. Arcadi Ivánovich, que estaba en la cama, se despertó, entreabrió los ojos y miró a su compañero. Observó que llevaba puesto su magnífico traje y una impecable pechera. Al parecer, aquello le impactó. «¿Adónde habrá ido Vasia con este aspecto? ¡Y encima, sin haber almorzado en casa!». Mientras tanto, Shumkov encendió una vela, y Arcadi Ivánovich enseguida se dio cuenta de que su compañero se disponía a despertarle como por accidente. Y así ocurrió. Vasia tosió un par de veces, se dio unas vueltas por la habitación, y finalmente, de una manera casual, dejó caer al suelo su pipa, que rellenaba en un rincón, cerca de la estufa. A Arcadi Ivánovich le entró la risa.

—¡Ya está bien de picardías, Vasia! —le dijo.

—¿No estás durmiendo, Arcasha?

—Pues la verdad es que no sabría decírtelo; pero creo que no duermo.

—¡Ah, Arcasha! ¡Buenas tardes, amigo! ¡Vaya, vaya, hermano! ¡No sabes lo que tengo que contarte!

—¡Claro que no lo sé! Pues venga, acércate.

Vasia, que realmente parecía estar aguardando el momento, se acercó inmediatamente sin esperarse ni remotamente la astucia de Arcadi Ivánovich. este le agarró sutilmente, le dio la vuelta, se colocó encima y se puso a «estrangular» a su víctima, lo que al parecer le divertía enormemente a Arcadi Ivánovich, siempre de tan buen humor.

—¡Ya te tengo! —exclamó—. ¡Ya te tengo!

—¿Arcasha, Arcasha, qué haces? ¡Suéltame, por el amor a Dios, suéltame, que se me va a manchar el frac…!

—No hace falta. ¿Para qué quieres un frac? ¿Por qué eres tan ingenuo dejándote coger? Dime: ¿dónde has estado y dónde has almorzado?

—¡Arcasha, por el amor de Dios, suéltame!

—¿Dónde almorzaste?

—Pues eso es lo que quiero contarte.

—¡Pues venga, vamos!

—¡Pero antes suéltame!

—¡Pues no! ¡No te soltaré hasta que me lo cuentes!

—¡Arcasha, Arcasha! Pero ¿acaso no comprendes que no puedo, que me es imposible? —gritaba ya sin fuerzas Vasia, intentando liberarse de las fuertes garras de su enemigo—. ¡Pues hay asuntos que…!

—¿Qué asuntos…?

—Pues aquellos que, cuando empiezas a abordarlos en una situación como esta, hasta puedes perder la dignidad. Es imposible de todo punto; quedaría ridículo, y en este caso no se trata de algo gracioso, sino muy importante.

—¡Bueno! ¡Encima se trata de algo importante! ¡Ya ves lo que se ha inventado! Tú cuéntamelo de tal modo que me entren ganas de reír; así es como me lo tienes que contar; pero no quiero escuchar nada importante; porque, si no, ¿qué tipo de compañero de piso serías? Vamos, dime: ¿qué tipo de compañero serías? ¿Eh?

—¡Arcasha, por Dios, que no puedo!

—¡No quiero ni oírlo…!

—¡Vamos, Arcasha! —dijo Vasia, tumbado de través en la cama e intentando con todas sus fuerzas poner el máximo énfasis en sus palabras—. ¡Arcasha! Puede que te lo cuente; solo que…

—¿Qué…?

—¡Pues que me he comprometido para casarme!

Arcadi Ivánovich, sin decir palabra, cogió a Vasia en brazos, como si fuera un bebé (sin reparar en que este no era del todo bajito sino, más bien al contrario, bastante alto, pero delgado), y con soltura se puso a pasear con él por la habitación, haciendo que lo mecía.

—¡Pues yo, novio, mira tú por dónde, voy a cambiarte los pañales!

Pero, al ver que Vasia permanecía inmóvil en sus brazos y sin decir nada, al instante rectificó, como si comprendiera que sus bromas habían llegado lejos. Lo soltó en medio de la habitación y con gesto amistoso y sincero le besó en la mejilla.

—Vasia, ¿no te habrás enfadado?

—Arcasha, escúchame...

—¡Por el Año Nuevo!

—Pero si estoy bien. ¿Por qué te comportas tan alocadamente? Cuántas veces te habré dicho: «¡Arcasha, por Dios, que no tiene gracia!». ¡No la tiene, en absoluto!

—Bueno, pero ¿no estarás enfadado?

—No, estoy bien. Además, ¿cuándo me he enfadado yo con alguien? solo que me has disgustado, ¿lo entiendes?

—¿Cómo que te he disgustado? ¿Por qué?

—He venido a ti como amigo, con el corazón rebosante, deseando abrirte el alma y contarte la felicidad que me invade...

—Pero ¿de qué felicidad se trata? ¿Por qué no me lo cuentas...?

—¡Bueno, pues que me caso! —respondió enojado Vasia, ya que realmente estaba algo dolido.

—¿Tú? ¿Que te casas? ¿Es eso cierto? —exclamó blasfemando suavemente Arcasha—. ¡No, no...! Pero ¿esto qué es? ¡Y me lo dices así! ¿Sin derramar una lágrima...? —y Arcadi Ivánovich se lanzó nuevamente a abrazarle.

—Bueno, ¿ahora comprenderás mi reacción? —dijo Vasia—. Sé que eres una buena persona y un amigo; lo sé.

Vine a ti lleno de alegría y entusiasmo, y, de pronto, toda esa alegría y ese entusiasmo te los he tenido que descubrir dando vueltas y atravesado sobre la cama, sin dignidad alguna... Comprendes, Arcasha —continuó Vasia riéndose—, la situación era muy cómica: y además, yo, en cierto modo, no era dueño de mi persona. No podía restarle importancia a un asunto así... ¡Solo faltaba que me preguntaras cómo se llama! ¡Te juro que conseguirías matarme antes de que te dijera cómo se llama!

—Bueno, Vasia, pero ¿por qué has estado callado? Podías habérmelo dicho antes, y no te habría gastado la broma —exclamó Arcadi Ivánovich verdaderamente arrepentido.

—¡Bueno, bueno, ya está bien! Si yo era solo... Sabes a qué se debe todo esto: pues a que tengo buen corazón. Por eso me ofendí, porque no pude hacerlo como quería, dándote una buena nueva con alegría. Quería contártelo bien, comunicándote la noticia correctamente... ¡Es verdad, Arcasha! ¡Pues te quiero tanto que, de no existir tú, creo que ni me casaría ni tampoco viviría!

Arcadi Ivánovich, que era extraordinariamente sensible, tan pronto reía como lloraba al escuchar a Vasia. A este le ocurría lo mismo. Los dos se abrazaron nuevamente, olvidándose de lo ocurrido.

—Bueno, ¿cómo ha sucedido? ¡Cuéntamelo todo, Vasia! Yo, hermano, discúlpame pero estoy sorprendido, ¡completamente sorprendido! ¡Como si me hubiera derribado un trueno! ¡Te lo juro por Dios! Pero ¡no, hermano! ¡No puede ser, te lo estás inventando, de verdad que me engañas! —exclamó Arcadi Ivánovich, echándole incluso una mirada de sospecha a Vasia; pero al ver en su semblante la resplandeciente confirmación de la inamovible decisión de casarse cuanto antes, se lanzó sobre la cama y empezó entusiasmado a darse tales revolcones que hasta las paredes temblaban.

—¡Vasia, ven aquí a contármelo! —gritó, sentándose por fin en la cama.

—Pero, hermano, ¡la verdad es que no sabría por dónde empezar!

Los dos se miraron, felices e inquietos.

—¿Quién es ella, Vasia?

—¡Es de la familia de los Artémiev…! —dijo Vasia con una voz débil de la felicidad.

—¿De veras?

—Bueno, pero si yo ya me cansé de hablarte de ellos, y por eso me callé, mientras que tú no te estabas enterando de nada. ¡Ay, Arcasha! ¡Cuánto me ha costado ocultártelo! Pero ¡tenía miedo, miedo de hablar! ¡Pensaba que la cosa podía estropearse, y yo que estaba tan enamorado, Arcasha! ¡Dios mío! ¡Has visto qué historia! —se puso nuevamente a hablar interrumpiéndose a sí mismo por lo excitado que estaba—; ella tenía un novio desde hacía ya un año, pero de pronto lo destinaron fuera; yo lo conocía, y, a decir verdad, era muy… ¡que Dios le ampare! Y, de pronto, deja de escribirle, como si se lo hubiera tragado la tierra. Y ella venga esperar. ¿Qué significaba aquello…? De pronto, hace cuatro meses, regresa casado y sin dejarse ver por allá. ¡Es algo tosco! ¡Vulgar! Y encima no había nadie que pudiera salir en defensa de ella. Ella, la pobre, no cesaba de llorar, y, mientras tanto, yo me enamoré de ella… aunque ya antes estaba enamorado de ella y siempre lo estuve. Entonces, comencé a tranquilizarla y a hacerle visitas… y bueno, la verdad, es que no sé cómo sucedió todo esto, solo que también ella se enamoró de mí. Hace una semana ya no me pude contener y me eché a llorar, a sollozar, y le confesé todo. Bueno, pues eso, le dije que la quería. ¡En una palabra, todo…! «Si yo también le quiero, Vasíli Petróvich», me dijo, «pero soy una muchacha pobre, no se burle usted de mí. Yo ya no me atrevo a amar a nadie». Bueno, hermano, ya lo entiendes, ¿verdad…? Y con esas palabras nos comprometimos. Yo no paraba de darle vueltas y más vueltas, y le pregunté cómo podíamos decírselo a la madrecita. Ella me respondió que era algo complicado, que esperara un poco, pues la madre tenía miedo; que probablemente fuera pronto para pedir la mano de su hija y que aún lloraba. Y yo, sin avisarla previamente, se lo solté hoy de sopetón a la vieja. Lizanka se arrodilló ante ella, igual que yo… y bueno, nos dio su bendición. ¡Arcasha, Arcasha! ¡Querido mío! ¡Viviremos juntos! ¡Yo ya no me separaré de ti jamás!

—¡Vasia, te miro y no me lo creo, por Dios que se me hace difícil creerlo, te lo prometo! La verdad es que me parece… Escúchame, ¿cómo es que te casas…? ¿Cómo pude no haberme enterado? ¿Eh? ¡Pues la verdad, Vasia, yo también te confieso ahora que pensaba casarme! ¡Pero como ahora eres tú quien se casa, pues da igual! ¡Que seas feliz…!

—¡Ahora, hermano, mi corazón está tan feliz, y me siento tan bien…! —dijo Vasia levantándose y poniéndose a dar vueltas por la habitación—. ¿No es verdad que tú también lo sientes así? ¡Viviremos humildemente, claro, pero seremos felices! ¡Además, esto no es una quimera, y nuestra felicidad no es de libro! ¡Seremos felices de verdad…!

—¡Vasia, Vasia, escucha!

—¿Qué? —respondió Vasia, deteniéndose frente a Arcadi Ivánovich.

—Se me ha ocurrido una idea. Pero la verdad es que me da hasta miedo decírtelo… Discúlpame, pero sácame de dudas. ¿Con qué dinero piensas vivir? Yo, ¿sabes?, no salgo de mi asombro porque te casas, y no consigo dominarme, pero dime, ¿cómo piensas vivir? ¿Eh?

—¡Ay, Dios mío, Dios mío! ¡Cómo eres, Arcasha! —respondió Vasia profundamente asombrado, mirando a Nefédevich—. Pero ¿qué es lo que te ocurre? Ni siquiera la vieja reparó dos minutos en ello cuando yo le expuse todo con claridad. ¡Pregúntales de qué han vivido todo este tiempo! ¡Pues con quinientos rublos al año para los tres! ¡Esa es la pensión que les quedó tras fallecer el marido! Y viven ella, la anciana y también un hermanito pequeño por el que tienen que pagar el colegio. Así es como viven. ¡Si aquí los únicos capitalistas que hay somos tú y yo! ¡Y yo, mira tú por dónde, he salido algún año, cuando se me han dado bien las cosas, por mis buenos setecientos rublos!

—Escucha, Vasia, y discúlpame. Yo… ¡por Dios!, no tiene importancia, solo que no paro de darle vueltas, para que no se desbaraten los planes; pero ¿qué dices de setecientos rublos? Querrás decir trescientos…

—¡Trescientos…! ¿Y Iulián Mastákovich? ¿Te has olvidado de él?

—¡Iulián Mastákovich! Sí, hermano, pero no es seguro. Ese dinero no son los trescientos rublos de sueldo fijo, donde cada rublo es tuyo. Claro que Iulián Mastákovich es una gran persona, y yo lo respeto, lo comprendo, y me alegro de que esté donde está, y te juro por Dios que le aprecio porque él a su vez te aprecia a ti y te da trabajo cuando podía no hacerlo y en su lugar coger a un funcionario en comisión de servicio. Dime que tengo razón, Vasia... Atiende una cosa más: no estoy hablando por hablar. Estoy de acuerdo en que en todo San Petersburgo no hay letra como la tuya, lo reconozco —continuó, no sin asombro, Nefédevich—. Pero puede que de pronto, ¡y Dios no lo quiera!, dejes de gustarle, o no aciertes en lo que él desea, que de repente deje de recibir trabajo, o que coja a otro escribiente. Pues sí, puede ocurrir cualquier cosa. Porque Iulián Mastákovich hoy está aquí, pero mañana puede no estar, Vasia...

—Escucha Arcasha, si nos ponemos así, también podía caernos ahora el techo encima...

—Bueno, claro, claro... solo era por hablar...

—No, escucha, atiende y verás: ¿cómo puede deshacerse de mí...? Tú solo escucha, nada más. Yo cumplo con todo concienzudamente. Además, él es una buena persona y hoy, Arcasha, me dio cincuenta rublos.

—¿De veras, Vasia? ¿Una gratificación?

—¡Qué gratificación! De su propio bolsillo. Fue y me dijo: «Mira, hermano, llevas cinco meses sin cobrar. Si necesitas algo, cógelo; estoy contento contigo. De veras que estoy satisfecho de tu trabajo. ¿No vas a trabajar gratis para mí, verdad?»; así fue como me lo dijo. Y a mí, Archasha, me brotaron las lágrimas. ¡Por Dios bendito!

—Escucha, Vasia, ¿y terminaste aquellos papeles...?

—No... todavía no los acabé.

—¡Va... sinka! ¡Ángel mío! ¿Qué has hecho?

—Escucha, Arcadi, no pasa nada, aún dispongo de dos días más, me da tiempo.

—¿Cómo es que no los empezaste...?

—¡Bueno, bueno! Me miras con una cara tan compungida que se me revuelven las entrañas y me duele el corazón. Bueno, ¿y qué? Siempre me dejas con la moral por el suelo. Y me gritas: «¡Ah-ah-ah!». Entra en razón, pero ¿qué es esto? ¡Los acabaré, por Dios que los acabaré...!

—¿Y qué ocurrirá si no los terminas? —exclamó Arcadi incorporándose—. Si te dio hoy una gratificación. ¡Y además piensas casarte! ¡Ay, ay, ay!

—Nada, nada —gritó Shumkov—, me voy a poner con ello ahora mismo, ahora mismo. ¡No pasa nada!

—Pero ¿cómo te has podido olvidar de ello, Vasiutka?

—¡Ay, Arcasha! ¿Acaso podía yo estarme quieto? Si no era ni yo mismo. Si apenas paraba en la oficina; no podía con mi corazón... ¡Ay, ay! ¡Ahora, me pasaré la noche trabajando, y la de mañana también, y la de pasado mañana, y lo acabaré...!

—¿Te queda mucho?

—¡No me molestes, por el amor de Dios, y calla...!

Arcadi Ivánovich se acercó de puntillas a la cama y se sentó. De repente pareció querer levantarse para después cambiar de opinión y continuar sentado para no molestar, aunque tampoco podía estarse quieto por lo preocupado que estaba: era evidente que la noticia le había revuelto completamente y que aún no se le había pasado la primera impresión. Miró a Shumkov y este también le miró a él. Le sonrió, le amenazó con el dedo y después, frunciendo terriblemente el entrecejo (como si en ello residiera toda su fuerza y el éxito de su trabajo), clavó su mirada en los papeles. Parecía que tampoco había superado la preocupación. Cambió de pluma, se revolvió en la silla, se concentró, se puso a escribir de nuevo, pero la mano le temblaba y se negaba a continuar.

—¡Arcasha! Yo les hablé de ti —exclamó de pronto, como si acabara de recordarlo.

—¿Sí? —exclamó Arcadi—; pues quería preguntártelo; pero bueno…

—¡Bueno! ¡Ay! ¡Te lo contaré todo después! ¡Por Dios, que yo mismo tengo la culpa, y se me olvidó que no quería hablar hasta haber escrito cuatro páginas! Pero me acordé de ti y de ellos. Hermano, parece que no puedo ni escribir: no hago más que pensar en vosotros… —Vasia sonrió.

Se quedaron en silencio.

—¡Uf! ¡Qué pluma más mala! —exclamó Shumkov, golpeándola de rabia contra la mesa. Cogió otra pluma.

—¡Vasia, escucha! Solo una palabra…

—¡Bueno! Pues dilo deprisa y que sea la última vez.

—¿Te queda mucho?

—¡Ay, hermano…! —Vasia arrugó tanto la cara como si no hubiera nada más horrible que una pregunta como esa—. ¡Mucho, demasiado!

—Sabes, se me ha pasado una idea por la cabeza…

—¿Cuál?

—No. Ninguna, nada, escribe.

—¿Pero qué? ¿Qué?

—¡Van a ser las siete, Vasiuk!

En aquel momento, Nefédevich sonrió guiñándole pícaramente el ojo a Vasia, aunque solo ligeramente, como si temiera de qué manera se lo podía tomar este.

—Bueno, ¿y de qué se trata? —dijo Vasia, dejando de escribir, mirándole directamente a los ojos y pálido por la espera.

—¿Sabes una cosa?

—¡Por Dios! Dime de qué se trata.

—¿Sabes? Estás alterado y así no puedes trabajar mucho… Espera, espera, ya lo veo, ¡escucha! —dijo Nefédevich, saltando de entusiasmo de la cama e interrumpiendo a Vasia, que ya había empezado a hablar, y alejando a su vez, con todas sus fuerzas, la réplica—. Antes que nada, es preciso que te tranquilices y vuelvas a tu ser, ¿no te parece?

—¡Arcasha, Arcasha! —exclamó Vasia saltando del asiento—. ¡Me estaré toda la noche trabajando, te juro por Dios que lo haré!

—¡Bueno, pues sí! Te dormirás al amanecer…

—No me dormiré, no me dormiré por nada del mundo…

—No, no puede ser; claro que te dormirás. Acuéstate a las cinco y a las ocho te despertaré. Mañana es fiesta; te pones a trabajar y te pasarás el día escribiendo… Después viene la noche y… ¿te queda mucho…?

—¡Pues esto, esto…!

Vasia, tembloroso de entusiasmo y expectación, le mostró el cuaderno.

—¡Aquí lo tienes…!

—Escucha, hermano, si no es tanto…

—Aún tengo más allí —respondió tímidamente Vasia, mirando a Nefédevich, como si esperara el permiso para levantarse.

—¿Cuánto?

—Dos… hojitas…

—¿Y bien? ¡Escucha! ¡Si nos dará tiempo a terminarlo! ¡Por Dios que sí!

—¡Arcasha!

—¡Vasia! ¡Escucha! ¡Ahora es Año Nuevo y todo el mundo se reúne en familia, solo tú y yo no tenemos hogar, y somos como unos huérfanos…! ¡Vasenka!

Nefédevich cogió a Vasia entre sus garras y lo estrujó en un abrazo de oso…

—¡Arcadi, ya está decidido!

—Vasiuk, solo quería decirte esto. ¡Ves, Vasiuk, patizambo mío! ¡Escucha! ¡Escucha! Porque…

Arcadi se quedó boquiabierto, sin poder hablar de asombro. Vasia lo sujetaba por los hombros, mirándole fijamente a los ojos y moviendo tanto los labios que parecía dispuesto a terminar de hablar por él.

—Y bien… —dijo finalmente.

—¡Preséntamelas hoy!

—¡Arcadi! ¡Vamos allí a tomar el té! ¿Sabes una cosa? ¿Sabes? No vamos a esperar a que llegue el día de Año Nuevo, iremos antes —exclamó Vasia, sintiéndose verdaderamente inspirado.

—¡Pero estaremos un par de horas! ¡Ni más ni menos…!

—¡Y después nos despediremos hasta que yo termine el trabajo…!

—¡Vasiuk…!

—¡Arcadi!

En tres minutos Arcadi ya se había vestido de fiesta. Vasia solo se lavó, porque ni siquiera se había quitado el traje: ¡tanto era el ímpetu con que se puso a trabajar! Salieron apresuradamente a la calle, a cual más feliz.

Se encaminaron hacia la parte de Kolomna de San Petersburgo. Arcadi Ivánovich daba unas zancadas firmes y enérgicas, y ya solo por su paso se atisbaba la alegría, por la cada vez más creciente felicidad de Vasia. Vasia daba unos pasitos más menudos, pero sin perder la dignidad. Al contrario, hasta entonces, Arcadi Ivánovich no le había visto nunca con tan buen aspecto. En aquellos momentos incluso parecía respetarle más, y el conocido defecto físico de Vasia, del que hasta ahora nada sabe el lector (pues Vasia estaba un poco contrahecho), que siempre suscitaba un profundo sentimiento de amor y compasión en el bondadoso corazón de Arcadi Ivánovich, contribuía a que fuese aún mayor la honda ternura que en aquellos momentos le inspiraba especialmente su amigo, y de la que Vasia, lógicamente, era de todos modos merecedor. A Arcadi Ivánovich incluso le entraron ganas de llorar de felicidad, pero se contuvo.

—¿Hacia dónde vamos, Vasia? ¡Por aquí llegaremos antes! —exclamó él, viendo que Vasia quería torcer por la calle Voznesénskaia.

—¡Calla, Arcasha, calla…!

—De verdad que se llega antes, Vasia.

—¡Arcasha! ¿Sabes una cosa? —dijo Vasia en tono misterioso y con voz queda de felicidad—. ¿Sabes una cosa? Me apetece llevarle un regalito a Lizanka…

—¿Y eso?

—Aquí, hermano, en la esquina, hay una tienda de madame Leroux. ¡Es una tienda excelente!

—¡Bueno!

—¡Un sombrerito, amigo, un sombrerito! ¡Hoy vi un sombrero muy bonito! Pregunté por el modelo y me dijeron que al parecer era de Manon Lescaut. ¡Una maravilla! Tiene unas cintas de color cereza, y si no fuera caro… ¡Y aunque fuera caro, Archasha…!

—¡En mi opinión, Vasia, tú estás por encima de todos los poetas! ¡Vamos allá!

Salieron corriendo, y al cabo de dos minutos ya estaban entrando en la tienda. Les recibió una francesa de ojos negros y tirabuzones, que al primer vistazo a los compradores se mostró tan contenta y feliz como ellos, e incluso, posiblemente, más que ellos. Vasia, todo entusiasmado, estaba dispuesto a darle besos a madame Leroux.

—¡Arcasha! —dijo a media voz, echando una mirada a todas las maravillosas y espectaculares cosas colocadas sobre las estanterías de madera y la enorme mesa de la tienda—. ¡Qué maravillas! ¿Qué es esto? ¿Qué es? ¡Esto, por ejemplo, es un bombón! ¿Lo ves? —susurró Vasia señalando hacia un bonito sombrero que había en una esquina pero que, sin embargo, distaba del que verdaderamente quería comprar, porque ya desde lejos había echado el ojo a otro, el famoso, el auténtico, que estaba en otro extremo de la tienda; Vasia lo miraba de tal modo que hasta podría pensarse que en aquel instante alguien iba a cogerlo y robarlo o que el propio sombrero, con tal de no ser destinado a Vasia, podría salir volando por el aire desde donde estaba.

—¡Mira! —dijo Arcadi Ivánovich, indicando un sombrero—. Me parece que este es mejor.

—¡Pero Arcasha! Esto incluso redunda en tu honor. De veras que te tendré más considerado por tu gusto —le dijo Vasia, con gesto pícaro y verdaderamente enternecido—. Tu sombrero es una maravilla, pero ¡ven, acércate aquí!

—¿Cuál te parece mejor?

—¡Mira aquí!

—¿Este? —dijo Arcadi dudoso.

Pero cuando Vasia, sin poder contenerse más, cogió el sombrero de la estantería, desde donde este pareció volar solo, como si se alegrara de un buen comprador tras tan larga espera, y cuando crujieron todas sus cintitas, tules en pliegue y encajes, un inesperado grito de asombro salió del fuerte pecho de Arcadi Ivánovich. Incluso madame Leroux, que mantenía la compostura de sus indudables dignidad y aire de superioridad en cuestiones de gusto, durante el tiempo que duró la elección, y que permanecía en silencio solo por indulgencia, felicitó a Vasia por el acierto con una gran sonrisa, de modo que en su mirada, en su gesto y en su misma sonrisa se pudiera a su vez entrever cómo pronunciaba un «¡Sí!: ha acertado usted, y es digno de la felicidad que le aguarda».

—¡Si estaba coqueteando allí en solitario! —exclamó Vasia, trasladando toda su ternura hacia el maravilloso sombrero—. ¡Se escondía a propósito, el muy tunante mío! —y besó el sombrero, o mejor dicho, lanzó un beso al aire temiendo rozar su joya.

—Así es como se esconden el verdadero mérito y la virtud —añadió Arcadi entusiasmado, escogiendo con humor una expresión aguda que había leído en un periódico matutino—. Bueno, Vasia, ¿y ahora qué dices?

—¡Viva Arcasha! ¡Te advierto que hoy estás de lo más ocurrente, como para hacer furor, como dicen las señoras! ¡Madame Leroux, madame Leroux!

—¿Qué desea?

—¡Querida madame Leroux!

Madame Leroux miró a Arcadi Ivánovich y sonrió indulgente.

—¡No se puede usted imaginar cuánto la adoro en estos momentos...! ¡Permítame que le dé un beso...! —y Vasia le dio un beso a la dependienta.

Y, realmente, aquel era un momento para que ella pusiera de relieve toda su dignidad al no acusar semejante osadía. Pero les aseguro que, al margen de ello, era imprescindible disponer también de la amabilidad y la gracia innatas con que madame Leroux aceptó el entusiasmo de Vasia. Lo disculpó, sabiendo guardar la compostura de forma inteligente y graciosa. ¿Acaso era posible enfadarse con Vasia?

—¿Madame Leroux, y qué precio tiene?

—Este cuesta cinco rublos —respondió ella, recomponiéndose y sonriendo nuevamente.

—¿Y este otro, madame Leroux? —dijo Arcadi Ivánovich, señalando hacia el que había escogido.

—Ese cuesta ocho rublos de plata.

—¡Pero permítame! Dígame sinceramente, madame Leroux, ¿cuál de ellos es el que resulta mejor, más gracioso y bonito, y el que más le gusta?

—Aquel es más lujoso, pero el que ha elegido usted... *c'est plus coquet.*

—¡Pues nos quedamos con ese!

Madame Leroux cogió una hoja de finísimo papel de seda, la prendió con unos imperdibles alrededor del sombrero, y el papel con el sombrero dentro pareció aún más ligero que antes de envolverlo. Vasia lo cogió con sumo cuidado, sin apenas respirar, y, haciendo reverencias a madame Leroux, le dijo algo muy amable y salió de la tienda.

—¡Soy un pillín, Arcasha, un pillo de nacimiento! —gritaba Vasia, riéndose sin parar, con una risa entrecortada, silenciosa y nerviosa, sorteando a los transeúntes que se le antojaban sospechosos, sin excluir a ninguno, de la tentativa de arrugar su apreciadísimo sombrero.

—¡Escucha, Arcadi! ¡Escucha! —volvió a decir pasados unos minutos, y algo majestuoso y amoroso hasta más no poder resonó en su voz—. ¡Arcadi, soy tan feliz! ¡Tan feliz...!

—¡Vasenka! ¡Yo también, amigo mío!

—¡No, Arcasha, no, tu amor hacia mí no tiene límites; lo sé! Pero tú no puedes experimentar ni la centésima parte de aquello que estoy sintiendo yo ahora. ¡Mi corazón está rebosante! ¡Arcasha! ¡No merezco una felicidad así! Lo sé, lo presiento. ¿Por qué se me concede tanta felicidad? —decía con una voz ahogada en sollozos—, ¿qué es lo que he hecho para merecérmela? ¡Dime! ¡Mira cuánta gente hay en el mundo, cuántas lágrimas, cuánto dolor y cuánta vida monótona, sin alegría alguna! ¡Mientras que a mí... me quiere la muchacha más maravillosa... a mí...! Bueno, tú mismo la verás ahora, y tú mismo valorarás la grandeza de su corazón. Yo procedo de gente humilde; ahora poseo un grado de funcionario, tengo unos ingresos seguros, un sueldo. Nací con un defecto físico, soy algo contrahecho. ¡Y mira tú por dónde que ella se enamoró de mí, aceptándome como soy! Hoy, Iulián Mastákovich estuvo tan delicado, tan atento y amable. En escasas ocasiones habla conmigo. Pues se me acercó y me dijo: «Bueno, ¿y qué, Vasia?» (¡te juro por Dios que me llamó Vasia!), «¿te irás ahora de parranda en las fiestas?, ¿verdad?» (y él sonriendo).

»«Entre otras cosas», le respondí yo, «tengo que hacer, Su Excelencia», pero en ese momento me envalentoné y le dije: «puede que me vaya de juerga»; ¡te juro por Dios que se lo dije así! Y en aquel momento me dio el dinero y después siguió hablándome un rato. Yo, hermano, me eché a llorar. Te juro por Dios que las lágrimas me brotaron solas, y creo que él también se había emocionado. Me sacudió el hombro y me dijo: «¡Que siempre tengas tanta sensibilidad, Vasia…!».

Por un instante Vasia se quedó callado. Arcadi Ivánovich giró la cabeza y también se limpió una lagrimilla.

—¡Y aún hay más! ¡Hay más…! —continuó Vasia—. ¡Yo jamás te había dicho esto hasta ahora, Arcadi…! ¡Me haces tan feliz con tu amistad que, de no ser por ti, yo ya no estaría en este mundo! ¡No, no! ¡No me respondas nada, Arcasha! ¡Deja que te estreche la mano, deja que te lo agra…dez… ca…! —y Vasia no pudo acabar la frase.

A Arcadi Ivánovich le entraron ganas de echarse al cuello de su amigo, pero, como justo en aquel momento estaban cruzando la calle, oyeron el estridente grito de un cochero que exclamaba «¡Cuidado!», y los dos, asustados y nerviosos, cruzaron corriendo para llegar a la otra acera. Arcadi Ivánovich se sintió incluso feliz de aquel incidente. Aquel gesto de gratitud de Vasia se explicaba como un desahogo del momento. Pero estaba triste. Sentía que hasta entonces había hecho muy poco por Vasia. Incluso se sintió avergonzado cuando Vasia le daba las gracias por una cosa tan insignificante. Pero la vida entera estaba aún por delante, y Arcadi Ivánovich respiró con más libertad…

¡Decididamente, ya no les esperaban! Pero la prueba de que habían llegado está en que ya se encontraban tomando el té. Y en verdad, a veces, los mayores suelen ser más perspicaces que los jóvenes, ¡y qué jóvenes! Pues Lizanka, muy seria, trataba de persuadir a su madre de que él no iría. «¡No vendrá, madrecita; mi corazón presiente que no vendrá!», mientras que la madrecita no cesaba de repetirle que su corazón, por el contrario, le decía que iría sin falta, que no podría estar tranquilamente sentado en su casa, que vendría corriendo, que no tenía trabajo de oficina que hacer, y que era víspera de Año Nuevo. Lizanka, que no se lo esperaba ni al abrir la puerta, no dio crédito a sus ojos, y los recibió sofocada, con el corazón sobresaltado como un pajarillo atrapado, toda ruborizada, con las mejillas del color de una cerecita, a la que se parecía extraordinariamente. ¡Dios mío, qué sorpresa! ¡Qué alegría!

—¡Oh! —salió de su pequeña boca—. ¡Qué mentiroso! ¡Amor mío! —exclamó ella rodeando el cuello de Vasia… Pero imagínense su asombro y su repentina vergüenza: justo detrás de Vasia, como si estuviera escondiéndose detrás de él, se encontraba Arcadi Ivánovich. Hay que reconocer que era un hombre poco ducho en el trato con las mujeres, incluso podría decirse que era bastante torpe. Es más, una vez sucedió… Pero dejémoslo para más tarde. Sin embargo, pónganse en su situación: allí no había nada gracioso; se encontraba en el vestíbulo, con las calzas y el capote, un gorro de orejeras que se dio prisa en quitarse, todo él completa y desastrosamente envuelto en una horrenda bufanda de color amarillo anudada atrás, cosa que causaba aún más efecto. Todo aquello había que desatarlo y quitárselo cuanto antes, para dar otra impresión, ya que nadie hay que desdeñe presentarse a otro con un aspecto más favorecedor. Y he aquí que Vasia, aquel Vasia digno de lástima, aquel insoportable, aunque, por lo demás, tierno y bondadoso Vasia, resultó ser de lo más insufrible y cruel, al decir:

—¡Aquí tienes a mi Arcadi! ¿Que quién es? Es mi mejor amigo, abrázale, dale un beso, Lizanka, no tardes en hacerlo, pues, cuando lo conozcas mejor, tú misma lo llenarás de besos...

Y me pregunto yo: ¿qué es lo que podía hacer Arcadi Ivánovich? Cuando solo le había dado tiempo a quitarse la mitad de su bufanda. La verdad es que a veces incluso me siento mal por el excesivo entusiasmo de Vasia. Ciertamente, eso indica que tiene buen corazón, pero a pesar de todo... ¡fue tan incómodo y embarazoso!

Finalmente entraron en la sala. La anciana estaba feliz de conocer a Arcadi Ivánovich.

—¡Había oído hablar tanto de...! —dijo, pero no pudo terminar la frase. El alegre «¡Oh!» que resonó fuertemente por la habitación la detuvo a media frase. ¡Dios mío! Lizanka estaba de pie, frente al inesperadamente abierto sombrero, con las manos ingenuamente cruzadas y riendo de tal modo—... ¡Dios mío! ¡Pero si madame Leroux no podía tener un sombrero mejor!

¡Oh, Dios mío! Pero ¿dónde puede encontrarse un sombrero más bonito? ¡Si se le vuela a uno de las manos! ¿Dónde podía encontrarse uno mejor? ¡Lo digo en serio! A mí, incluso me desconcierta y disgusta ligeramente ese tipo de desconsideraciones por parte de los enamorados. Pero júzguenlo ustedes mismos, señores: ¿qué mejor cosa hay que un sombrero tan maravilloso? ¡Mírenlo...! Pero no. Mi desesperación era vana; ya están todos nuevamente de acuerdo conmigo; fue un despiste momentáneo, una niebla, un delirio del sentimiento; estoy dispuesto a disculparles... Pero por ello mismo observen... y dispensen caballeros que siga dando la lata con el sombrero de tul, etéreo, con su ancha cinta de color cereza cubierta de encaje que caía entre el tul y el pliegue, y por detrás, dos cintas largas y anchas que debían caer hasta un poco más abajo de la nuca, deslizándose por el cuello… solo faltaba colocar el sombrero un poco caído hacia la nuca. ¡Obsérvenlo! Y después de todo, véanlo ustedes mismos, ¡se lo ruego! ¡Pero veo que no están mirando ustedes…! ¡Parece que les da igual! Están mirando a otro lado… y ven cómo dos enormes lágrimas, cual perlas, se empañan por un instante en unos ojos negros como el carbón, tiemblan un momento sobre las largas pestañas para caer después en el aire, del que parecía hecho el tul del que estaba confeccionada aquella obra de arte de madame Leroux… Y de nuevo me enojo: ¡pues esas dos lágrimas no debían derramarse por el sombrero…! ¡No! En mi opinión, una cosa así había que regalarla con indiferencia. Solo entonces se la valoraría realmente. ¡Reconozco, señores, que todo esto fue a causa del sombrero!

Tomaron asiento: Vasia junto a Lizanka, y la ancianita junto a Arcadi Ivánovich. Empezaron a hablar y Arcadi Ivánovich guardó la compostura perfectamente. Lo reconozco y me alegro. Incluso parece difícil esperar eso de él. Después de un par de palabras sobre Vasia, en buen tono se puso a hablar sobre Iulián Mastákovich, el protector de su amigo. Y habló de un modo tan, tan inteligente, que su discurso duró más de una hora. Había que ver con cuánta habilidad y cuánto tacto se refería Arcadi Ivánovich a ciertas particularidades relacionadas con Iulián Mastákovich, que unas veces se relacionaban directamente con Vasia y otras no. Por todo ello, la ancianita estaba realmente entusiasmada y ella misma lo reconoció. Se apartó a propósito con Vasia hacia un lado para expresarle que su amigo era una persona extraordinaria, amabilísima, y lo más importante, que era un joven muy serio y respetable. Vasia casi suelta una carcajada de la felicidad. Recordó cómo el respetable Arcasha le estuvo revolcando durante un cuarto de hora en la cama. Después, la ancianita le guiñó un ojo a Vasia y le dijo que la siguiera despacio y con cuidado a otra habitación. Hay que reconocer que se portó absurdamente respecto a Lizanka. Claro que, a causa de no poder contenerse la emoción, traicionó a su hija al ocurrírsele mostrar a escondidas el regalo que Lizanka había preparado a Vasia para la fiesta de Año Nuevo. Era un billetero cosido con cuentas, oro y una maravillosa estampa: en un lado estaba representado un reno corriendo veloz y tan real que parecía auténtico. En el otro, el retrato de un famoso general, también espléndido y muy bien representado. ¡Y no digo nada del entusiasmo de Vasia! Mientras tanto, tampoco en el salón transcurrió el tiempo en vano. Lizanka se acercó directamente a Arcadi Ivánovich. Le tendió las manos en señal de agradecimiento y Arcadi Ivánovich por fin se dio cuenta de que la cuestión giraba en torno a su queridísimo Vasia. Lizanka incluso estaba profundamente conmovida. Había oído que Arcadi Ivánovich era tan buen amigo de su novio, que le quería tanto, que le cuidaba tanto, y que constantemente le daba tan buenos consejos, que ciertamente ella, Lizanka, no podía por menos de agradecerle, ni reprimir sus agradecimientos, porque finalmente esperaba que también Arcadi Ivánovich la quisiera, aunque solo fuera con la mitad del afecto que le profesaba a Vasia. A continuación, se puso a preguntarle si Vasia cuidaba su salud. Le expresó algunas precauciones respecto a la vehemencia de su carácter, a su escaso conocimiento de la gente y la vida práctica. Le dijo también que con el tiempo velaría religiosamente por él, que le cuidaría y le mimaría toda la vida; y que finalmente esperaba que Arcadi Ivánovich no solo no los dejara, sino que incluso viviera junto a ellos.

—¡Viviremos los tres como si fuéramos uno! —exclamó ella con ingenuo entusiasmo.

Pero había llegado el momento de marcharse. Y como era de esperar, les estaban reteniendo, pero Vasia respondió con firmeza que ya no podían quedarse más tiempo. Arcadi Ivánovich confirmó lo dicho por su amigo. Claro está que les preguntaron el motivo, e inmediatamente salió a relucir que Iulián Mastákovich le había encomendado un trabajo a Vasia, que se trataba de algo urgente e importante que había que presentar pasado mañana por la mañana, y que el trabajo no solo no estaba terminado, sino que andaba bastante retrasado. La madrecita suspiró al oírlo, mientras que Lizanka simplemente se asustó, se puso nerviosa e incluso le metió prisa a Vasia. El beso de despedida no fue menor por ese motivo; fue más corto y rápido, pero más ardiente y apasionado. Finalmente se despidieron, y los dos amigos se fueron camino de casa.

Inmediatamente, y en cuanto pisaron la calle, se pusieron a intercambiar sus impresiones. Y sucedió lo que tenía que ocurrir: Arcadi Ivánovich se había enamorado locamente de Lizanka. ¿Y a quién podía confiárselo sino al dichoso de Vasia? Y así hizo: no se avergonzó, y al instante se lo confesó todo a Vasia. Vasia se moría de risa, estaba encantado, e incluso señaló que aquello en absoluto constituía un impedimento y que de ahora en adelante serían aún más amigos.

—¡Me has comprendido, Vasia! —le dijo Arcadi Ivánovich—. ¡Sí! Yo la quiero como a ti. Ella será un ángel para mí, igual que para ti, de modo que vuestra felicidad también se derramará sobre mí y me dará calor. También será la dueña de mi casa, Vasia. Mi felicidad estará en sus manos; que disponga de las cosas de casa tanto tuyas como mías. ¡Sí! ¡Mi amistad será tanto para ti como para ella! A partir de este momento seréis inseparables para mí; solo que ahora tendré dos sujetos como tú, en lugar de uno… —Arcadi se quedó callado por el exceso de sus sentimientos; mientras que Vasia estaba emocionado hasta el fondo de su alma por las palabras pronunciadas por su amigo. Lo que sucedía es que jamás se habría esperado que Arcadi le expresara aquello. Arcadi Ivánovich apenas sabía hablar, y no le gustaba soñar en absoluto; y, sin embargo, ahora se había entregado a los sueños más felices, frescos y de lo más jubilosos.

—¡Cómo voy a cuidaros y a mimaros a los dos! —empezó él de nuevo—. En primer lugar, yo, Vasia, seré padrino de todos tus hijos, desde el primero hasta el último, y, en segundo lugar, también hay que pensar en el futuro. Hay que comprar muebles y alquilar un piso, de manera que, tanto tú como ella y yo, podamos disponer de diferentes habitaciones. ¿Sabes, Vasia? Mañana mismo iré a mirar anuncios en los portales. Tres habitaciones… no, dos es lo que necesitaremos, no más. Incluso pienso, Vasia, que hoy dije una cosa absurda, de si nos llegaría el dinero. ¿Qué por qué? Pues porque, en cuanto la miré a sus ojitos, enseguida comprendí que nos llegaría. ¡Todo será para ella! ¡Cómo vamos a trabajar! ¡Ahora, Vasia, podemos arriesgarnos y pagar hasta veinticinco rublos por un piso! ¡El piso lo es todo, hermano! ¡Unas buenas habitaciones… donde la persona se sienta a gusto y que le inspiren ideas felices! Y, además, Lizanka será nuestra cajera común. ¡No gastaremos un cópec en cosas vanas! ¿Que vaya yo ahora a una taberna? Pero ¿por quién me has tomado? ¡Por nada del mundo! ¡Y a todo eso se sumarán las subidas de sueldo, las gratificaciones, porque trabajaremos aplicadamente! ¡Oh! ¡Trabajaremos como si fuéramos bueyes arando tierra…! ¡Imagínate! —y la voz de Arcadi Ivánovich flojeó de satisfacción—. ¡Que de pronto e inesperadamente metamos cada uno en casa unos veinticinco o treinta rublos…! ¡Y, por cada gratificación, le compraríamos bien un sombrerito, una bufandita o algunos bollitos! Tiene que tejerme una bufanda. ¡Mira lo mal que tengo esta! Toda amarillenta y asquerosa, que hoy me ha hecho pasar verdaderos estragos. ¡Y tú también, Vasia, tienes unas ocurrencias! Vas y me la presentas cuando estoy tratando de desembarazarme de este harapo… ¡Pero no se trata de eso! Fíjate: yo me encargaría del dinero, también tengo que haceros un regalo… ¡Es una cuestión de honor, de amor propio…! Además, no dejaré de percibir mis gratificaciones. ¿O acaso se las van a dar a Skorojódov? Seguro que a ese tipo se le echarían a perder en su bolsillo. Yo, hermano, os compraré cucharas de plata, unos buenos cuchillos, que, aunque no sean de plata, serán unos cuchillos excelentes, y un chaleco; quiero decir, para mí. ¡Quiero ser el padrino de vuestra boda! ¡Pero espérate ahora, hermano! ¡Espérate, porque estaré encima de ti, hoy, mañana, pasado mañana, y durante toda la noche con un palo en la mano, y te machacaré hasta que termines el trabajo! «¡Acábalo lo antes posible, hermano!», te diré, y después de nuevo, al atardecer, estaremos tan contentos. ¡Jugaremos a la lotería…! ¡Y por las tardes estaremos tranquilos sin hacer nada! ¡Pero qué bien! ¡Uf! ¡Demonios! ¡Qué lástima me da no poder ayudarte! Porque, si no, cogería todo tu trabajo y lo haría por ti… ¿Por qué será que no tenemos la misma letra?

—Sí —respondió Vasia—. ¡Sí! Hay que darse prisa. Creo que ya serán las once. Hay que darse prisa… ¡A trabajar! —y al decir esto, Vasia, que se pasó todo el tiempo bien sonriendo, bien intentando intercalar alguna entusiasmada observación suya en la efusión del sentimiento amistoso, en una palabra, que demostraba estar de lo más animado, de pronto se calmó, se quedó callado y aceleró al máximo el paso. Parecía como si alguna tremenda idea de pronto le helara la ardiente cabeza. Diríase que todo su corazón se había encogido.

Arcadi Ivánovich incluso se inquietó. A sus aceleradas preguntas apenas recibía respuestas de Vasia, que le contestaba cualquier cosa, y, a veces, hasta con alguna exclamación que ni siquiera venía al caso.

—Pero ¿qué te ocurre, Vasia? —gritó finalmente Arcadi Ivánovich, que apenas podía seguirle—. ¿Acaso estás tan preocupado?

—¡Oh, hermano, ya está bien de hablar! —respondió Vasia incluso enojado.

—No te pongas triste, Vasia. Está bien —le interrumpió Arcadi—; si yo te he visto escribir cosas más largas en un plazo bastante más corto de tiempo… ¡No te pongas así!

¡Pero si lo que tú tienes es talento! En un caso extremo, hasta podrías escribir más deprisa: si no van a hacer litografías de la escritura. ¡Te dará tiempo…! Solo que ahora, al estar más preocupado y alterado, te costará más trabajo escribir…

Vasia no le respondió y murmuró algo a media voz, y los dos llegaron a casa realmente alarmados.

Al instante, Vasia se puso manos a la obra con los papeles. Arcadi Ivánovich se tranquilizó y se quedó callado. Se quitó la ropa en silencio y se metió en la cama sin quitarle ojo a Vasia… De pronto le entró una especie de miedo… «¿Qué le ocurre?», se preguntó, mirando la pálida faz de Vasia, sus ojos encendidos y la inquietud que se manifestaba en cada uno de sus gestos. ¡Pero si le temblaban las manos…! «¡Uf! ¡Vaya problema! Sí le aconsejé que se acostara un par de horas, y así se le pasaría la excitación». Vasia, en cuanto hubo terminado una página, levantó la vista y sin querer miró a Arcadi, pero al instante bajó los ojos, y de nuevo agarró la pluma.

—Escucha, Vasia —dijo de pronto Arcadi Ivánovich—, ¿no sería mejor que te acostaras a dormir un poco? Mírate, si parece que tienes fiebre…

Vasia, enojado, e incluso con rabia, miró a Arcadi y no le respondió.

—Atiende, Vasia, ¿por qué te torturas…?

Al instante, Vasia se quedó pensativo.

—¿No sería bueno que me tomara una taza de té, Arcasha? —dijo.

—¿Cómo? ¿Para qué?

—Me daría más fuerzas. ¡No quiero dormir y no dormiré! No pararé de escribir. Mientras que ahora con la taza de té me tomaría un descanso y se me iría el mal rato que estoy pasando.

—¡Qué gallardía, hermano Vasia! ¡Estupendo! ¡Así me gusta! Si yo mismo quise habértelo ofrecido. Y me choca que no me haya venido esa idea a la cabeza. Solo que... ¿sabes una cosa? Mavra no se va a levantar, no se despertará por nada del mundo...

—Sí...

—¡Pero qué absurdo! ¡No pasa nada! —exclamó Arcadi Ivánovich, saltando descalzo de la cama—. Yo mismo pondré el samovar. ¿Acaso es la primera vez que lo hago...?

Arcadi Ivánovich salió corriendo a la cocina y se puso manos a la obra con el samovar. Vasia, mientras tanto, siguió escribiendo. Arcadi Ivánovich se vistió y salió corriendo a la panadería, para que así Vasia pudiera reponerse y aguantar toda la noche. Al cabo de una hora el samovar estaba puesto sobre la mesa. Se pusieron a tomar el té, pero la conversación no fluía entre ellos. Vasia continuó distraído.

—Bueno —dijo finalmente, como si le estuviera dando vueltas a algo—, mañana habrá que ir a felicitarle...

—Pero tú no puedes hacerlo.

—No hermano, no puede ser —respondió Vasia.

—Yo te reemplazaré en todo y firmaré por ti... ¡Qué más quieres! Mañana has de trabajar. Hoy, podrías estarte hasta las cinco, como te sugerí, y después te echas a dormir. Pues, de lo contrario, ¿cómo estarás mañana? Yo te despertaré a las ocho en punto...

—Pero ¿estará bien que me reemplaces y firmes por mí? —dijo Vasia, ya casi convencido.

—¿Y qué otra cosa mejor podría hacerse? ¡Eso lo hacen todos…!

—Para serte sincero, tengo miedo…

—Pero ¿miedo de qué? ¿De qué?

—Pues porque con otra gente, no pasa nada, pero con Iulián Mastákovich… él es mi protector; y si se da cuenta de que es obra de otra mano…

—¿Cómo se va a dar cuenta? ¡Hay que ver cómo eres, Vasiuk! Pero ¿cómo puede darse cuenta…? ¡Si yo, y tú lo sabes, firmo como tú y hasta el bucle me sale igual, te lo juro por Dios! ¡Anda! ¡Qué dices! ¿Quién había de darse cuenta…?

Vasia no le respondió y se tomó el té apresuradamente… Después, dudoso, movió la cabeza.

—¡Vasia, querido! ¡Oh, si lo consiguiéramos! Vasia, pero ¿qué te ocurre? ¡Me estás asustando! ¿Sabes? Yo ahora no me voy a acostar, porque no me dormiría, Vasia. A ver, enséñame, ¿te queda mucho?

Vasia le echó tal mirada, que a Arcadi Ivánovich pareció dársele la vuelta el corazón y paralizársele la lengua.

—¡Vasia! ¿Qué te ocurre? ¿Por qué me miras de ese modo?

—Arcadi, yo, de verdad, iré mañana a felicitar a Iulián Mastákovich.

—¡Bueno, pues ve! —le respondió Arcadi, mirándole abiertamente a los ojos con angustiosa expectación—. Escucha, Vasia, aligera la pluma. No te aconsejo mal, ¡por Dios sabes que es así! ¡Cuántas veces habrá dicho el propio Iulián Mastákovich que lo que le gustaba de tu pluma era la claridad! Si solo a Skoroplíjin le gusta que la letra sea como si fuera de molde, para después guardarse de algún modo el documento y llevárselo a su casa, para enseñarles a copiar a los niños. ¡No puede, el muy torpe, comprarles un modelo de letra! ¡Mientras que Iulián Mastákovich no cesa de repetir y exigir que la letra debe ser lo más clara posible…! ¡De verdad, qué más quieres! Vasia, si yo ya no sé cómo hablarte… Incluso tengo miedo… Me estás matando con tu tristeza.

—¡No pasa nada! ¡Nada! —dijo Vasia, y del cansancio se desplomó sobre la silla. Arcadi se asustó.

—¿No quieres un poco de agua? ¡Vasia! ¡Vasia!

—No te preocupes —respondió Vasia estrechándole la mano—. Estoy bien, solo que me siento un poco triste, Arcadi. Ni yo mismo sabría decirte la razón. Atiende, mejor será que me hables de otra cosa. No me recuerdes eso…

—¡Tranquilízate, Vasia, por el amor de Dios! ¡Acabarás el trabajo, por Dios que lo terminarás! ¿Y si no lo acabas…? ¿Qué pasaría? ¡Tampoco habrías cometido un crimen!

—Arcadi —dijo Vasia, mirando de un modo tan significativo a su amigo que aquel se asustó bastante, pues jamás había visto a Vasia tan nervioso—. Si estuviera solo, como antes… Pero ¡no! No es eso lo que quiero decir. No hago más que querer hablarte y confesarte como amigo… Pero, además, ¿para qué voy a preocuparte…? Ves, Arcadi, unos hacen grandes cosas, y otros, como yo, cosas insignificantes. Bueno, y si te exigieran un agradecimiento y un reconocimiento al que tú no pudieras corresponder… ¿qué sucedería en tal caso?

—¡Vasia! ¡Definitivamente, no te entiendo!

—Jamás fui desagradecido —continuó a media voz Vasia, como si reflexionara consigo mismo—. Pero si yo no estuviera en condiciones de expresarte todo lo que siento, parecería como si... Resultaría que yo realmente soy un desagradecido y eso me mata.

—Bueno, ¡y qué! ¿Acaso todo el agradecimiento consiste en que entregues el trabajo a tiempo? ¡Piensa lo que dices, Vasia! ¿Acaso el agradecimiento consiste en eso?

De pronto Vasia se quedó callado mirando con los ojos abiertos a Arcadi, como si su inesperado argumento disipara todas las dudas. Incluso sonrió, pero al instante adquirió nuevamente la expresión pensativa de antes. Arcadi, al interpretar aquella sonrisa como el fin de todos sus temores y la preocupación que volvía a apoderarse de su amigo como una decisión de mejorar la situación, se alegró sobremanera.

—Bueno, hermano Arcasha, te despertarás —le dijo Vasia—. Mírame. Si me duermo será una desgracia para mí, y ahora me pongo a trabajar... ¿Arcasha?

—¿Qué?

—No. Nada, solo era por decir algo... quería...

Vasia se sentó y se quedó callado, mientras que Arcadi se acostó. Ni el uno ni el otro se cruzaron dos palabras sobre la visita a Kolomna. Probablemente ambos se sintieran algo culpables yéndose en vano aquella tarde de juerga. Arcadi Ivánovich se durmió enseguida, todo entristecido por Vasia. Para su propio asombro se despertó justo a las ocho de la mañana. Vasia estaba dormido, sentado en la silla, con la pluma en la mano, y con el semblante pálido y cansado. La vela se había apagado. En la cocina estaba Mavra haciendo cosas y poniendo el samovar.

—¡Vasia, Vasia! —exclamó Arcadi, asustado—... ¿Cuándo te quedaste dormido?

Vasia abrió los ojos y saltó de la silla.

—¡Oh! —dijo—. ¡De modo que me dormí…!

Al instante se lanzó sobre los documentos. Bien: todo estaba en orden. Ninguna gota de tinta ni de cera había caído sobre los papeles.

—Creo que me habré dormido hacia las seis —respondió Vasia—. ¡Qué frío ha hecho esta noche! Vamos a tomar un poco de té y de nuevo…

—¿Has recobrado fuerzas?

—¡Sí! ¡sí! Nada; ¡ahora estoy bien…!

—¡Feliz Año Nuevo, hermano Vasia!

—Igualmente, hermano. ¡Buenos días! Yo también te deseo lo mismo, amigo.

Los dos se abrazaron. A Vasia le temblaba la barbilla y los ojos se le habían humedecido. Arcadi Ivánovich permanecía en silencio. Se sentía afligido; ambos tomaron el té deprisa…

—¡Arcadi! He decidido que iré yo mismo donde Iulián Mastákovich…

—Pero si no se dará cuenta…

—Pero a mí, hermano, me remuerde la conciencia.

—Pero si estás sentado aquí por él, y te sacrificas por él… ¡Ya está bien! Yo, ¿sabes una cosa?, me pasaré por allí…

—¿Por dónde? —preguntó Vasia.

—Por casa de las Artémiev, y las felicitaré en tu nombre y en el mío.

—¡Mi querido amigo! ¡Bueno! Yo me quedo aquí. Reconozco que se te ha ocurrido una buena idea, pues me quedaré aquí trabajando y no malgastando el tiempo en fiestas. Pero espera un minuto, que voy a escribir una carta ahora mismo.

—Escribe, hermano, escribe, que te da tiempo. Y yo, mientras tanto, voy a lavarme, a afeitarme y a limpiar el frac. Bueno, ¡Vasia, hermanito! ¡Qué bien vamos a vivir y qué felices seremos! ¡Abrázame, Vasia!

—¡Oh! ¿De veras lo crees, hermano…?

—¿Vive aquí el señor funcionario Shumkov? —se oyó una voz infantil desde la escalera…

—¡Aquí es! ¡Aquí es! —dijo Mavra dejando pasar a la visita.

—¿Quién es? ¿Qué pasa? ¿Qué? —exclamó Vasia, saltando de la silla y lanzándose hacia el vestíbulo—. ¿Eres tú, Petenka…?

—¡Buenos días! Tengo el honor de felicitarle el Año Nuevo, Vasíli Petróvich —dijo un muchacho muy agradable, de unos diez años de edad y con el cabello rizado—. Mi hermana le envía recuerdos y también la madrecita. Y mi hermana me rogó que le diera un beso de su parte…

Vasia cogió en volandas al muchacho y le plantó un dulce, largo y entusiasmado beso en sus labios, que se parecían mucho a los de Lizanka.

—¡Arcadi, dale un beso! —dijo Vasia, pasándole a Petia, y este, sin tocar el suelo, pasó al instante al vigoroso y hambriento (en el pleno sentido de la palabra) abrazo de Arcadi Ivánovich.

—¡Querido mío! ¿Quieres tomar un poco de té?

—Se lo agradezco de veras. Pero ya lo tomamos en casa. Hoy nos hemos levantado pronto. Mi madre y mi hermana se fueron a la misa de primera hora. Mi hermana se ha pasado dos horas conmigo peinándome, lavándome, untándome de pomadas y cosiendo mis pantalones, porque ayer, jugando con Sashka en la calle, me los rompí. Nos pusimos a jugar con las bolas de nieve y…

—¡Bien! ¡Bien! ¡Bien!

—Bueno, se ha pasado todo ese tiempo arreglándome para la visita. Después me untó de pomadas, me llenó de besos y me dijo: «Ve a casa de Vasia y pregúntale si está bien, si ha pasado bien la noche»; y también que le preguntara… alguna cosa más. ¡Sí! Me dijo, si había terminado el trabajo del que le habló usted ayer… no sé cómo… bueno, aquí lo tengo apuntado —dijo el muchacho leyendo un papelito que sacó del bolsillo—. ¡Sí!: «el trabajo que le preocupaba».

—¡Lo terminaré! ¡Lo acabaré! Díselo así mismo, que estará hecho sin falta. ¡Palabra de honor!

—¡Sí! Y también… ¡oh!, ya se me olvidaba. Mi hermanita me entregó esta nota y un regalo ¡que casi se me pasa…!

—¡Dios mío…! Y ¿dónde está…?, ¿dónde? ¡Mira, hermanito, lo que me escribe! ¡Qué criatura más deliciosa! ¿Sabes una cosa? Ayer vi en su casa una cartera que está haciendo para mí pero que aún no está terminada, y por eso dice que me envía un mechón de su cabello, pues de lo contrario no dejaría de pensar en ella. ¡Míralo, hermano, míralo!

Y, emocionado de asombro, Vasia mostró a Arcadi Ivánovich el mechón del cabello de Lizanka, rizado, espeso y negro bajo la luz del sol. Después lo besó apasionadamente y lo guardó en un bolsillo lateral junto al corazón.

—¡Vasia! ¡Te encargaré un medallón para que guardes ese mechón de cabello! —dijo finalmente con firmeza Arcadi Ivánovich.

—Pues hoy vamos a comer ternera asada, y mañana sesos. La madrecita quiere hacer unos bizcochos… y no comeremos sopa de avena —dijo el muchacho, después de quedarse un rato en silencio como si pensara cómo poner punto final a su conversación.

—¡Oh! ¡Qué niño más rico! —exclamó Arcadi Ivánovich—. ¡Vasia, eres un mortal de lo más feliz!

El niño terminó el té, recogió la nota que había escrito Vasia, recibió miles de besos y salió de la casa tan feliz y lozano como había entrado.

—¡Bueno, bueno, hermano! —se puso a decir todo encantado Arcadi Ivánovich—. ¡Ves qué bien! ¿Lo ves? Todo va saliendo mejor imposible, no te aflijas y no te pongas triste. ¡Adelante con ello! ¡Termínalo, Vasia! En dos horas estaré de vuelta en casa. Me pasaré por casa de ellas y después por donde Iulián Mastákovich…

—Entonces ¡adiós, hermano! ¡Adiós…! ¡Ah, si pudiera…! Pues bien, ¡vamos, ve! —dijo Vasia—. Mientras que yo, hermano, ya he decidido no ir donde Iulián Mastákovich.

—¡Adiós!

—¡Espera, hermano! Diles… bueno, lo que se te ocurra; y dale un beso a ella… y después me lo cuentas todo, hermano… todo…

—¡Bien, bien, si ya sabemos lo que dirá! ¡Esta felicidad te ha revuelto completamente! Es algo inesperado. Desde ayer no eres la misma persona. Todavía no te has repuesto de las impresiones de ayer. ¡Pues claro! ¡Reponte, querido Vasia! ¡Adiós, adiós!

Finalmente los amigos se despidieron. Durante toda la mañana Arcadi Ivánovich estuvo disperso sin parar de pensar en Vasia. Conocía su carácter débil e irritable. «No me equivocaba: ¡la felicidad le ha revuelto completamente!», se decía él para sus adentros. «¡Dios mío! Si también me contagió la tristeza. ¡De qué no hará tragedia este hombre! ¡Vaya fiebre! ¡Oh! ¡Es preciso salvarle!», murmuró Arcadi, sin percatarse de que él mismo, al parecer, estaba convirtiendo en desgracia pequeños e insignificantes detalles cotidianos. Ya eran las once de la mañana cuando llegó a la conserjería de Iulián Mastákovich para añadir su humilde nombre a la larga lista de las respetuosas personalidades que habían firmado allí en un papel manchado con gotas de tinta y todo emborronado. Y cuál no sería su asombro cuando vio refulgir ante sus ojos la firma del propio Vasia Shumkov. Aquello le dejó estupefacto. «Pero ¿qué le ocurre?», pensó. Arcadi Ivánovich, que unos momentos antes albergaba tantas esperanzas, salió disgustado. Realmente, se avecinaba una desgracia. Pero ¿dónde?, ¿qué tipo de desgracia?

Llegó a Kolomna con el ánimo bajo. Al principio estuvo cortado, pero tras hablar con Lizanka salió de la casa con lágrimas en los ojos, porque estaba realmente preocupado por Vasia. Salió corriendo camino de casa y junto al río Nevá se chocó de frente con Shumkov, que también iba corriendo.

—¿Adónde vas? —exclamó Arcadi Ivánovich.

Vasia se detuvo, como si le pillaran cometiendo un crimen.

—A ninguna parte, solo quería darme una vuelta.

—¿No has podido resistirte y te dirigías a Kolomna? ¡Oh, Vasia! Pero ¿para qué has ido donde Iulián Mastákovich?

Vasia no respondió, pero después hizo un ademán con la mano y dijo:

—¡Arcadi, no sé lo que me está sucediendo! Yo…

—¡Tranquilo, Vasia! ¡Sé lo que te pasa! ¡Cálmate! Desde ayer estás nervioso y emocionado. Date cuenta de que es difícil de encajar. Pero todos te quieren, todos se preocupan por ti, tu trabajo va avanzando y lo acabarás, indudablemente que lo acabarás; pero sé que se te ha pasado algo por la cabeza que te tiene atemorizado…

—No. No es nada. No es nada…

—¿Te acuerdas, Vasia, de cuando te ascendieron de grado? Que de la felicidad y el agradecimiento duplicaste tu recelo y te pasaste toda una semana emborronando papeles y estropeando el trabajo. Lo mismo te sucede ahora…

—¡Sí! ¡Sí, Arcadi! Pero ahora me ocurre algo diferente, algo completamente diferente.

—Pero ¡cómo que no, por Dios! Puede que la cosa no sea tan urgente, y tú, martirizándote…

—¡Nada, nada! ¡Solo hablaba por hablar! ¡Vamos!

—¿Entonces te vienes a casa, y no vas donde ellas?

—¡No, hermano! ¿Con qué cara podía presentarme yo allí…? He cambiado de opinión. Lo que ocurrió es que al quedarme solo en casa no aguanté más, pero ahora que estás junto a mí, me sentaré a escribir. ¡Vamos!

Caminaron en silencio durante un rato. Vasia tenía prisa.

—¿Cómo es que no me preguntas nada de ellas? —dijo Arcadi Ivánovich.

—¡Oh! ¡Es verdad! ¡Bueno, Arcashenka, habla!

—¡Vasia, no pareces el mismo!

—Bueno, ¡no pasa nada! ¡Cuéntamelo todo, Arcasha! —dijo Vasia con voz suplicante, como si quisiera evitar posteriores explicaciones. Arcadi Ivánovich suspiró. Estaba realmente confundido viendo a Vasia.

Pero las noticias sobre la familia de la novia parecieron animarle. Incluso se puso dicharachero. Almorzaron. La anciana había llenado el bolsillo de Arcadi Ivánovich de bizcochos, y los amigos, según iban comiéndolos, se alegraban cada vez más. Después de comer, Vasia dijo que iba a acostarse un rato, para pasar después toda la noche trabajando. Y realmente se echó. Por la mañana, alguien de quien Arcadi Ivánovich no podía declinar la invitación le invitó a tomar té. Los dos amigos se separaron. Arcadi prometió regresar a casa lo antes posible; procuraría incluso estar a las ocho. Tres horas de separación se le hicieron a Arcadi más largas que tres años. Finalmente pudo liberarse y salir corriendo para estar junto a Vasia. Al entrar en casa vio que la habitación estaba completamente oscura. Vasia no estaba en casa. Arcadi preguntó a Mavra, quien le dijo que Vasia no había parado de escribir y que no durmió nada, después se puso a dar vueltas por la habitación, y que más tarde, hacía una hora, salió corriendo diciendo que regresaría enseguida; «y que cuando volviera Arcadi Ivánovich, le dijera, yo, la vieja», concluyó Mavra, «que se había ido a dar una vuelta, repitiendo esto unas tres o cuatro veces».

«¡Está en casa de las Artémiev!», pensó Arcadi Ivánovich moviendo la cabeza.

Al cabo de un minuto dio un salto como si la esperanza reviviera en él. «¡Simplemente, lo habrá terminado!», pensó. «¡Eso es todo! No pudo aguantar más y salió corriendo a verlas. ¡Pero no puede ser! Me habría esperado… Voy a echar un vistazo a ver cómo va su trabajo». Encendió una vela y se dirigió a toda prisa hacia el escritorio de Vasia: el trabajo había avanzado considerablemente, y parecía que no faltaba mucho para terminarlo. A Arcadi Ivánovich le dieron ganas de seguir investigando, pero de pronto entró Vasia…

—¡Ah! ¿Estás aquí? —exclamó este, estremecido por el susto. Arcadi Ivánovich permaneció en silencio. Temía preguntarle a Vasia. este agachó la mirada y en silencio se puso a ordenar papeles. Finalmente sus miradas se encontraron. La de Vasia era tan suplicante y abatida que Arcadi se estremeció al mirarle. Su corazón tembló pareciendo salírsele…

—Vasia, hermano mío ¿qué te sucede?, ¿qué te pasa? —exclamó lanzándose hacia su amigo y estrechándole entre sus brazos—. Dime, ¿qué te pasa y por qué estás triste? ¡Pobre mártir! ¿Qué es? Cuéntame todo sin ocultarme nada. No puede ser que solo eso…

Vasia se fundió con él en un fuerte abrazo, sin poder pronunciar palabra y quedándose sin aliento.

—¡Está bien, Vasia! ¡Está bien! ¿Acaso no lo vas a acabar? ¿Qué sucede? No te comprendo. Confiésame lo que te martiriza. ¿Es que no ves que soy todo oídos…? ¡Oh! ¡Dios mío! —repetía Arcadi, dando zancadas por la habitación y agarrándose a todos los objetos que se le ponían a mano como si buscara urgentemente una medicina para Vasia—. Yo mismo iré en tu lugar mañana a Iulián Mastákoich, y le rogaré, le suplicaré, para que te conceda un día más. Le explicaré todo, absolutamente todo, si es eso lo que te martiriza tanto…

—¡Que Dios te ampare! —exclamó Vasia y se puso más pálido que una pared. Apenas se tenía en pie.

—¡Vasia, Vasia!

Vasia volvió en sí. Sus labios temblaban. Intentaba pronunciar algo, pero no conseguía hacer otra cosa que estrechar convulsivamente la mano de Arcadi... Su mano estaba fría. Arcadi permanecía expectante frente a él, abatido por la tristeza y la angustia. Vasia de nuevo dirigió su mirada hacia él.

—¡Vasia! ¡Que Dios te ampare! ¡Querido amigo, me estás destrozando el corazón!

De los ojos de Vasia corrieron lágrimas a raudales y se lanzó a los brazos de su amigo.

—¡Te he engañado, Arcadi! —afirmó él—. ¡Te engañé! ¡Perdóname! ¡Discúlpame! He traicionado nuestra amistad...

—¿Qué? ¿Qué dices, Vasia? ¿De qué se trata? —le preguntó Arcadi, completamente horrorizado.

—¡Pues de esto!

Y Vasia con gesto desesperado sacó del cajón seis gruesos cuadernos, similares al que estaba copiando, y los arrojó sobre el escritorio.

—¿Qué es esto?

—Aquí tienes lo que tiene que estar hecho pasado mañana. ¡No hice ni la cuarta parte de lo que tenía que hacer! ¡Pero no me preguntes, ni me interrogues sobre... cómo pudo suceder! —dijo Vasia, comenzando él mismo la conversación de lo que tanto le martirizaba—. ¡Arcadi, amigo mío, ni yo mismo sé lo que me ha ocurrido! Parece que estoy despertando de un sueño. He perdido en vano tres semanas enteras. Yo... no he hecho más que ir a visitarla. No podía con mi corazón, y una sensación desconocida... me hacía sufrir... sin que pudiera concentrarme para escribir. No pensaba en ello. Solo ahora, cuando la felicidad se me viene encima, recobro la conciencia.

—¡Vasia! —dijo Arcadi Ivánovich con tono decidido—. ¡Vasia! Yo te sacaré del apuro. Lo entiendo todo. Esta cuestión no es una broma. ¡Escúchame! Mañana mismo iré a ver a Iulián Mastákovich… No muevas la cabeza. ¡No! ¡Atiende! Le contaré todo, tal y como ha sucedido. Déjame hacerlo de ese modo… ¡Se lo explicaré… soy capaz de todo! Le diré lo mal que te encuentras y lo que sufres.

—¿Sabes que ahora me estás haciendo sentirme muy mal? —dijo Vasia, quedándose completamente helado de frío.

Arcadi Ivánovich se quedó pálido, pero reaccionó al instante y se echó a reír.

—¿Qué importancia tiene? —dijo él—. ¡Hombre, Vasia! ¿No te da vergüenza? ¡Atiende! Veo que te estoy dando un disgusto. ¿Lo ves? Te entiendo: sé lo que te pasa. Si ya llevamos cinco años viviendo juntos, ¡gracias a Dios! Eres bondadoso, dulce, pero débil, imperdonablemente débil. Si de ello se percató hasta Lizaveta Mijáilovna. Al margen de esto, eres un soñador, y eso tampoco te beneficia: ¡porque puedes perder el juicio, hermano! ¡Espera, porque sé lo que deseas! Te habría gustado, por ejemplo, que Iulián Mastákovich estuviera rebosante de alegría y que en honor a tu boda organizara incluso un baile… Pero ¡espera, espera! Estás arrugando la frente. ¿Lo ves?: por una palabra que dije; te has ofendido por lo de Iulián Mastákovich. Pero dejémoslo a un lado. ¡Si yo también le tengo tanto respeto como tú! Pero no me discutas contradiciéndome que te gustaría que todo el mundo fuera feliz el día en que tú te casaras… Sí, hermano, tendrás que reconocer que te gustaría que, por ejemplo, yo, tu mejor amigo, tuviera de repente unos cien mil rublos de capital; que todos cuantos enemigos hubiera sobre la faz de la tierra, de pronto, sin ton ni son, se amigaran y se abrazaran de felicidad en medio de la calle y que después vinieran a visitarte aquí, a tu casa. ¡Amigo mío! ¡Mi querido amigo! No me estoy burlando, sino que es así. Y tú, desde hace tiempo, me has estado representando todo esto en diferentes facetas. Puesto que, como te sientes feliz, deseas que todos, decididamente todos, se vuelvan de repente felices. ¡Te duele y te cuesta aceptar que solo tú eres feliz! ¡Y por eso deseas ahora con todas tus fuerzas ser digno de esa felicidad y hacer alguna heroicidad para tranquilizar tu conciencia! ¡Comprendo cómo te debe de atormentar que en algunas cosas, en las que podrías demostrar tu celo y habilidad… y tal vez agradecimiento, como tú dices, de pronto fueras y metieras la pata! Sientes un gran pesar ante la idea de que Iulián Mastákovich frunza el ceño y se enfade contigo cuando vea que has decepcionado la esperanza que él había puesto en ti. Te duele pensar que puedas oír reproches del que es tu protector. ¡Y en qué momento! ¡Cuando tienes el corazón rebosante de felicidad y no sabes a quién expresarle tu gratitud…! Porque es así, ¿no es cierto? ¿Verdad?

Arcadi Ivánovich, al que le tembló la voz al terminar la frase, se quedó callado y tomó aliento.

Vasia miraba a su amigo con ternura. Y una sonrisa se deslizó por sus labios. Incluso pareció que una esperanza revivía en su rostro.

—Bien, entonces, escúchame —dijo nuevamente Arcadi, aún más alentado por esa esperanza—: ni falta que hace que Iulián Mastákovich cambie respecto a su benevolencia contigo. ¿No se trata de eso, querido amigo? ¿Acaso no es eso? Y si es así —dijo Arcadi pegando un salto de la silla—, entonces yo me sacrificaré por ti. Mañana iré a ver a Iulián Mastákovich… ¡Y no me contradigas! Tú, Vasia, estás considerando tu descuido como si fuera un crimen. Y, además, Iulián Mastákovich es muy magnánimo y misericordioso, y es muy diferente a ti. Él, hermano Vasia, nos escuchará a ti y a mí, y nos sacará de la desgracia. ¡Bueno! ¿Ya estás más tranquilo?

Vasia, con los ojos empapados en lágrimas, estrechó la mano de Arcadi.

—¡Bien, Arcadi! ¡Está bien! —le dijo—. Decidido. Bueno… pues no he terminado el trabajo, ¿y qué? Si no lo terminé, pues no lo he terminado. Y no tienes por qué ir tú. Yo mismo le explicaré todo e iré yo. Ahora ya me he tranquilizado, estoy completamente tranquilo. Solo que no vayas tú… Pero atiende…

—¡Vasia, querido amigo! —exclamó de alegría Arcadi Ivánovich—. He hablado para que me entiendas. Soy feliz de que ya hayas recapacitado y estés dispuesto a rectificar. Pero pase lo que pase, y te ocurra lo que te ocurra, recuerda que estoy a tu lado. Veo que te martiriza la idea de que yo le diga algo a Iulián Mastákovich; y no se lo diré, no le diré nada, sino que se lo dirás tú mismo. Verás: vas a ir mañana… o mejor será que no vayas sino que te quedes aquí escribiendo, ¿lo comprendes? Y yo ya me enteraré allí de si ese asunto es tan urgente o no, si es imprescindible tenerlo acabado para la fecha fijada o no, y qué pasaría si te excedieras del plazo. Después vendré aquí corriendo a contártelo…

¡Lo ves! ¡Si hay esperanza! Figúrate que el asunto no sea urgente y salgamos bien parados. Tal vez Iulián Mastákovich no se acuerde y, en tal caso, estaremos a salvo.

Vasia movió pensativo la cabeza. Pero su mirada de agradecimiento no se apartaba del rostro de su amigo.

—¡Está bien! Estoy cansado y me siento muy débil —dijo, ahogándose en las palabras—; ni yo mismo tengo ganas de pensar en ello. ¡Pues hablemos de otra cosa! Yo, ya ves, probablemente no me ponga ahora a escribir, sino que terminaré como pueda un par de páginas hasta llegar a un punto. ¡Atiende...! Llevo ya tiempo queriéndote preguntar: ¿cómo es que me conoces tan bien?

Las lágrimas de Vasia resbalaban sobre las manos de Arcadi.

—¡Si supieras cuánto te quiero, Vasia, no me habrías preguntado esto!

—¡Sí! ¡Yo no sé, Arcadi, por qué... por qué me quieres tanto! ¿Sabes, Arcadi, que hasta me agobiaba tu afecto? ¿Sabes cuántas veces, al irme a dormir pensando en ti (porque siempre pienso en ti antes de dormir), me empapaba en lágrimas, y mi corazón se estremecía por, por... ¡Porque me quieres tanto, mientras que yo no puedo aliviar mi corazón y demostrarte mi gratitud...!

—¡Ves, Vasia, cómo eres...! Mira qué disgustado estás —dijo Arcadi, quien en aquellos momentos tenía estremecida el alma, y que se acordó de la escena de la calle del día anterior.

—¡Está bien! Quieres que me tranquilice, cuando yo jamás había estado tan tranquilo y feliz como ahora. ¿Sabes una cosa...? Escucha, me habría gustado haberte contado todo, pero siempre he temido disgustarte… Tú siempre te disgustas y me gritas; y yo me asusto… Mira cómo estoy temblando ahora mismo y no sé por qué. Verás, hay algo que quiero decirte. Creo que hasta ahora no me conocía a mí mismo. ¡Sí! Igual que a otros, que solo los conocí ayer. Yo, hermano, no sentía ni apreciaba las cosas en su plenitud. Mi corazón… era un callo… Escucha: ¡cómo es que jamás hice yo nada bueno en este mundo a nadie, porque no podía hacérselo, e incluso resulto desagradable físicamente…! ¡En cambio, a mí todos me han hecho bien! Y el primero de todos eres tú, ¿acaso no lo veo? Y mientras eso sucedía, yo me limitaba a callar.

—¡Basta, Vasia!

—¿Por qué, Arcasha! ¿Por qué…? Si estoy bien —le interrumpió Vasia, sin poder apenas pronunciar palabra por las lágrimas que lo ahogaban—. Ayer te hablé de Iulián Mastákovich. Y tú sabes que es un hombre recto, y tan severo que hasta te ha llamado la atención un par de veces, y, sin embargo, ayer se le ocurrió gastarme unas bromas abriéndome su bondadoso corazón, que por prudencia no se lo abre a todo el mundo…

—¿Y qué, Vasia? Eso te demuestra que eres merecedor de tu felicidad.

—¡Oh, Arcasha! ¡Si supieras qué ganas tengo de acabar todo este trabajo…! ¡Pero no, echaré a perder toda mi felicidad! ¡Lo presiento! Pero no por eso —le interrumpió Vasia, al ver que Arcadi miraba de reojo el montón de papeles que había sobre el escritorio—. Eso no es nada, es solo papel escrito… ¡Vaya absurdo! esta es una cuestión resuelta… yo… Arcasha, estuve hoy allí, en casa de ellas… pero no entré. ¡Me sentía mal, con ganas de llorar! Solo permanecí junto a la puerta. Ella tocaba el piano y yo la escuchaba. Lo ves, Arcadi —dijo, bajando la voz—: no me atreví a entrar…

—Escucha, Vasia, ¿qué te pasa? Me miras de un modo tan raro…

—¿Qué? ¡Nada! No me encuentro bien. Me tiemblan las piernas, porque me pasé la noche sentado. ¡Sí! Y parece que se me nubla la vista. Y aquí, aquí…

Se señaló el corazón y perdió el sentido.

Cuando Vasia volvió en sí, Arcadi quiso adoptar serias medidas. Intentó llevarle a la cama a la fuerza. Pero Vasia se resistía con todas sus fuerzas. Lloraba, chasqueaba los dedos, quería escribir, deseando terminar inmediatamente sus dos páginas. Para no ponerle más nervioso, Arcadi le dejó que se acercara a los papeles.

—¡Lo ves! —dijo Vasia, sentándose al escritorio—, ¡también a mí se me ha ocurrido una idea, porque cabe una esperanza! —sonrió a Arcadi, y su pálida faz realmente pareció revivir con el haz de la esperanza—. Mira: pasado mañana le llevaré una parte del trabajo. Y mentiré sobre el resto, diciéndole que se ha quemado, o que se ha empapado de agua, o que lo he extraviado… que, finalmente, no pude acabarlo, porque yo no sé mentir. Se lo explicaré yo mismo. ¿Sabes una cosa? Se lo explicaré todo. Le diré esto y lo otro, y que no pude acabarlo… le contaré lo de mi amor. Si él mismo se casó no hace mucho, ¡me comprenderá! Y haré todo esto con educación y buen tono. Él verá mis lágrimas y eso le conmoverá…

—¡Pues sí! ¡Ve, ve a verle y explícale todo…! ¡Pero no es necesario derramar lágrimas. ¡Para qué! De veras, Vasia, que me has dado un buen susto.

—Sí. Iré, iré. Y ahora deja que me ponga a escribir; déjame escribir, Arcasha. ¡No molestaré a nadie, pero déjame hacerlo!

Arcadi se tumbó en la cama. Vasia no le inspiraba ninguna confianza. Era capaz de todo. Pero ¿qué sentido tenía pedir perdón y presentar excusas? Se trataba de otra cosa y es que Vasia no había terminado el trabajo que se le había encargado. Se sentía culpable y desagradecido con su destino. Estaba deprimido y conmocionado de felicidad, considerándose a sí mismo indigno de ella; únicamente había buscado un pretexto para irse por esos derroteros, y desde el día de ayer aún no había vuelto en sí, por lo inesperado de los acontecimientos. «¡Eso es lo que ha pasado!», pensó Arcadi Ivánovich. «Hay que salvarle. Es necesario reconciliarle consigo mismo. Porque él mismo se humilla». Estuvo un buen rato pensando y decidió irremediablemente ir al día siguiente a ver a Iulián Mastákovich para contarle todo.

Vasia estaba sentado y escribiendo. Completamente agotado, Arcadi Ivánovich se echó en la cama para pensar nuevamente en el asunto, y se despertó cuando ya estaba amaneciendo.

—¡Demonios! ¡Otra vez! —exclamó, mirando a Vasia; este seguía sentando y escribiendo.

Arcadi se dirigió rápidamente hacia él, lo agarró, y a la fuerza se lo llevó a la cama. Vasia sonreía: los ojos se le cerraban de la debilidad. Apenas podía pronunciar palabra.

—Si yo mismo quería acostarme —dijo él—. ¿Sabes, Arcadi? Tengo una idea ¡He agilizado la pluma! No tenía fuerzas para seguir sentado más tiempo en el escritorio; despiértame a las ocho.

No acabó la frase y se quedó profundamente dormido.

—¡Mavra! —dijo Arcadi Ivánovich en voz baja a la mujer que traía el té—; Vasia pidió que se le despertara dentro de una hora. ¡Pero bajo ningún concepto! Que duerma diez horas si es necesario. ¿Lo entiendes?

—Lo entiendo, padrecito, lo entiendo.

—No es necesario que hagas la comida, y no andes revolviendo la leña y haciendo ruido. ¡Pobre de ti si lo haces! Y, si preguntara por mí, dile que me fui a la oficina, ¿lo entiendes?

—Lo entiendo, padrecito, lo entiendo. Que descanse a gusto, ¡a mí qué más me da! Me alegro de que los señores duerman bien, y yo velo por sus cosas. Hace unos días, cuando se rompió una taza y usted me reprendió, quiero que sepa que no fui yo, sino la gata Mashka. No me dio tiempo de verla cuando saltaba y ¡zas! Tiró la taza al suelo, la muy desgraciada.

—¡Chis! ¡Calla, calla!

Arcadi Ivánovich acompañó a Mavra a la cocina, le pidió la llave y la dejó allí encerrada. A continuación se fue a la oficina. Por el camino iba dándole vueltas a cómo debía abordar a Iulián Mastákovich, y si aquello le saldría con soltura o si, por el contrario, pudiera parecer impertinente. Tímidamente entró en la oficina y preguntó turbado si estaba Su Excelencia. Le dijeron que no, y que no estaría en todo el día. Por un instante, Arcadi Ivánovich pensó en dirigirse a su casa, pero reflexionó y decidió que, si Iulián Mastákovich no había acudido a la oficina, sería porque tenía asuntos que resolver en casa. Se quedó a esperar. Las horas se le hicieron eternas. Sin que se le notara, y con mucha mano izquierda, fue preguntando acerca del trabajo que se le había encomendado a Shumkov. Pero nadie sabía nada. Lo único que sabían es que Iulián Mastákovich le hacía encargos especiales, de los que nadie tenía información. Finalmente dieron las tres, y Arcadi Ivánovich se fue corriendo a casa. En el vestíbulo le detuvo un escribiente y le dijo que Vasíli Petróvich Shumkov había estado allí a la una aproximadamente «preguntando si usted se encontraba aquí y si Iulián Mastákovich había venido». Al oír aquello, Arcadi Ivánovich salió corriendo, alquiló un coche y llegó a casa asustado hasta más no poder.

Shumkov se encontraba en casa. Daba vueltas por la habitación, demasiado excitado. Al ver a Arcadi Ivánovich, al momento pareció recobrar la compostura y recapacitó, apresurándose en ocultar su preocupación. En silencio, se puso manos a la obra con sus papeles. Parecía esquivar las preguntas de su amigo que pudieran resultarle molestas; tramaba algo para sus adentros y había decidido no desvelar su decisión, como si no debiera depositarse confianza en una amistad. Aquello sorprendió a Arcadi, punzándole fuerte y penetrantemente el corazón. Se sentó en la cama y abrió un librito, el único que tenía, sin quitarle ojo de encima al pobre Vasia. Pero este permanecía tenazmente callado y escribiendo sin levantar cabeza. Así transcurrieron varias horas y el sufrimiento de Arcadi crecía cada vez más. Finalmente, hacia las once, Vasia levantó la cabeza y le dirigió a Arcadi una mirada torpe y fija. este permanecía a la espera. Pasaron unos dos o tres minutos y Vasia seguía callado.

—¡Vasia! —exclamó Arcadi. Vasia no respondió—. ¡Vasia! —repitió de nuevo Arcadi, levantándose de la cama—.

Vasia: ¿qué te sucede?, ¿qué te pasa? —exclamó, acercándose a él. Vasia levantó la cabeza y otra vez le dirigió una mirada torpe y fija. «¡Le ha dado un pasmo!», pensó Arcadi, asustado e invadido de miedo.

Cogió una jarra de agua, levantó a Vasia, le echó agua en la cabeza, le refrescó las sienes, le frotó las manos y Vasia recobró el sentido.

—¡Vasia! ¡Vasia! —exclamó Arcadi, derramando lágrimas sin poderse contener—. ¡Vasia, no te mates de ese modo, recobra el sentido! ¡Vamos…! —sin terminar la frase, lo estrechó ardientemente entre sus brazos. Una extraña expresión recorrió la faz de Vasia. Se frotó la frente y se agarró la cabeza cual si temiera que esta le fuera a estallar.

—¡No sé lo que me sucede! —dijo finalmente—; creo que me he esforzado demasiado. ¡Bueno, está bien! ¡Está bien, Arcadi! ¡No te preocupes! —repetía, mirándole con ojos tristes y agotados—. ¿Por qué habíamos de preocuparnos? ¿No te parece?

—Pero si tú me tranquilizas —exclamó Arcadi, al que el corazón parecía estallarle—. Vasia: acuéstate y duerme un poco. ¡Vamos! —dijo finalmente—. ¡No te martirices en vano! ¡Será mejor que después te pongas de nuevo a trabajar!

—¡Sí, sí! —repitió Vasia—. ¡Permíteme! ¡Voy a echarme! ¡Está bien! ¡Lo ves, tenía intención de acabarlo, pero ahora he cambiado de opinión…! ¡Sí…!

Y Arcadi lo metió en la cama.

—¡Escucha, Vasia! —le dijo con firmeza—, ¡hay que solucionar inmediatamente esta cuestión! Dime, ¿qué es lo que te has propuesto?

—¡Ah! —dijo Vasia, haciendo un gesto con su debilitada mano y girando la cabeza hacia otro lado.

—¡Bueno, Vasia, bueno! ¡Decídete! Yo no quiero ser tu asesino. No quiero callar por más tiempo. No te dormirás hasta que te lo propongas. Lo sé.

—¡Como quieras, como quieras! —repitió Vasia en tono enigmático.

«¡Parece que ya se deja convencer!», pensó Arcadi Ivánovich.

—Hazme caso, Vasia —le dijo—, recuerda lo que te dije. Mañana te salvaré; mañana resolveré tu destino. Pero ¿qué digo yo del destino? Me has dado tal susto, Vasia, que incluso yo mismo utilizo tus términos. ¡Qué destino! ¡Si es absurdo! ¡Tonterías! ¡Tú lo que no quieres es perder la buena disposición y hasta el afecto que te tiene Iulián Mastákovich! ¡Claro! ¡Y no los vas a perder!, ya lo verás… Yo…

Arcadi Ivánovich podía estar hablándole todavía durante un largo rato, pero Vasia le interrumpió. Se incorporó en la cama, se abrazó en silencio al cuello de Arcadi Ivánovich y le dio un beso.

—¡Bueno! —dijo con voz débil—. ¡Está bien! ¡Ya hemos hablado suficiente del asunto!

Y de nuevo se volvió de cara a la pared.

«¡Dios mío!», pensó Arcadi, «¡Dios mío! ¿Qué le ocurre? Ha perdido el juicio por completo. ¿Qué decisión habrá tomado? ¡Se matará a sí mismo!».

Arcadi le miraba perplejo.

«Si se hubiera puesto enfermo», pensó Arcadi, «puede que hasta fuera mejor. Con la enfermedad pasaría la preocupación por alto, y después podría arreglarse todo el asunto estupendamente. Pero ¿por qué miento? ¡Ay, Dios mío…!».

Mientras tanto, pareció que Vasia se había quedado dormido. Arcadi Ivánovich se alegró. «¡Es una buena señal!», pensó. Había tomado la decisión de permanecer junto a él durante toda la noche. Pero Vasia estaba inquieto. Se estremecía a cada minuto, daba vueltas en la cama y en algunos momentos abría los ojos. Finalmente el cansancio le venció. Parecía que se había quedado profundamente dormido. Eran casi las dos de la madrugada. Arcadi Ivánovich se quedó traspuesto sentado en la silla, con el codo apoyado en la mesa.

Tenía un sueño alterado y extraño. No hacía más que parecerle que él no estaba dormido y que Vasia estaba tumbado en la cama como antes. Pero ¡cosa rara! Tenía la impresión de que Vasia se hacía el dormido, de que incluso le engañaba y de que en cualquier momento se iba a levantar despacito y, observándole de reojo, se acercaría a hurtadillas al escritorio. Un ardiente dolor oprimía el corazón de Arcadi. Estaba triste y angustiado y le costaba aceptar que Vasia desconfiaba de él, se escondía y le ocultaba cosas. Quería cogerle, gritar y llevárselo a la cama… Entonces Vasia, en los brazos de Arcadi, daba un grito, y este se veía llevando a la cama un cuerpo sin vida. Un sudor frío corría por la frente de Arcadi y su corazón latía con increíble fuerza. Abrió los ojos y se despertó. Vasia estaba sentado delante de él en el escritorio y escribiendo.

Desconfiando de sus sentidos, Arcadi miró a la cama: Vasia no estaba allí. Arcadi pegó un salto, presa todavía de sus visiones. Vasia no se inmutó. No paraba de escribir. ¡De pronto, Arcadi observó horrorizado que Vasia pasaba por el papel la pluma con la punta seca y sin tinta; que pasaba una tras otra las páginas en blanco y que tenía prisa, mucha prisa por rellenar la hoja, como si estuviera realizando un trabajo con extraordinaria eficacia! «¡No, esto no es un pasmo!», pensó Arcadi Ivánovich temblando todo.

—¡Vasia, Vasia! ¡Respóndeme, por favor! —exclamó, agarrándole del hombro. Pero Vasia continuó callado, y, como antes, seguía pasando a toda prisa la pluma seca sobre el papel.

—Finalmente he podido hacer que la pluma escriba más deprisa —dijo, sin levantar la cabeza para mirar a Arcadi.

Arcadi le cogió de la mano y le arrancó la pluma.

Se oyó salir un gemido del pecho de Vasia. Dejó caer los brazos, levantó los ojos para mirar a Arcadi, y después con gesto triste y agotado se pasó la mano por la frente, como si quisiera quitarse de encima algún insoportable peso depositado sobre su persona, y en silencio, como si se quedara pensativo, bajó la cabeza.

—¡Vasia, Vasia! —exclamó Arcadi Ivánovich desesperadamente—. ¡Vasia!

Al cabo de un minuto, Vasia le miró. Tenía lágrimas en sus grandes ojos azules, y su rostro pálido y sumiso expresaba un terrible sufrimiento… Estaba susurrando algo.

—¿Qué? ¿Qué? —exclamó Arcadi, inclinándose hacia él.

—¿Por qué? ¿Por qué yo? —murmuró Vasia—. ¿Por qué? ¿Qué es lo que he hecho?

—¡Vasia! ¿Qué dices? ¿De qué tienes miedo? ¿De qué? —exclamó Arcadi, retorciéndose desesperadamente las manos.

—¿Por qué habían de enviarme a filas? —dijo Vasia, mirando directamente a los ojos de su amigo—. ¿Por qué? ¿Qué es lo que he hecho?

A Arcadi se le pusieron los pelos de punta. No quería creer lo que veía. Permanecía como una estaca frente a él.

Transcurrido un minuto se repuso. «¡No es nada, fue una cuestión momentánea!», se dijo para sus adentros, completamente pálido, con los labios temblorosos y azulados, y salió corriendo a ponerse la ropa. Quería ir deprisa a por el médico. De pronto Vasia le llamó. Arcadi se lanzó hacia él y lo abrazó como una madre a la que le arrebatan a su criatura....

—¡Arcadi, Arcadi, no se lo digas a nadie! ¿Lo oyes? este es mi problema. He de sufrirlo yo solo...

—¿Qué dices? ¿Qué dices? ¡Recobra el sentido! ¡Vamos!

Vasia lanzó un suspiro y unas silenciosas lágrimas corrieron por sus mejillas.

—¿Por qué había de matarla a ella? ¿Qué culpa tiene...? —murmuró él con una voz desgarradora—. ¡Es mi pecado...!

Se quedó callado un instante.

—¡Adiós, querida mía! ¡Adiós! —susurró, moviendo su pobre cabeza. Arcadi se estremeció, recobró el sentido y quiso ir en busca del médico—. ¡Vamos! ¡Ha llegado el momento! —exclamó Vasia, reparando en los movimientos de Arcadi—. ¡Vamos, hermano, vamos! ¡Yo estoy preparado! ¡Y tú, acompáñame! —se quedó callado, mirando a Arcadi con gesto agotado y de desconfianza.

—¡Vasia, por el amor de Dios, no me sigas! Espérame aquí. Enseguida regreso junto a ti —dijo Arcadi Ivánovich, sin saber lo que hacía y cogiendo la visera para salir corriendo en busca del médico. Vasia se sentó al momento. Estaba tranquilo y obediente, únicamente en sus ojos se percibía el brillo de alguna desesperada decisión. Arcadi se dio la vuelta, cogió el cortaplumas de la mesa, miró por última vez a su pobre amigo y salió corriendo del piso.

Eran las ocho de la mañana. Hacía tiempo que la luz había dispersado la oscura noche de la habitación.

Arcadi no encontró a nadie. Llevaba una hora corriendo. Todos los médicos, cuyas direcciones preguntaba a los porteros, con la esperanza de que pudiera vivir alguno en la casa, se habían marchado. Unos a hacer las correspondientes visitas y otros a hacer sus gestiones. Dio con uno que pasaba consulta. Se pasó un largo rato haciendo meticulosas preguntas a su criado, quien le había informado de la visita de Nefédevich. Le preguntó de parte de quién venía, quién era, qué era lo que quería, y de qué condición social era un paciente tan madrugador. Concluyó diciendo que no podía atenderle, que tenía muchos asuntos que resolver, que no podía desplazarse, y que a enfermos de ese tipo había que llevarlos directamente al hospital.

Hundido y desmoralizado, Arcadi, que de ninguna de las maneras esperaba semejante desenlace, lo dejó todo, incluidos todos los médicos del mundo, y a toda prisa se dirigió a casa, alarmado sobremanera por Vasia. Entró corriendo en casa. Mavra, como si nada sucediera, barría el suelo y rompía las astillas para encender la estufa. Arcadi fue directamente a la habitación, donde no quedaba ni rastro de Vasia. Se había marchado…

«¿Adónde se habrá ido? ¿Dónde estará? ¿Dónde podría encontrarse el infeliz?», pensó Arcadi, lívido de horror. Comenzó a hacerle preguntas a Mavra. Ella no sabía ni había visto nada y tampoco se había enterado de cuándo se había marchado.

—¡Que Dios le ampare! —dijo. Nefédevich se fue corriendo a Kolomna, a casa de la novia.

¡Dios sabe por qué pensó que podría estar allí!

Eran ya casi las diez cuando llego a Kolomna. Allí no esperaban su visita, nada sabían y nada habían visto. Arcadi permaneció delante de ellos asustado y disgustado, mientras les preguntaba dónde estaba Vasia. La anciana no se podía sostener de pie y se dejó caer en el sofá. Lizanka, amedrentada por el susto, comenzó a preguntar sobre lo sucedido. Pero ¿qué iba él a decirles? Arcadi Ivánovich se deshizo de ellos como pudo, inventándose no se sabe qué historia que, lógicamente, no se creyeron, y salió corriendo, dejando a toda la familia conmocionada y preocupada. A toda prisa se dirigió a su departamento, al menos para no llegar tarde y comunicar lo sucedido con el fin de tomar las medidas oportunas. Por el camino, se le pasó por la cabeza la idea de que Vasia pudiera estar en casa de Iulián Mastákovich. Era lo más probable. Arcadi ya lo había pensado; incluso antes de dirigirse a Kolomna. Al pasar junto a la casa de Su Excelencia, tuvo intención de detenerse, pero al instante ordenó continuar al cochero. Decidió ir primero a la oficina para enterarse de si Vasia estaba allí y, de no encontrarlo en la oficina, personarse ante Su Excelencia para, al menos, informarle sobre Vasia. ¡Alguien tenía que hacerlo!

Ya en el vestíbulo le rodearon los compañeros más jóvenes, la mayoría iguales a él en rango, y al unísono comenzaron a preguntarle qué era lo que le había ocurrido a Vasia. Todos decían que Vasia había perdido la cabeza y se había vuelto loco porque le querían alistar como soldado por el incumplimiento del deber. Arcadi Ivánovich respondía a unos y a otros, o, mejor dicho, no respondía debidamente a nadie, sino que hacía lo posible por llegar hasta las habitaciones del fondo. Por el camino se enteró de que Vasia se encontraba en el despacho de Iulián Mastákovich, donde estaban todos, y de que Esper Ivánovich también se encontraba allí. Se detuvo por un instante. Un funcionario de mayor rango le preguntó adónde se dirigía y qué deseaba. Sin reparar en su cara, murmuró algo sobre Vasia y entró directamente en el despacho. Desde allí ya se podía oír la voz de Iulián Mastákovich. «¿Adónde va?», le preguntó alguien que estaba junto a la mismísima puerta. Arcadi Ivánovich se quedó muy confuso. Ya se disponía a darse la vuelta, cuando por la puerta entreabierta vio a su pobre Vasia. Abrió la puerta y como pudo se introdujo en el despacho. Allí todo era alboroto y perplejidad porque al parecer Iulián Mastákovich estaba terriblemente disgustado. Estaba rodeado de jefes, a cuál más importante; hablaban, pero no solucionaban nada. Un poco más apartado estaba Vasia. Al verle, a Arcadi le dio un vuelco el corazón. Vasia estaba de pie, pálido, con la cabeza erguida cual si se hubiera tragado un paraguas y las manos rígidas pegadas a la costura del pantalón. Miraba directamente a los ojos de Iulián Mastákovich. Al instante se dieron cuenta de la presencia de Nefédevich, y alguien que estaba al corriente de que eran compañeros de piso se lo comunicó a Su Excelencia. Le acercaron a Arcadi. Quiso responder a algo que le habían preguntado, pero al mirar a Iulián Mastákovich y ver que su cara expresaba verdadera lástima, se puso a temblar y a sollozar como un niño. Es más, incluso se lanzó hacia Su Excelencia, le cogió la mano para enjugarse las lágrimas, viéndose el propio Iulián Mastákovich obligado a retirar su mano lo antes posible. La sacudió en el aire y dijo:

—¡Está bien, hermano! Veo que tienes un gran corazón.

Arcadi sollozaba y miraba a todos con ojos suplicantes. Le parecía que todos eran como hermanos para Vasia, y que todos ellos también sufrían y lloraban por él.

—¿Cómo es que le ha sucedido esto? —dijo Iulián Mastákovich—. ¿Por qué ha perdido la cabeza?

—¡Por gratitud! —apenas pudo pronunciar Arcadi Ivánovich.

Todos escucharon perplejos su respuesta, dándoles la impresión de que era extraño e irreal que uno perdiera la cabeza por gratitud. Arcadi se explicó como pudo.

—¡Dios, qué lástima! —dijo finalmente Iulián Mastákovich—. Además, el trabajo que se le encargó no era nada importante ni urgente. ¡De modo que arruinó su vida por nada! Bueno, pues ¡habrá que llevárselo al hospital…! —en ese momento Iulián Mastákovich se dirigió nuevamente a Arcadi Ivánovich y se puso a hacerle preguntas—. Ha pedido —dijo Iulián Mastákovich, indicando a Vasia— que no dijéramos nada de lo sucedido a una señorita. ¿Quién es? ¿Tal vez su novia?

Arcadi se lo explicó todo. Mientras tanto, Vasia parecía estar pensando algo, como si con gran esfuerzo recordara algo importante y necesario que debía decir en aquel momento. A veces movía los ojos lastimosamente, como si albergara esperanzas de que alguien le recordara lo que olvidó. Fijó su mirada en Arcadi. De pronto, como si en sus ojos refulgiera una esperanza, se movió del sitio avanzando el pie izquierdo, dio tres pasos lo más hábilmente que pudo y se golpeó la bota izquierda con la derecha, como hacen los soldados cuando les llama el oficial. Todos estaban a la expectativa de lo que podía suceder.

—Tengo un defecto físico, Su Excelencia, soy débil y bajito, no valgo para el servicio —dijo él entrecortadamente.

En aquel momento, todos cuantos se encontraban en la habitación sintieron estrujarse su corazón, e incluso a Iulián Mastákovich, con todo lo fuerte que parecía, le resbaló una lágrima de los ojos.

—Llévenselo —dijo, agitando la mano.

—¡Mi cabeza! —dijo Vasia a media voz, se dio la vuelta girando a la izquierda y salió de la habitación. Todos los que se interesaban por él le siguieron. Arcadi se apretujaba tras ellos. A Vasia lo hicieron pasar y sentarse en la salita a la espera de prescripción y la llegada del coche que se lo llevaría al hospital. Estaba sentado y no hablaba; parecía terriblemente preocupado. Al que reconocía, le hacía una señal con la cabeza como si se despidiera de él. A cada minuto miraba la puerta preparado para que le dijeran que ya había llegado el momento. A su alrededor se ciñó un estrecho círculo; todos movían la cabeza lamentándolo. A muchos les había impresionado su historia que, de repente, se hizo famosa. Unos reflexionaban, otros se apiadaban y animaban a Vasia, diciendo de él que era un joven muy discreto y pacífico y que prometía mucho. Decían de él cómo se aplicaba en aprender, que era amable, y que quería transmitírselo a los demás. «Por sus propios esfuerzos había salido de un nivel social muy humilde», señaló alguien. Conmovidos, hablaban del apego que le tenía Su Excelencia. Algunos se pusieron a departir sobre por qué le habría dado a Vasia por pensar que le mandarían a filas por no finalizar el trabajo y perder por ello el juicio. Decían que, procediendo el pobre de los siervos, y solo gracias a las gestiones de Iulián Mastákovich, quien supo valorar su talento, sumisión y obediencia, había recibido su primer cargo. En una palabra, había gente de diversa opinión. De entre los más conmocionados destacaba especialmente un hombre bajito, compañero de Vasia Shumkov. Y no parecía excesivamente joven, sino de unos treinta años, aproximadamente. Estaba más pálido que una sábana, temblaba y sonreía de un modo extraño, probablemente porque le asustara cualquier asunto escandaloso o una terrible escena, y en cierto modo porque también se alegraba como espectador que sigue una escena desde fuera. A cada minuto daba la vuelta a todo el círculo que se había formado en torno a Shumkov, y como era bajito se ponía de puntillas, agarraba de los botones al primero que se le presentaba, es decir, a aquellos a quienes podía agarrar de los botones, y no paraba de decir que sabía por qué se había producido aquello, que no era una cuestión baldía sino muy importante, y que la cosa no se podía dejar así. Después, de nuevo se ponía de puntillas, le decía algo al oído a su interlocutor, movía de nuevo un par de veces la cabeza y salía corriendo para cambiarse de lugar. Finalmente todo terminó. Llegó el médico acompañado de un guardia de hospital, se acercaron a Vasia y le dijeron que ya era hora de partir. Vasia pegó un salto, se removió inquieto y fue tras ellos, mirando alrededor. Buscaba a alguien con la mirada.

—¡Vasia, Vasia! —exclamó, sollozando, Arcadi Ivánovich. Vasia se detuvo y, a pesar de las dificultades, Arcadi pudo llegar hasta él. Se lanzaron el uno a los brazos del otro y por última vez se fundieron en un fuerte abrazo… La escena fue conmovedora. ¿Qué quimérica desgracia arrancaba las lágrimas de sus ojos? ¿Por qué lloraban? ¿Cuál era la desgracia? ¿Por qué ya no se entendían el uno al otro…?

—¡Toma, coge esto! ¡Y guárdalo! —dijo Shumkov poniendo un papelito en la mano de Arcadi—. Si no, me lo quitarán. Pero tráemelo después. Consérvalo… —Vasia no había terminado la frase cuando le llamaron. Salió corriendo a toda prisa escalera abajo, despidiéndose de todos y moviendo la cabeza. La perplejidad se reflejaba en su rostro. Finalmente, lo sentaron en el coche de caballos y empezaron el camino. Arcadi abrió apresuradamente el papelito y se encontró con el negro mechón del cabello de Liza, del que Shumkov jamás se había separado. De los ojos de Arcadi brotaron ardientes lágrimas. «¡Pobre Liza!», pensó.

Al terminar su jornada de trabajo, Arcadi se dirigió a casa de los de Kolomna. Sobra decir la escena que allí hubo. Incluso Petia, el pequeño Petia, que no acababa de entender lo que le sucedió a Vasia, se metió en un rincón y, tapándose la cara con las manos, empezó a sollozar con todas las fuerzas que daba de sí su corazoncito. Ya era bien entrada la noche, cuando Arcadi regresaba a casa. Al acercarse al Nevá, se detuvo un rato y miró penetrantemente a lo lejos, a lo largo del humeante río, helador y turbio, que, cubierto con la última púrpura de la encarnada alba, ardía en el horizonte de la neblina. Se hacía de noche en la ciudad, y la inabarcable, encendida y helada pradera del río Nevá se cubría de miríadas de estrellas de punzante escarcha bajo el último brillo de la luz del sol. Hacía mucho frío, veinte grados bajo cero. El humeante vaho se desprendía de la gente al pasar y al correr a toda prisa los coches de caballos. El denso aire temblaba ante el menor ruido, y de las techumbres, a ambos lados de las orillas, cual gigantes por el cielo helado, se alzaban hacia arriba columnas de niebla, trenzándose y destrenzándose, dando la impresión de que los edificios más nuevos se alzaban sobre los viejos y una nueva ciudad se componía en el aire... Todo aquel mundo, con sus habitantes, los fuertes y los débiles, todas sus viviendas, tanto los cobijos de los mendigos como los dorados palacetes... a esa hora crepuscular, con la fuerza que da la vida, parecían una fantástica y mágica visión; un sueño, que desaparecería al instante esfumándose como vapor por el cielo azul oscuro. Una idea extraña se le pasó por la cabeza a Arcadi, quien se sentía huérfano por la ausencia de su pobre compañero, Vasia. Se estremeció y en ese instante su corazón pareció bañarse en una ardiente fuente de sangre que de pronto prende por el flujo de una poderosa a la vez que desconocida sensación. Parecía que solo ahora había comprendido aquella alarma y el motivo por el que se había vuelto loco su pobre Vasia, incapaz de sobrellevar su felicidad. Los labios de Arcadi temblaron, sus ojos se encendieron, se quedó pálido, y en aquel instante pareció ver algo nuevo con claridad...

Arcadi se convirtió en una persona triste y taciturna, perdió toda su alegría. El piso donde hasta entonces había vivido se convirtió en insoportable para él y alquiló otro. No le apetecía hacerles visitas a los de Kolomna; y tampoco podía. Transcurridos dos años, se encontró con Lizanka en una iglesia. Ya estaba casada. Detrás de ella caminaba su madre con un bebé en brazos. Se saludaron y durante un largo rato rehuyeron la conversación sobre el pasado. Liza le dijo que ella, gracias a Dios, era feliz, que no era pobre, que su marido era un buen hombre, al que quería… Pero de pronto, en medio de la conversación, sus ojos se empañaron de lágrimas y su voz se apagó. Se dio la vuelta y se inclinó ante el altar para ocultar a la gente su dolor…

# El ladrón honrado

## (*Chestny vor*, 1848)

### De las anotaciones de un desconocido

Una mañana, cuando ya me disponía a dirigirme a mis tareas, entró en mi habitación Agrafena, mi cocinera, lavandera y ama de llaves, y, para mi sorpresa, se dirigió a mí.

Hasta aquel momento había sido una mujer tan callada y sencilla que, al margen de dos palabras que dijera al día sobre lo que iba a preparar para comer, no había dicho más durante seis años. O, al menos, yo no había oído nada.

—He venido a decirle, señor —empezó de pronto—, que podría usted alquilar el desván.

—¿Qué desván?

—Pues el que está junto a la cocina. Ya sabe al que me refiero.

—¿Para qué?

—¡Para qué! Pues porque la gente los alquila. Está claro para qué.

—Pero ¿a quién se lo alquilaría?

—¡A quién! A un inquilino. ¿A quién si no?

—Pero si allí, madrecita mía, no cabe ni una cama; es muy estrecho. ¿Quién podría vivir allí?

—¿Qué falta hace que viva allí? solo hace falta un hueco para dormir; y para vivir está el alféizar de la ventana.

—¿Qué alféizar?

—Está claro cuál, como si no lo supiera. El que está en el vestíbulo. Allí podría sentarse, coser o hacer alguna cosa. También puede sentarse en una silla. Él tiene una silla; y también una mesa; lo necesario.

—Pero ¿de quién se trata?

—Pues de una buena persona, de confianza. Yo le haría la comida. Por la habitación y la comida, le cobraría, al mes, tres rublos…

Finalmente, y después de un buen rato, supe que un hombre entrado en años le pidió a Agrafena que le dejara vivir en la cocina, en calidad de inquilino con derecho a comida. Lo que a Agrafena se le metiera en la cabeza necesariamente había de llevarse a cabo, ya que, de otro modo, sabía que no me dejaría en paz. Cuando algo no salía como ella quería, se quedaba apesadumbrada y presa de una profunda melancolía que podía durarle dos o tres semanas. Durante ese tiempo, solía estropeársele la comida, no me lavaba la ropa, ni el suelo; en un palabra, sucedían cosas desagradables. Hace tiempo que me había dado cuenta de que aquella mujer silenciosa no sabía tomar decisiones ni defender ninguna idea propiamente suya. Pero cuando en su floja inteligencia pudiera componerse de alguna manera algo parecido a una idea o determinación, negárselo significaba aniquilarla moralmente durante algún tiempo. Y por ello, como yo por encima de todo quería mi propia tranquilidad, al instante me conformé con su propuesta.

—Pero ¿tendrá al menos un documento, pasaporte o algo por el estilo?

—¡Cómo! Claro que sí. Es una buena persona y con experiencia; me ofreció pagarme tres rublos.

Al día siguiente, en mi humilde vivienda de soltero apareció un nuevo habitante; pero no me sentí enojado e incluso me alegré en mi interior. En general, vivo muy solitario, como un ermitaño. Apenas tengo conocidos; y salgo en escasas ocasiones. Después de haber vivido durante diez años como un sordo, lógicamente me acostumbré a la soledad. Pero vivir otros diez, quince, o puede que más años, en soledad, con aquella misma Agrafena, y en aquel cuartito de soltero, era una perspectiva de lo más insulsa. Por ello, teniendo en cuenta la situación, una persona tranquila que viene de fuera es una bendición caída del cielo.

Agrafena no había mentido: mi inquilino era una persona decente. Por el pasaporte me enteré de que era un soldado retirado, cosa que había percibido al primer golpe de vista, sin necesidad de mirar el pasaporte. Era fácil de reconocer. Astáfi Ivánovich, mi inquilino, era un buen hombre, entre los de su clase. Comenzamos a tener una buena convivencia. Pero lo más divertido de Astáfi Ivánovich era la facilidad que tenía para relatar historias y sus vivencias. Para el transcurrir diario de mi habitual aburrimiento, alguien que relatara como él era un tesoro. En una ocasión me contó una de sus historias. esta me impresionó. Pero he aquí el motivo por el que surgió esa historia:

Un día me quedé solo en casa: Astáfi y Agrafena habían salido a hacer recados. De pronto me pareció que un desconocido entraba en otra habitación. Salí, y vi que en el vestíbulo realmente había un desconocido. Era joven, bajito y, a pesar del frío otoñal, solo se cubría con una levita.

—¿Qué deseas?

—Quiero ver al funcionario Alexándrov. ¿Vive aquí, verdad?

—Esa persona no vive aquí. ¡Adiós!

—¡Cómo es posible! ¡Si el barrendero me dijo que vivía aquí! —dijo el visitante, retrocediendo cuidadosamente hacia la puerta.

—¡Vamos, vamos! ¡Márchate, hermano! ¡Fuera!

Al día siguiente, después del almuerzo, cuando Astáfi Ivánovich me estaba tomando medidas para una levita, que tenía que arreglar, de nuevo alguien volvió a entrar en el vestíbulo. Entreabrí la puerta.

El caballero del día anterior, ante mis propios ojos, descolgó tranquilamente de la percha mi abrigo de piel, lo cogió debajo del brazo y salió corriendo. Agrafena se quedó mirándole boquiabierta, sin hacer nada para recuperar mi abrigo. Astáfi Ivánovich salió corriendo tras el ladrón y al cabo de diez minutos volvió sofocado y con las manos vacías. ¡El hombre se había esfumado!

—¡Qué mala suerte, Astáfi Ivánovich! ¡Menos mal que aún me queda el capote! ¡De no ser así, el muy ladrón me habría dejado completamente desnudo!

Pero a Astáfi Ivánovich todo aquello le había dejado tan perplejo que, de contemplarle, hasta me olvidé del robo. No podía recomponerse. No hacía más que soltar la labor que tenía entre las manos, para ponerse al instante a contar nuevamente lo que había sucedido, y la forma en que aquello había pasado. Cómo, estando él allí, ante sus ojos y a dos pasos de él, un hombre cogía el abrigo de la percha y salía corriendo sin que se le pudiera alcanzar. Después, otra vez se puso a su labor, para dejarla de nuevo y bajar donde estaba el barrendero a ponerle al corriente y reprenderle para que tomara las medidas oportunas para que en su patio no sucedieran este tipo de cosas. Después, regresó y se puso a regañar a Agrafena. A continuación, de nuevo se puso con su labor, refunfuñando mucho rato para sus adentros sobre cómo había sucedido, cómo, estando él allí y yo aquí, delante de nosotros y a dos pasos, descolgaron el abrigo y etcétera, etcétera. En una palabra, Astáfi Ivánovich, a pesar de hacer bien su labor, era también muy charlatán.

—¡Nos han engañado, Astáfi Iványch! —le dije yo por la tarde, ofreciéndole una taza de té, con tal de salir del aburrimiento, y volviendo a sacar el tema del abrigo, que, de tanto repetirse, y al ver la sinceridad del que lo relataba, hacía que la situación se me presentara cada vez más cómica.

—¡Nos han timado, señor! Me da pena y lástima. Me puede la rabia aunque el abrigo no fuera mío. En mi opinión, no hay peor cosa en esta vida que un ladrón. ¡Otras veces te pueden quitar algo, pero en este caso se trata de tu trabajo, de tu sudor, y el tiempo robado…! ¡Uf! ¡Qué asco! No le apetece a uno ni hablar de ello, me da mucha rabia. ¿Y a usted, señor mío, no le da pena de una cosa suya?

—Sí, es cierto, Astáfi Iványch. ¡Es preferible que se queme una cosa que ceder ante un ladrón! ¡Es algo que da rabia y no se puede consentir!

—¡Hay que ver cómo son las cosas! Claro que hay ladrones diferentes. Pues yo, señor mío, me topé una vez con un ladrón honrado.

—¿Cómo que con un ladrón honrado? ¿Acaso existen ladrones honrados, Astáfi Iványch?

—¡Es verdad, señor! ¿Cómo puede un ladrón ser honrado? No puede ser. Yo solo quería decir que aquel hombre parecía honrado, pero robó. Sin embargo, me dio lástima de él.

—Y ¿cómo sucedió, Astáfi Iványch?

—Pues así, señor: de eso hace ya dos años. Por aquel entonces llevaba yo un año sin trabajar, y en esa situación hice buenas migas con un hombre completamente fracasado. Nos conocimos en un figón. Era un borrachín perdido y un gandul, que antes había prestado servicios en algún lugar, pero a causa de sus borracheras hacía tiempo que le habían echado del trabajo. ¡Era un impresentable! ¡Iba vestido Dios sabe cómo! ¡Alguna vez incluso se me pasó por la cabeza si debajo del capote llevaría camisa o no! Todo cuanto tenía se lo gastaba en la bebida. Pero no era escandaloso. Tenía un carácter tranquilo y era muy cariñoso, bondadoso, no pedía nada, y todo le intimidaba; cuando tú mismo veías que el pobre tenía ganas de beber, se lo alcanzabas. Bueno, pues no sé de qué manera nos hemos hecho el uno al otro, o, mejor dicho, no había forma de desprenderme de él… y a mí me daba lo mismo. ¡Y qué hombre más curioso! Se te pegaba como un perrillo; si ibas a un lugar, él detrás de ti. Solo nos habíamos visto una vez. ¡Era más enclenque! Al principio dejé que pasara una noche en casa. Vi que tenía el pasaporte en regla y que parecía decente. Al día siguiente me volvió a pedir lo mismo, y al tercero vino él solo y se pasó el día entero sentado en el alféizar de la ventana; también ese día se quedó a pasar la noche. «¿No se me habrá pegado demasiado?», pensé yo. Le das de beber, de comer y encima le dejas que pase la noche en tu casa. ¡A un pobre como yo, va y se le sube uno a la cabeza para que le des de comer! Antes de pegárseme a mí, también lo hizo con un funcionario. Se emborrachaban los dos hasta más no poder; pero el funcionario se alcoholizó completamente y murió de alguna desgracia. El de mi historia se llamaba Iemeléi. Iemeléi Ilich. Yo no hacía más que darle vueltas a qué hacer con él. Me daba apuro y lástima echarle a la calle. ¡Daba tanta pena verle! ¡Estaba tan perdido! ¡Dios mío! Y encima tan callado, no pedía nada, solo se estaba sentado y mirándote como un perrillo a los ojos. Quiero decir, ¡que hay que ver cómo deteriora al hombre la bebida! Y no hago más que pensar cómo le voy a decir: «¡Márchate de aquí, Iemeliánushka! ¡No tienes nada que hacer aquí! ¡Te has equivocado de persona! ¡Pronto ni yo mismo podré llevarme un pedazo de pan a la boca! ¿Cómo podré mantenerte?». Estoy sentando y pensando: «¿Qué va a hacer cuando le diga eso?». Y me lo imagino mirándome largo rato después de decirle aquello. Me lo imagino sentado sin entender palabra, y cómo después, tras recobrar el sentido, se levanta del alféizar, coge su hatillo, que parece que lo estoy viendo (a cuadros, de color rojo y todo agujereado), y en el que solo Dios sabe lo que guardaba llevándolo a todas partes; cómo se cubría con su pobre capote para parecer lo más presentable posible, y que le diera calor sin que se le vieran los agujeros. ¡Era una persona delicada! Me lo imaginaba abrir la puerta y salir hacia la escalera con los ojos empañados de lágrimas. ¡Me daba lástima, pues no quería que el hombre se extraviara del todo! Y al instante pensaba: «¿Y en qué situación estoy yo mismo? Espera Iemeliúshka», pensaba yo. «¡No te estarás mucho tiempo dándote banquetes en mi casa! ¡Pronto me marcharé y no me encontrarás!». ¡Y me marché! Por aquel entonces, mi señor, Alexander Filimónovich (que en paz descanse y que Dios lo tenga en su gloria), me dijo: «Estoy muy satisfecho de ti, Astáfi, y cuando regresemos a la aldea no nos olvidaremos de ti y te daremos trabajo». Yo vivía en su casa y trabajaba de mayordomo. Era un señor muy bondadoso, pero falleció ese mismo año. Bueno, pues, en cuanto nos despedimos, cogí mis bártulos y algún que otro ahorrillo, pensé que era hora de vivir tranquilo y me fui donde una viejecilla a la que alquilé el rincón de una habitación. Solo disponía de un rincón libre. También había trabajado de criada en una casa, pero por aquel entonces vivía sola y recibía una pensión. Y yo que pensé: «¡Pues ahora, Iemeliánushka, querido amigo, ya no me encontrarás!». ¿Y qué cree usted, señor? Por la tarde, de regreso a casa (después de hacerle una visita a un conocido), lo primero que vi al entrar fue a Iemeliá sentado sobre mi baúl y el hatillo a cuadritos junto a él, sin quitarse su viejo capote y esperándome… De lo aburrido que estaba le cogió a la vieja un libro de la iglesia que lo tenía cogido del revés. ¡A pesar de todo, me encontró! Me desanimé del todo. «No tengo nada que hacer», pensé. «¿Por qué no le habré echado al principio?». Y le pregunto directamente: «¿Has traído el pasaporte, Iemeliá?».

»Entonces, señor, me senté y me puse a pensar: «Bueno, puesto que es un vagabundo, ¿qué daño me puede hacer?». Y llegué a la conclusión de que no podría ocasionarme grandes trastornos. «Tendrá que comer», pensé yo. «Bueno, un trozo de pan por la mañana, y para que el bocado esté más sabroso tendré que comprarle cebolla. Al mediodía, también tendría que darle pan con cebolla; y, al anochecer, también cebolla con *kvas** y un mendrugo de pan, si es que quiere más pan. Y si surgiera el caso de que hubiera *shi*, nos llenaríamos las barrigas hasta más no poder». Si yo, lo que es comer, no como mucho, y todos saben que la persona que bebe apenas come: le bastaría solo con un licorcito o un vino verde. «Me puede arruinar con la bebida», pensé, y al momento, señor mío, se me pasó una idea por la cabeza, y ¡cómo me impresionó! Que si Iemeliá se marchara, ya no sería yo feliz en la vida... Y en aquel momento decidí ser para él como un padre bienhechor. «Lo apartaré del vicio», pensé, «y haré que aprenda a perder la afición a la bebida. Pero ¡espera un poco!», pensé. «¡Bueno, está bien, Iemeliá, quédate, solo que prepárate para vivir conmigo! ¡Tendrás que obedecer!».

»Y, mientras tanto, yo le daba vueltas en la cabeza a cómo enseñarle algún oficio, pero sin prisas. Ahora, al principio, que diera pequeños paseos, y, por el momento, yo iría mirando y buscando algún trabajo que Iemeliá pudiera hacer. Porque para todo, señor mío, es imprescindible tener un don. Y me puse a observarle de soslayo. Veo que es Iemeliánushka un hombre desesperado. Y comencé, señor mío, por hablarle con palabras amables: «Entre otras cosas», le digo, «Iemelián Ilich, podrías mirarte en el espejo y arreglarte un poco. ¡Ya está bien de pasear! ¡Mira cómo vas vestido! ¡Todo lleno de harapos, y tu viejo capote, con perdón, parece un colador! ¡No está bien! Creo que va siendo hora

---

* Bebida rusa muy refrescante. *(N. de la T.)*

de pensar en la dignidad. Estás sentado, y me escuchas con la cabeza gacha, Iemeliánushka mío.

»Pero ¡Dios mío! ¡De tanto beber se le desarticulan las palabras y es incapaz de pronunciar algo con sentido! Si le hablas de pepinos, va él y te responde refiriéndose a las habas. Se pasa largo rato escuchándome y después lanza un suspiro.

»—¿Y por qué suspiras, Iemelián Ilich? —le pregunto.

»—Por nada, Astáfi Ivánovich, no se preocupe. Pues hoy, dos mujeres, Astáfi Iványch, se pelearon en la calle, y una le lanzó una cesta de bayas rojas a la otra.

»—Bueno, y ¿qué tiene eso de especial?

»—Y por hacerle eso, fue la otra y le tiró su cesta de bayas, y se puso a pisotearlas.

»—Bueno, y ¿qué más sucedió, Iemelián Ilich?

»—Pues nada, Astáfi Iványch, solo era un comentario.

»«*Nada, solo un comentario*. ¡Vaya, con Iemeliá, Iemeliúshka!», pensé yo. «¡Le ha dejado descerebrado la bebida…!».

»—En la calle Gorójovaia, o mejor dicho, en la Sadóvaia, a un señor se le cayeron al suelo unos billetes. Y un *muzhik* que lo vio dijo: «¡Qué felicidad la mía!». Pero en ese momento también lo vio otro, que dijo: «¡No! ¡La felicidad es mía! ¡Yo los vi primero…!».

»—¡Vaya, Iemelián Ilich!

»—Y se pelearon los *muzhiks*, Astáfi Iványch. Y en ese momento llegó el guardia, recogió los billetes y se los devolvió al caballero amenazando a los dos *muzhiks* con encerrarles en un calabozo.

»—Bueno, y ¿qué es lo que hay de ejemplar en ello, Iemeliánushka?

»—Pues… yo… nada… La gente se reía, Astáfi Iványch.

»—¡Ay, Iemeliánushka! ¡Y qué importa la gente! Has vendido el alma por una moneda de cobre. Pero ¿sabes, Iemelián Ilich, lo que te voy a decir?

»—¿Qué, Astáfi Iványch?

»—Búscate algún trabajo; de verdad, búscatelo. Te lo he dicho ya cien veces, apiádate de ti.

»—Pero ¿qué tipo de trabajo podría buscarme, Astáfi Iványch? Si ni yo mismo sé qué trabajo podría hacer y además nadie me cogería, Astáfi Iványch.

»—Y ¿por qué te echaron del trabajo, Iemeliá? ¡Ay, borrachín!

»—Pues a Vlas, el camarero, le llamaron hoy para que se presentara en la oficina, Astáfi Iványch.

»—¿Y por qué le llamaron, Iemeliánushka? —le dije.

»—Pues a decir verdad, no lo sé, Astáfi Iványch. Será que tenían que hacerlo y por eso lo llamaron…

»«¡Vaya, vaya!», pensé. «¡Estamos perdidos los dos, Iemeliánushka! ¡Dios nos castigará por nuestros pecados! Pero ¡Señor mío! ¿Qué es lo que puedo hacer con un hombre así?».

»¡Sin embargo, era listo a más no poder! Prestaba oído y te escuchaba, pero, en cuanto veía que se aburría y que yo me ponía serio, agarraba su pobre capote, se escabullía y se largaba como si no te conociera. Se podía pasar todo el día deambulando por ahí y al llegar la tarde venía todo ebrio. ¡Solo Dios sabe quién le daba de beber, y dónde conseguía el dinero! ¡Yo no tengo la culpa de ello y mi conciencia está tranquila!

»—¡No! —le decía yo—. ¡Vas a perder la cabeza, Iemelián Ilich! ¡Ya has bebido mucho! ¿Lo has oído? ¡Ya es suficiente! Si otra vez vuelves borracho a casa, pasarás la noche en la escalera. ¡No te dejaré entrar!

»Después de escuchar la reprimenda, estuvo Iemeliá en casa dos días, y al tercero desapareció de nuevo. Yo esperándole, y él sin aparecer. Y si le soy sincero, incluso estaba preocupado, y sentía lástima. «¿Qué es lo que he hecho?», pensaba. «Le he metido miedo en el cuerpo. Pero ¿adónde habrá ido ahora, el muy desdichado? ¡Dios mío, si se puede perder!». Pasó la noche y él sin regresar. Y al amanecer, cuando salí al zaguán, vi que había pasado la noche allí. Estaba tumbado con la cabeza apoyada en un escalón; debía de estar completamente helado.

»—Pero ¿qué haces, Iemeliá? ¡Dios te ampare! ¿Dónde te has metido?

»—Usted se enfadó conmigo diciéndome que me mandaría a dormir al zaguán, por eso no me atreví a entrar en casa, Astáfi Iványch, y me quedé a dormir aquí.

»¡Sentí a la vez rabia y pena!

»—Pero si tú, Iemelián, podías buscarte otro trabajo —le dije yo—. ¿Por qué escoges el de guarda de la escalera?

»—¿Y qué otro trabajo podría buscarme, Astáfi Iványch?

»—Al menos podrías aprender el oficio de la costura, ¡alma de cántaro! —le dije yo (de la rabia que me dio)—. ¡Mira qué capote llevas! No te conformas con que esté lleno de agujeros y hasta quieres barrer las escaleras con él. Podías coger una aguja y remendarte los agujeros, aunque solo fuera por dignidad. ¡Ay, borrachín!

»—¡Bueno, señor! —y cogió la aguja. Yo se lo dije en broma, pero él se avergonzó y se puso manos a la obra. Se quitó el viejo capote y se puso a enhebrar la aguja. Le miro, y lo que esperaba: tenía los ojos irritados y enrojecidos; las manos temblorosas a más no poder. Intentaba enhebrar la aguja y no lo conseguía. ¡Y hay que ver cómo fruncía el ceño, humedecía el hilo, lo retorcía, pero no conseguía enhebrarlo! No había forma. Lo tiró y se me quedó mirando…

»—¡Bueno, bueno, Iemeliá! ¡Me dan ganas de cortarte la cabeza! Si te lo dije en broma, te reproché para hacerte reaccionar… Pero ¡que Dios te ampare! Puedes entrar, pero no me abochornes, ¡no pases la noche en la escalera avergonzándome…!

»—Pero ¿qué puedo hacer, Astáfi Iványch? Si yo mismo sé que siempre estoy bebido y que no sirvo para nada… Es solo que usted, mi… bienhechor, se interesa en vano por mí…

»Y de pronto empezaron a temblarle sus labios azules y una lágrima resbaló por su mejilla blanca. ¡Y cómo temblaba la lagrimilla sobre su barba sin afeitar, y cómo sollozaba, mi Iemelián! ¡Dios mío! ¡Aquello me dolió como si me pasaran un cuchillo por el corazón!

»«¡Vaya, qué sensible eres, y yo sin darme cuenta! ¿Quién podía saberlo y adivinarlo? ¡No!», pensé. «No voy a preocuparme por ti, Iemeliá. ¡Puedes convertirte en un guiñapo…!».

»Bueno, señor, de todo aquello podría contarle yo mucho. Pero esa historia es insignificante, mísera y no merece la pena; es decir, que usted, señor, no daría ni dos cópecs por una historia así, y, sin embargo, yo, de haberlos tenido, habría dado más, con tal de que no hubiera sucedido. Yo estaba cosiendo unos pantalones buenos (¡al diablo los pantalones!); eran fantásticos, de cuadros azules. Me los había encargado un terrateniente que venía por aquí, y que se marchó después diciéndome que le estaban estrechos, de modo que se quedaron en casa. Pensé que eran buenos y que en el mercadillo podían darme hasta cinco rublos, y que, de no ser así, podría sacar de ellos dos pantalones de caballero, y me sobraría además un trozo para una levita. Eso, a un hombre humilde, a uno de los nuestros, ¿sabe?, siempre le viene bien. Y Iemeliánushka, por aquel entonces, estaba pasando una mala temporada, estaba serio y triste. Veo que pasa un día sin beber nada: pasa otro y tampoco, el tercero y no prueba gota. Estaba completamente amodorrado, me daba verdaderamente lástima verle sentado y afligido. Y pensé: «Una de dos, o te has quedado sin dinero para beber, o tú mismo escogiste el camino adecuado de decir *basta* y vivir de forma racional». Pues así estaban las cosas, señor, cuando llegaron las fiestas. Yo me fui a la consueta. Cuando regreso a casa veo que mi Iemeliá está sentadito sobre el alféizar, completamente borracho y meciéndose de un lado a otro. «¡Hum!», pensé. «¡Conque estas tenemos!». Y me fui derecho al baúl. ¡Miro, y no están los pantalones…! Registré toda la casa: «Me los han robado», pensé. Cuando hube revuelto todo y comprobado que no estaban, pareció que algo me arañaba el corazón. Me dirigí enfurecido a la anciana, y pequé acusándola, descartando las dudas sobre Iemeliá, aunque tuviera mis sospechas, por lo borracho que estaba.

»—No —me dijo la ancianita—; que Dios le ampare, señorito, pero ¿qué falta me harían los pantalones? ¿Para ponérmelos? También a mí me desapareció hace unos días una falda, igual que a usted con este buen hombre… Bueno, no puedo decir lo que no he visto —me dijo.

»—¿Quién estuvo aquí? —le pregunté—. Y ¿quién ha pasado por aquí?

»—Pues nadie, señor —me respondió ella—; yo no me he movido de aquí. Iemelián Ilich salió de casa y regresó después. ¡Allí lo ve usted sentado! Pregúnteselo a él.

»—¿No habrás cogido los pantalones nuevos porque te surgiera alguna necesidad, Iemeliá? ¿Te acuerdas de cómo los cosía para aquel terrateniente?

»—No —responde—, Astáfi Iványch, yo no he cogido eso.

»¡Qué desdicha! De nuevo me puse a buscarlos, lo revolví todo y no encontré nada. Mientras tanto, Iemeliá seguía bamboleándose sobre el alféizar. Me senté, señor, sobre el baúl, frente a él, y de pronto le miré de reojo… «¡Vaya!», se me pasó por la cabeza: y en ese momento pareció que se me prendía el corazón; incluso enrojecí de rabia. De repente, también me miró Iemeliá.

»—No —me dijo—, Astáfi Iványch, yo sus pantalones, quiero decir… eso… que puede usted pensar… yo no he sido.

»—¿Pues cómo han podido desaparecer, Iemelián Ilich?

»—No sé —me respondió—, Astáfi Iványch; no los he visto en absoluto.

»—¿Entonces, Iemelián Ilich, debe ser que ellos solitos, como quiera que se mire, desaparecieron por sí mismos?

»—Puede que hayan desaparecido solos, Astáfi Iványch.

»En cuanto le oí decir eso, me levanté bruscamente, me acerqué a la ventana, encendí la lámpara y me puse a coser. A rehacerle una levita a un funcionario que vivía debajo de nosotros. No paraba de arderme el pecho, como si algo me aullara dentro. Es decir, habría tenido menos calor si hubiera metido toda la ropa del armario en la estufa. Y, por lo que se ve, sintió Iemeliá que la rabia me había punzado el corazón. Y parece, señor, que cuando un hombre está abocado al mal, ya desde lejos presiente la desgracia, igual que un pájaro que vuela por el cielo presintiendo la tormenta.

»—Astáfi Ivánovich —empezó Iemeliúshka (y la vocecilla le temblaba)—. Hoy Antip Projórich, el practicante, se casó con la mujer del cochero, que falleció hace unos días…

»Entonces le eché tal mirada de furia…

»Y Iemeliá lo comprendió. Veo que se levanta, se acerca a la cama y empieza a dar vueltas alrededor de ella. Yo estoy a lo mío y veo que lleva mucho tiempo trasteando y refunfuñando: «¡No aparecen! ¿Dónde se habrán metido, los muy granujas?». Yo seguía en la misma actitud expectante mientras que Iemeliá se puso de rodillas y se metió debajo de la cama. No pude aguantar más.

»—¿Qué hace usted, Iemelián Ilich, de rodillas?

»—Por si encuentro los pantalones, Astáfi Iványch. Registrando, por si se hubieran colado en algún sitio.

»—Pero ¡qué está haciendo, señor! —le dije (y de lo furioso que estaba lo traté de usted)—. ¿Qué necesidad tiene, señor, de hacer semejantes cosas por un pobre hombre como yo, destrozándose inútilmente las rodillas?

»—Pero si no estoy haciendo nada, Astáfi Iványch, nada… Puede que se encuentren si se buscan bien.

»—¡Hum!… —le dije yo—. ¡Escúchame, Iemelián Ilich!

»—¿Qué, Astáfi Iványch? —me dijo.

»—¿Y no habrás sido tú quien los ha cogido, como un simple ladronzuelo, en agradecimiento del pan y la sal que comparto contigo? —le dije yo. Es decir, que a mí, señor, me irritó de tal modo que estuviera de rodillas delante de mí arrastrándose por el suelo…

»—Pues no… Astáfi Ivánovich….

»Pero se quedó en la misma posición, tal y como estaba, debajo de la cama. Estuvo un largo rato allí tumbado; después salió a rastras. Le miro y veo que está completamente pálido. Al levantarse, se sentó cerca de mí en el alféizar de la ventana, y permaneció así sentado unos diez minutos.

»—No, Astáfi Iványch —me dijo. Y de pronto se levanta y se me acerca con un aspecto que daba miedo—. No, Astafi Yványch —me vuelve a decir—. Yo no cogí los pantalones.

»Estaba temblando, golpeándose con el dedo tembloroso en el pecho; la voz le vibraba, lo que me hacía sentir tan avergonzado que parecía enteramente haberme quedado pegado a la ventana.

»—Bueno, Iemelián Ilich —le dije—. Está bien, le pido disculpas porque le reproché en vano. ¡Allá los pantalones! ¡Que desaparezcan! No nos va a pasar nada porque hayan desaparecido. Gracias a Dios tenemos manos, no vamos a robar a nadie… y tampoco vamos a pedirles limosna a otros pobres; nos ganaremos el pan…

»Me escuchó Iemeliá, se quedó un rato frente a mí, y después se sentó. Permaneció así toda la tarde, sin moverse lo más mínimo; a mí ya me había entrado sueño y Iemeliá seguía sentado en el mismo lugar. Solo al amanecer me di cuenta de que estaba tumbado en el suelo y tapado con su pobre capote. Se había sentido tan humillado que no se atrevió a tumbarse en la cama. Pues desde aquel momento, señor, le cogí manía, es decir, los primeros días incluso llegué a odiarle. Para ser más exactos, y por poner un ejemplo, era como si mi propio hijo me ocasionara un dolor horrible. «¡Vaya!», pensé. «¡Iemeliá, Iemeliá!». Mientras tanto él no paró de beber en dos semanas. Se emborrachaba hasta hartarse. Se marchaba por la mañana y no regresaba hasta bien entrada la noche, sin pronunciar palabra en dos semanas. Es decir, o que la pena le había carcomido, o que quisiera castigarse él mismo. Finalmente, dijo *basta* y dejó de beber. Al parecer se había gastado todo el dinero y otra vez se sentó sobre el alféizar de la ventana. Recuerdo que se estuvo así, sentado y callado, tres días enteros; de pronto, le miro, y lo veo llorando. Quiero decir, señor, que está sentado y llorando. ¡Sí, así, llorando! Como si fuera un río, sin sentir las lágrimas. Y es duro, señor, ver cuando un hombre maduro, y concretamente un anciano, como Iemeliá, llora de la pena y la tristeza que tiene dentro.

»—¿Qué, Iemeliá? —le dije.

»Y se puso a temblar. Se estremeció completamente. Desde lo sucedido, era la primera vez que me dirigía a él.

»—Nada… Astáfi Iványch.

»—¡Que Dios te ampare, Iemeliá, que se vaya todo al demonio! ¿Por qué estás ahí sentado como un búho? —me dio lástima de él.

»—Es que… Astáfi Iványch… bueno. Quisiera encontrar algún trabajo, Astáfi Iványch.

»—Pero ¿qué tipo de trabajo, Iemelián Ilich?

»—Pues así, uno cualquiera. Puede que encuentre algo útil que hacer como antes; ya fui a solicitarle trabajo a Fedoséi Iványch… No me siento bien cuando le ofendo, Astáfi

Iványch. Yo, Astáfi Iványch, con un poco de suerte, encontraré algún trabajo, y entonces le devolveré todo, y le daré su compensación por lo que se ha gastado en alimentarme.

»—Bueno, Iemelián, ya está bien; lo que pasó, pasado está. ¡Allá los pantalones! ¿Por qué no volvemos a vivir como antes?

»—No, Astáfi Iványch, usted posiblemente siga pensando lo mismo… pero yo no le robé los pantalones…

»—Bueno, pues como quieras. ¡Que Dios te ampare, Iemeliánushka!

»—No, Astáfi Iványch. Veo que ya no puedo continuar viviendo aquí. Y discúlpeme usted, Astáfi Iványch.

»—¡Pues que sea lo que Dios quiera! —le dije—. ¿Quién te está ofendiendo y te echa al patio? ¿Acaso lo estoy haciendo yo?

»—No, pero me es incómodo vivir con usted de ese modo, Astáfi Iványch… Será mejor que me vaya…

»El hombre estaba ofendido y había tomado una determinación. Le miro y veo que ya se levanta y se echa al hombro su pobre capote.

»—Pero ¿adónde vas a ir, Iemelián Ilich? Sé racional y escucha: ¿qué piensas hacer?, ¿adónde vas a ir?

»—No, perdone usted, Astáfi Iványch, no me retenga —y de nuevo se puso a gemir—. Me voy, Astáfi Iványch. Usted ya no es el mismo de antes.

»—¿Cómo que no soy el mismo? ¡Soy el mismo! Si eres como un niño pequeño, irracional; te puedes perder solo, Iemelián Ilich.

»—No, Astáfi Iványch, usted ahora cuando se marcha cierra el baúl, y yo, Astáfi Iványch, que lo veo, me pongo a llorar… No, mejor será que me deje marchar, Astáfi Iványch, y perdone las ofensas que pude haberle infligido en nuestra convivencia.

»Y ¿qué piensa, señor? Se fue el hombre. Le esperé un día, pensando que regresaría al atardecer, pero no volvió. Al siguiente, tampoco, y al otro, igual. Estaba asustado y la tristeza no me dejaba vivir en paz. Ni bebía, ni comía, ni dormía. ¡El hombre me había dejado completamente desarmado! Al cuarto día salí a buscarle por todas las tascas, y nada. ¡No lo encontré! ¡Iemeliánushka había desaparecido!

»«¿No habrá perdido el hombre la cabeza?», pensé. «Puede que esté ahora tirado como un penco podrido junto a alguna valla, el muy borrachín». Regresé a casa ni vivo ni muerto. Al día siguiente también salí a buscarlo. Me maldecía a mí mismo por haber permitido que un hombre sin cabeza se fuera de mi lado por su propia voluntad. El quinto día al amanecer (era fiesta) oigo que cruje la puerta. Miro, y veo que entra Iemeliá. ¡Todo amoratado y con el pelo completamente sucio de haber dormido en la calle! Había adelgazado hasta quedarse como una astilla. Se quitó su pobre capote, se sentó junto a mí en el baúl y se me quedó mirando. ¡Qué alegría me dio verle, pero me sentí aún más triste que antes! Mire usted lo que pasa, señor: que caiga sobre mí el pecado, pero habría preferido verle muerto en un arroyo como un perro a que volviera en ese estado. ¡Pero Iemeliá volvió! Bueno, lógicamente, resulta duro ver a un hombre en ese estado. Empecé a animarle, a acariciarle y a tranquilizarle.

»—Bueno —le dije—, Iemeliánushka, estoy contento de que hayas vuelto. Si hubieras tardado un poco más, habría ido a buscarte por las tabernas. ¿Has comido algo?

»—Sí, Astáfi Iványch.

»—Y ¿lo suficiente? Aquí tienes, hermano, un poco de *shi* que quedó de ayer; es de carne; y aquí tienes un poco de pan y cebolla. Come —le digo—, no está de más para la salud.

»Le serví la sopa y vi que probablemente llevaba tres días sin probar bocado, ¡tal era su apetito! Lo que significa que el hambre fue lo que le hizo retornar de nuevo a mí. ¡Cómo me alegré de verle! «Espera», pensé, «en una carrera voy a por algo de beber. Le traeré algo para que se sienta feliz, y nos olvidemos de todo. ¡No te guardo ningún rencor, Iemeliánushka!». Le traje una botella de vino.

»—Aquí tienes —le digo—, Iemelián Ilich, bebamos un poco, hoy es fiesta. ¿Quieres beber? ¡Salud!

»Extendió ansioso la mano, y ya casi tenía cogido el vaso, cuando veo que se detiene; espera un rato; yo le miro: va y lo coge, se lo lleva a la boca, salpicándose la manga con el vino. Y no lo bebe. Se lo vuelve a llevar a la boca, pero al instante lo deja sobre la mesa.

»—¿Qué sucede, Iemeliánushka?

»—Pues nada; es que yo… Astáfi Iványch…

»—¿Acaso no te lo vas a beber?

»—Pues yo, Astáfi Iványch, eso… ya no voy a beber más, Astáfi Iványch.

»—¿Acaso has decidido dejarlo del todo, Iemeliúshka? ¿O solo se trata de hoy?

»Se quedó callado. Cuando le miro, veo que tiene apoyada la cabeza sobre la mano.

»—¿No te habrás puesto malo, Iemeliá?

»—No lo sé, no me encuentro muy bien, Astáfi Iványch.

»Lo conduje hasta la cama. Veo que realmente está mal: le ardía la cabeza y la fiebre le agitaba el cuerpo. Estuve junto a él todo el día; al llegar la noche se puso peor. Le di *kvas* con mantequilla y cebolla y añadí migas de pan. Le dije:

»—¡Vamos, tómate esta *turia*,\* que te sentará bien!

»Él movió la cabeza.

»—No —dijo—, no voy a comer hoy, Astáfi Iványch.

»Le preparé un té y mareé del todo a la ancianita; y nada, que no mejoraba. «¡Vaya! ¡Mal asunto!», pensé. Al tercer día fui en busca del médico. Conocía un médico que se apellidaba Kostoprávov, que me trató cuando yo vivía en casa de los señores Bosomiágin. Vino el médico, lo vio y dijo: «Pues no. La cosa está mal. No tenía que haberse molestado en buscarme. Pero puede darle estos polvos». Pero yo no se los di; pensé que el médico me lo decía por decir; y mientras tanto ya llegó el quinto día.

»Se estaba muriendo ante mis ojos, señor. Yo estaba sentado junto al alféizar de la ventana con la labor entre las manos. La viejecilla estaba echando leña en la estufa para caldear la habitación. Nadie hablaba. Tenía el corazón partido como si se me muriera mi propio hijo. Sabía que Iemeliá me miraba ahora a mí, me había dado cuenta de ello desde la mañana. Veía que el hombre quería sacar fuerzas, deseando decir algo, sin atreverse; y, en cuanto veía que yo le miraba, al instante desviaba la mirada hacia otro lado.

»—¡Astáfi Ivánovich!

»—¿Qué, Iemeliúshka?

* Especie de gazpacho ruso, hecho con kvas o agua, pan y cebolla. *(N. de la T.)*

»—Y si yo, por ejemplo, llevara mi capote a vender al mercadillo, ¿me darían mucho, Astáfi Iványch?

»—Bueno —le dije yo—, no creo que dieran mucho. Con un poco de suerte hasta unos tres rublos, Iemelián.

»«Pero, en realidad», pensaba yo para mis adentros, «si lo llevaras, no te darían nada salvo burlarse de ti en tu cara por ir a vender una cosa en tan mal estado». Solo que a él, hombre de Dios, conociéndole como le conocía, le dije lo contrario para consolarle.

»—Pues yo, Astáfi Iványch, creo que sí me darían tres rublos por la capa; si es de paño. ¿Cómo no iban a darme tres rublos por una cosa de paño?

»—No lo sé, Iemelián Ilich —le dije—. Si deseas llevarla, entonces desde el primer momento habría que pedir por ella tres rublos.

»Iemeliá se quedó un rato callado; y después de nuevo se puso a hablar:

»—¡Astáfi Iványch!

»—¿Qué quieres, Iemeliánushka? —le pregunté.

»—Venda usted el capote cuando me muera, no me entierre con él. No lo necesito; mientras que el capote es algo valioso, le hará falta.

»En ese momento, señor, se me encogió el corazón de tal modo que no supe qué decir. Veo que le rondaba la tristeza que uno siente antes de morir. De nuevo nos quedamos en silencio. Así transcurrió una hora. Otra vez le eché un vistazo: no retiraba la vista de mí, y, en cuanto se cruzaba con mi mirada, de nuevo la desviaba para otro lado.

»—¿No quieres beber un poco de agua, Iemelián Ilich? —le dije.

»—Si es tan amable, que Dios le bendiga, Astáfi Iványch.

»Le di de beber. Bebió con ansia.

»—Se lo agradezco, Astáfi Iványch —me dijo.

»—¿No quieres algo más, Iemeliánushka?

»—No, Astáfi Iványch; no me hace falta nada; solo que...

»—¿Qué?

»—Pues eso...

»—¿Qué quieres decirme, Iemeliúshka?

»—Pues eso... los pantalones... fui yo el que se los cogí entonces... Astáfi Iványch...

»«¡Bueno, pues que Dios te perdone, Iemeliánushka!», me dije. «¡Eres un pobre diablo! Vete en paz...». Se me detuvo la respiración y las lágrimas corrieron por mis mejillas. Me di la vuelta un instante.

»—Astáfi Iványch...

»Lo miro y veo que Iemeliá quiere decirme algo. Se irguió haciendo fuerzas y moviendo los labios... De pronto, se puso todo encarnado y con los ojos clavados en mí... Después, fue palideciendo cada vez más hasta quedarse un instante sin consciencia; echó la cabeza hacia atrás, respiró profundamente y en aquel instante entregó su alma a Dios.

# El Árbol de Navidad y una boda

## (*Iolka i svad'ba*, 1848)

### De los apuntes de un desconocido

Hace unos días vi una boda... Pero ¡no! Será mejor que les
hable sobre la fiesta del Árbol de Navidad. La boda estuvo
bien; me gustó mucho, pero aún mejor fue otro acontecimiento. Ignoro de qué modo, al observar la boda me acordé
de esa fiesta del Árbol de Navidad. Ocurrió del siguiente
modo. Hace exactamente cinco años, en vísperas de Año
Nuevo, me invitaron a un baile infantil. La persona que me
invitaba era muy célebre e importante, con contactos, in-
fluencias e intrigas, de modo que uno podía pensar con facilidad que el baile infantil no era más que una excusa para
reunirse los padres y charlar sobre ciertos asuntos de la forma más casual e inocente. Yo era ajeno a aquellas cuestiones, no tenía ningún asunto que tratar, y por ello pasé la
tarde de un modo bastante independiente. Había allí también otro señor, que a mi parecer no se distinguía ni por su
posición social ni por parentesco alguno, pero que, al igual
que me ocurriera a mí, se encontró en la feliz fiesta del mismo modo que yo... Fue la primera persona en quien me
fijé. Era un hombre alto, enjuto, bastante serio y bien vestido. Pero resultaba evidente que en absoluto le divertía

aquella alegre fiesta familiar. Cuando se apartaba hacia algún rincón, al instante dejaba de sonreír y fruncía sus espesas y negruzcas cejas. Exceptuando al dueño, no conocía a nadie de aquella fiesta de baile infantil. Era visible que se aburría a más no poder, pero que soportaba heroicamente, hasta el final, el papel de hombre absolutamente feliz y divertido. Después me enteré de que se trataba de un señor de provincias, que vino a la capital a solucionar alguna cuestión importante, y que le traía una carta de recomendación al dueño, nuestro anfitrión, que le mostró su tono protector, no precisamente *con amore*, y que le invitaba por pura cortesía a su fiesta de baile infantil. Como no jugaba a las cartas y nadie le había ofrecido un cigarro, ni entraba en conversación con él —probablemente al reconocer ya a distancia al pájaro por su pluma—, y por no saber qué hacer con las manos, se vio el caballero obligado a atusarse las patillas durante toda la tarde. estas eran verdaderamente hermosas. Pero se las atusaba con tanta insistencia que, al mirarle, resultaba difícil no pensar que en el mundo fueron primeramente creadas las patillas, y que solo después se les añadió el hombre para que se las atusara.

Al margen de ese caballero, que participaba de ese modo de la felicidad familiar del dueño de la casa, y que tenía cinco hijos regordetes, también llamó mi atención otro caballero. Pero este otro ya era de otra naturaleza. ¡Se trataba de todo un personaje! Se llamaba Iulián Mastákovich. Desde el primer golpe de vista se percataba uno de que se trataba de un invitado de honor y de que tenía la misma relación con el anfitrión que este último con el caballero que se atusaba las patillas. Los dueños le prodigaban infinidad de amabilidades, tenían muchas atenciones con él, le ofrecían bebidas, lo jaleaban, le acercaban a sus invitados para recomendarle, pero en lo que a él se refiere no lo presentaban a nadie. Observé que al dueño le brilló una lágrima en el ojo cuando Iulián Mastákovich, refiriéndose a la velada, dijo que en escasas ocasiones había pasado un rato tan agradable. De pronto me estremecí ante la presencia de aquel personaje, y, por ello, tras deleitarme mirando a los niños, me marché a un pequeño saloncito, que estaba completamente vacío, y me senté en el cenador de la dueña, que tenía muchas plantas y ocupaba casi la mitad de la habitación.

Todos los niños eran increíblemente enternecedores, y decididamente se negaban a comportarse como mayores a pesar de todas las observaciones de las institutrices y las madres. En un abrir y cerrar de ojos habían dejado el árbol prácticamente vacío, hasta el último bombón, y ya les había dado tiempo a romper la mitad de los juguetes, sin saber previamente a quién correspondía cada uno. Especialmente agradable me pareció un niño de ojos negros y pelo rizado, que no hacía más que querer dispararme con su rifle de madera. Pero, de todos los niños, la que más llamó mi atención fue su hermana, una niña de aproximadamente once años, maravillosa, tierna, silenciosa, pensativa y pálida, con ojos grandes, penetrantes y algo saltones. Los niños la habían ofendido por algo, por eso decidió marcharse al salón donde estaba yo, y ponerse a jugar con su muñeca en un rinconcito. Los invitados indicaban con respeto a un rico comerciante, su padre, y alguno que otro señalaba, en voz baja, que ya se había asignado a la niña una dote de trescientos mil rublos. Me di la vuelta para echar un vistazo a los que curioseaban sobre el acontecimiento, y mi mirada cayó en Iulián Mastákovich, quien, con las manos a la espalda y la cabeza algo ladeada, ponía especial atención para escuchar la vanilocuencia de aquellos caballeros. A continuación no pude por menos de sorprenderme por la sabiduría de los dueños ante la entrega de los regalos de los niños. La niña que ya tenía trescientos mil rublos de dote recibió una impresionante muñeca. Después se fueron entregando los regalos en línea descendente, conforme al nivel y rango de los padres de todas aquellas felices criaturas. Finalmente, el último niño, de unos diez años, delgadito, pequeño, pecosillo y pelirrojo, recibió solo un libro de cuentos sobre la grandeza de la naturaleza, las lágrimas de la emoción y otras cosas, sin una sola estampa ni viñeta.

Era el hijo de la institutriz de los niños del dueño: una pobre viuda que tenía un niño extremadamente introvertido y asustadizo. Llevaba puesta una chaquetita de nanquín barato. Tras recibir su librito, estuvo un largo rato dando vueltas alrededor de otros juguetes; tenía muchas ganas de jugar con otros niños, pero no se atrevía; era evidente que ya tenía conciencia de su situación y la comprendía. Me gusta observar a los niños. Lo extraordinariamente curioso en ellos viene a ser la primera revelación de independencia en la vida. Observé que al niño pelirrojo le atrajeron sobremanera los juguetes de más categoría de otros niños, especialmente las marionetas de teatro, con las que le habría encantado jugar representando algún papel, hasta el extremo de hacer alguna gamberrada. Se reía y jugaba con otros niños, y le dio su manzana a un niño regordete que tenía anudado un pañuelo lleno de golosinas; incluso accedió a llevar sobre su espalda a otro niño, con tal de que no le apartaran del teatro de las marionetas. Pero, al cabo de un minuto, un chaval travieso le dio una considerable paliza. El niño no se atrevió a llorar. En ese momento llegó la institutriz, su madre, y le ordenó que no molestara a los otros niños. Él entró en la habitación donde estaba la niña. Ella dejó que se le acercara y los dos, bastante entretenidos, se pusieron a vestir a la preciosa muñeca.

Ya llevaba yo una media hora sentado en el saloncito del cenador y casi me adormecí escuchando el silencioso susurro entre el niño pelirrojo y la preciosa niña de trescientos mil rublos de dote, que departían sobre la muñeca. De pronto entró en la habitación Iulián Mastákovich. Aprovechó el momento de una ruidosa pelea entre los niños para escabullirse despacio del salón. Me percaté de que solo un minuto antes había estado hablando bastante acalorado con el padre de la futura y rica novia, al que acababa de conocer, ensalzando las ventajas de un empleo respecto a otro. Ahora estaba pensativo y parecía estar echando cuentas con los dedos.

—Trescientos… trescientos —susurraba—. Once… doce… trece… ¡Dieciséis; cinco años! Supongamos que cuatro por ciento; doce por cinco, igual a sesenta; si sobre estos sesenta… supongamos que dentro de cinco años, entonces serán cuatrocientos. ¡Sí! Pero no se conformará con el cuatro por ciento, el muy estafador. Puede que quiera el ocho o el diez por ciento. Bueno, supongamos que quiera quinientos, quinientos mil, que será lo más probable; y el resto será para la renta, ¡hum…!

Había dejado de darle vueltas, se sonó la nariz y ya se disponía a salir de la habitación cuando de pronto miró a la niña y se quedó parado. Como yo estaba detrás de las macetas y las plantas, no me veía. Pero me pareció que estaba muy excitado. Tal vez le afectaron las cuentas que echó, o alguna otra cosa, pero se frotaba las manos sin poder quedarse quieto. Aquella preocupación aumentó hasta *nec plus ultra*, cuando de pronto se detuvo, y echó otro vistazo a la futura novia. Quiso avanzar un paso, pero, antes de hacerlo, miró alrededor. Después, y de puntillas, como si se sintiera culpable, se fue aproximando a la criatura. Se le acercó sonriendo, se agachó y le dio un beso en la cabeza. La niña, que estaba abstraída jugando, lanzó un grito asustada.

—¿Y qué hace usted aquí, preciosa niña? —le preguntó él, a media voz, mirando alrededor y dándole una palmadita en la mejilla.

—Estamos jugando…

—¿Cómo? ¿Con este niño? —Iulián Mastákovich miró de reojo al niño—. ¿Y no sería mejor que tú, cielito, fueras al salón? —le dijo al niño.

El niño le miró abiertamente a los ojos. Iulián Mastákovich echó nuevamente un vistazo alrededor y se inclinó otra vez sobre la niña.

—¿Qué es esto, una muñequita, querida niña? —preguntó él.

—Sí —respondió la pequeña, frunciendo el entrecejo y ligeramente apocada.

—Una muñequita… ¿sabes, querida niña, de qué está hecha tu muñeca?

—No lo sé… —respondió ella a media voz y con la cabeza completamente gacha.

—De guata, querida. Pero sería mejor que el niño se fuera al salón con los demás niños —dijo Iulián Mastákovich, mirando severamente al niño. La niña y el niño fruncieron el ceño y se apretujaron el uno contra el otro. Al parecer, no querían separarse.

—¿Y sabes por qué te han regalado esta muñequita? —le preguntó Iulián Mastákovich, bajando cada vez más el tono de voz.

—No lo sé.

—Pues para que te portes durante toda la semana como una niña buena y cariñosa.

En aquel momento Iulián Mastákovich, excitado hasta más no poder, miró alrededor y, bajando cada vez más la voz, le preguntó finalmente con un tono apenas perceptible por el nerviosismo y la inquietud:

—¿Vas a ser cariñosa conmigo, querida niña, cuando yo venga a visitar a tus padres?

Al decir esto, Iulián Mastákovich quiso darle de nuevo un beso a la preciosa niña, pero el niño, al ver que esta se encontraba a punto de romper a llorar, la cogió de las manos y se puso a gemir compadeciéndose de ella. En esta ocasión, Iulián Mastákovich se enfureció.

—¡Largo, largo de aquí, vamos! —le dijo al niño—. ¡Márchate al salón! ¡Vete allí, con los demás niños!

—¡No! ¡Que no se vaya! ¡Márchese usted! ¡Déjelo en paz! ¡Déjelo! —le dijo la niña, a punto de romper a llorar.

Se oyeron voces en la puerta y Iulián Mastákovich se estremeció, irguiendo al instante su majestuoso cuerpo. Pero el niño, aún más asustado, dejó a la niña y, apoyándose despacito en la pared, pasó del salón al comedor. Para no levantar sospechas, Iulián Mastákovich también se dirigió al comedor. Estaba más colorado que un cangrejo, y al verse en un espejo pareció turbarse por su aspecto. Probablemente se disgustara por su acaloramiento y falta de paciencia. Posiblemente, sus cálculos le impresionaran sobremanera, seduciéndole y entusiasmándole de tal modo que, sin reparar en la formalidad y la importancia de su persona, decidiera comportarse como un chiquillo y abordar su objetivo directamente, sin percatarse de que este podría haber sido verdaderamente factible pasados, al menos, cinco años. Salí al comedor, siguiendo al distinguido caballero, y presencié un espectáculo bochornoso. Iulián Mastákovich, completamente enrojecido de rabia y enojo, iba tras el niño pelirrojo, asustándole; este, preso del miedo, retrocedía cada vez más sin saber dónde meterse.

—¡Largo de aquí! ¿Qué estás haciendo? ¡Vamos, granuja, fuera! Has venido aquí para robar la fruta, ¿verdad? ¿Estás robando fruta? ¡Vete, granuja! ¡Márchate, mocoso! ¡Vamos! ¡Vamos! ¡Ve con los demás niños!

El niño, completamente asustado, decidió finalmente intentar colarse debajo de la mesa. En aquel momento, su instigador, acalorado a más no poder, sacó su largo pañuelo de batista y comenzó a agitarlo debajo de la mesa para sacar al niño, que estaba tremendamente asustado. Hay que señalar que Iulián Mastákovich era un hombre algo corpulento. Se trataba de un individuo bien alimentado, de mejillas sonrosadas, carnes prietas, barriguita y muslos rellenos; en una palabra, lo que se dice un fortachón, redondo como una nuez. Sudaba, jadeaba y estaba todo congestionado. Finalmente, se enfureció completamente, tal era la indignación que sentía o (¿quién sabe?) puede que también los celos. Yo solté una incontenible carcajada. Iulián Mastákovich se dio la vuelta y, sin reparar en su posición social, se quedó completamente confuso. En aquel momento, por la puerta de enfrente, entró el dueño de la casa. El niño salió de debajo de la mesa limpiándose los codos y las rodillas. Iulián Mastákovich se apresuró a acercarse a la nariz el pañuelo que sostenía entre los dedos, cogido por la punta.

El dueño de la casa nos miró a los tres algo turbado, pero, como hombre que sabía de cosas de la vida y que la miraba desde un ángulo serio, aprovechó al instante la ocasión para hablar en privado con su invitado.

—Aquí está el niño —le dijo, indicando al crío pelirrojo— de quien tuve el honor de solicitarle...

—¿Cómo? —respondió Iulián Mastákovich sin que aún le diera tiempo a reponerse.

—Es el hijo de la institutriz de mis hijos —continuó el dueño con tono suplicante—; una pobre mujer, viuda de un honesto funcionario; y por ello... Iulián Mastákovich, si fuera posible...

—¡Oh, no, no! —exclamó apresuradamente Iulián Mastákovich—. No; discúlpeme, Filipp Alekséievich, pero es de todo punto imposible. Ya me informé debidamente; no hay vacantes, y, de haberlas, habría diez candidatos aspirando a ellas con bastantes más derechos adquiridos que él... Es una lástima, una lástima...

—Es una pena —repitió el dueño—; el niño es muy discreto y modesto...

—Bastante travieso, por lo que he podido observar —respondió Iulián Mastákovich, torciendo histéricamente la boca—. ¡Vamos, niño! ¿Qué haces aquí parado? ¡Ve con los otros muchachos! —dijo, dirigiéndose al niño.

En aquel instante, no pudo resistir más y me miró de reojo. Tampoco yo pude resistir y me eché a reír directamente en su cara. Iulián Mastákovich se dio la vuelta al instante y, con voz bastante perceptible para mí, le preguntó al dueño quién era aquel joven tan raro. Salieron susurrando entre ellos de la habitación. Después pude observar cómo Iulián Mastákovich, escuchando al dueño, movía la cabeza con cierta desconfianza.

Tras reírme lo mío regresé al salón. Allí, el aspirante a marido, rodeado de padres y madres de familia y los dueños de la casa, le decía algo acaloradamente a una señora a la que le acababan de presentar. La señora sujetaba la mano de la niña con quien Iulián Mastákovich había tenido aquella escena en el salón hacía diez minutos. Ahora se estaba deshaciendo en halagos y asombros de la belleza, el talento, la gracia y la buena educación de aquella tierna criatura. Le hacía visiblemente la pelota a la madre. esta le escuchaba emocionada, casi con lágrimas en los ojos. Los labios del padre sonreían. El dueño de la casa participaba de la felicidad general. Incluso los invitados se emocionaron y los juegos de los niños se interrumpieron para no molestar la conversación. El aire que se respiraba era pletórico. Más tarde pude oír cómo la madre de la niña, profundamente emocionada, le rogaba con exquisitas expresiones a Iulián Mastákovich que les otorgara el honor de visitarles; también oí después con qué sincero entusiasmo acogía Iulián Mastákovich la invitación, y cómo los invitados, al dirigirse cada uno a su casa, tal y como mandan los cánones de las buenas costumbres, se despedían los unos de los otros, repletos de halagos hacia el comerciante, su mujer y la niña, y, muy especialmente, hacia Iulián Mastákovich.

—¿Está casado este caballero? —pregunté yo, casi en voz alta, a uno de mis conocidos, que se encontraba al lado de Iulián Mastákovich.

Este me echó una mirada escudriñadora y malévola.

—¡No! —respondió mi conocido, disgustado hasta el fondo de su corazón por mi torpeza, cometida intencionadamente...

Hace poco pasaba yo cerca de la iglesia ***. Me impresionó la muchedumbre que allí se agolpaba. Alrededor se hablaba de una boda. El día estaba nublado y empezaba a caer escarcha; entré en la iglesia introduciéndome en la muchedumbre y vi al novio. Era un hombre regordete, con barriguita y luciendo todas sus condecoraciones. Corría de un lado para otro, gestionando algo y dando órdenes. Finalmente, se oyó que la novia había llegado. Me abrí paso entre la gente y vi a la bella novia para la que apenas despuntaba la primera primavera. La joven estaba pálida y triste. Miraba tímidamente; incluso me pareció que tenía los ojos enrojecidos por las recientes lágrimas. La severa hermosura de cada uno de los rasgos de su rostro le otorgaba cierta importancia triunfal a su belleza. Pero a través de esa pureza y solemnidad, a través de aquella tristeza, todavía se traslucía un semblante infantil e ingenuo; se veía algo indescriptiblemente inocente, inmaduro, joven, que sin hacerlo parecía estar rogando piedad.

Se comentaba que la novia apenas tendría dieciséis años. Miré atentamente al novio y de pronto reconocí a Iulián

Mastákovich, al que no veía desde hacía cinco años. También miré a la novia... ¡Dios mío! Me puse a toda prisa a abrirme paso entre la gente para salir de la iglesia. Entre la muchedumbre se hablaba de que la novia era rica, de que tenía quinientos mil rublos de dote... y no se sabía cuánto más en renta...

«Pues, pese a todo, ¡le salió bien la cuenta!», pensé yo saliendo a la calle...

# El pequeño héroe

*(Malen'ki gueroi*, 1849)

## De unas memorias desconocidas

Por aquel entonces no tendría yo más de once años. En julio me enviaron a pasar una temporada a un pueblo de los alrededores de Moscú, donde un pariente llamado T...ov, en cuya casa se habían reunido unas cincuenta personas o más... no recuerdo bien, pues no los conté. Había mucho alboroto y mucha alegría. Todo parecía indicar que se trataba de una fiesta que había comenzado para no finalizar jamás. Daba la impresión de que el dueño se había propuesto derrochar lo antes posible toda su fortuna y estaba a punto de conseguir su fin gastando hasta el último cópec de su patrimonio.

A cada instante llegaban nuevos invitados. Moscú estaba muy cerca, de modo que los que se marchaban dejaban su lugar a los que llegaban mientras la fiesta proseguía su curso. Las diversiones cambiaban unas por otras, sin que se previera el final de los pasatiempos. Tan pronto se organizaban excursiones en grandes grupos a caballo por los alrededores, como paseos por el bosque o el río. Se hacían meriendas, almuerzos en el campo y cenas en el hermoso porche de la casa, rodeado de tres filas de exóticas flores que impregnaban de fresco aroma el aire de la noche bajo la radiante iluminación de la mesa, que hacía que nuestras bellas damas lo parecieran aún más, animadas a causa de las impresiones del día, con sus brillantes miradas, sus vivas conversaciones cruzadas y sus vibrantes y sonoras risas semejantes a campanillas. Había bailes, música y canciones. Cuando el tiempo empeoraba se hacían cuadros vivos, charadas y otros juegos. Se montaba un teatro casero. Venían prosadores, cuentistas y gente que contaba anécdotas.

Algunos semblantes resaltaban claramente, sobreponiéndose en un primer plano. Como era lógico, los chismes y cotilleos seguían su propio curso, pues no es posible vivir sin ellos y muchos se morirían de aburrimiento como moscas. Pero yo, como por aquel entonces solo tenía once años, no me percataba de esos seres, abstraído como estaba en otros detalles, y, de haberme dado cuenta, no habría sido plenamente. Una vez transcurrido aquello, pude recordar algo. Solo una brillante parte del cuadro penetró en mis infantiles ojos y toda esa animación general, el brillo, el bullicio y lo que jamás había visto ni oído hasta entonces, me causó tanta impresión que estuve completamente aturdido durante los primeros días y mi pequeña cabeza me daba vueltas.

Repito que en aquellos momentos yo solo tenía once años y lógicamente no era más que un crío. Muchas de esas maravillosas mujeres que me acariciaban no se percataban de mi corta edad. Pero ¡cosa extraña! Una sensación que no entendía se apoderó de mí. Algo que me rozaba el corazón y que este desconocía e ignoraba le hacía encenderse y latir a su vez como si estuviera asustado, lo que provocaba que mi

rostro se sonrojara inesperadamente. A veces sentía vergüenza e incluso me ofendía por ciertos privilegios infantiles míos. Otras veces parecía que el asombro se apoderaba
de mí, obligándome a esconderme donde nadie me viera
como si necesitara tomar aliento para recordar lo que en
aquel momento quería recordar pero que de pronto se me
olvidara; algo que, sin embargo, no me dejaba ni vivir ni
estar en paz.

Finalmente, me daba la impresión de que les ocultaba
a todos cosas que no les desvelaría por nada del mundo,
pues, como crío que era, sentía una terrible vergüenza. De
pronto, en medio del torbellino que me rodeaba, sentía soledad. Allí había otros niños, pero todos eran bastante más
pequeños o mayores que yo. Además, me resultaban indife-
rentes. Claro está que nada hubiera sucedido de no haberme encontrado yo en una situación extraordinaria. A ojos
de aquellas maravillosas damas yo aún era un ser pequeño
y sin formar, al que les gustaba acariciar de vez en cuando y
con quien les divertía jugar como si fuera un muñeco. Especialmente a una encantadora rubia, de cabellos tan her-
mosos y espesos como jamás había visto y que parecía haberse propuesto no dejarme en paz. A mí me intimidaba y
a ella le divertían las risas que estallaban alrededor de nosotros, y que ella provocaba constantemente con bruscos y
extravagantes gestos dirigidos a mí y que al parecer le satis-
facían enormemente. Se comportaba como una colegiala
entre amigas del pensionado. Era extraordinariamente
atractiva, y había algo en su belleza que saltaba a primera
vista. Claro está que no se parecía a aquellas pequeñas y tímidas rubitas tan blancas como la pelusilla y tan tiernas

como los ratoncillos, o a las hijas de un pastor. Era bajita y rellenita, con unas finas y suaves facciones de cara. Había en su rostro algo que se asemejaba a un relámpago, siendo como era toda ella tan viva como el fuego, enérgica y vehemente. Sus grandes y abiertos ojos parecían lanzar destellos. Brillaban como diamantes, y jamás cambiaría yo esos azules y chispeantes ojos por otros negros, aunque fueran los más oscuros de los ojos andaluces; además, mi rubia se parecía a aquella morena a la que canta un extraordinario y famoso poeta que en sus más excelentes poesías juró ante toda Castilla estar dispuesto a romperle los huesos al que se atreviera a rozar con la punta de sus dedos la mantilla de su beldad. A ello habría de añadirse que mi bella dama era la más alegre de todas las bellezas del mundo, la más alborotada charlatana, tan vivaracha como un niño, sin reparar en que ya llevaba cinco años casada. La risa no se iba de sus labios, frescos como una rosa mañanera que con el primer rayo de sol abre su aromático brote de color escarlata y sobre la que aún reposan las frescas y grandes gotas del rocío.

Recuerdo que al segundo día tras mi llegada se estaba preparando un teatro casero. La sala estaba abarrotada de gente. No había ni un hueco, y como por algún motivo que ignoro llegué tarde, me vi obligado a disfrutar del espectáculo de pie. Pero la animada representación me llevaba a desplazarme cada vez más hacia delante, y sin darme cuenta me fui abriendo paso hasta las primeras filas, donde finalmente me quedé apoyado en el respaldo de un asiento en el que estaba sentada una dama. Se trataba de mi rubia; pero todavía no nos conocíamos. Y he aquí que sin darme cuenta me fijé en sus maravillosos y seductores hombros torneados, esculpidos y blancos como la espuma, aunque, a decir verdad, me habría dado igual fijarme en unos maravillosos hombros femeninos que en un sombrero con cintas encarnadas que cubrían las canas de una respetable dama de la primera fila. Junto a la rubia estaba sentada una solterona, una de las que, tal y como comprobé después, están eternamente revoloteando alrededor de las damas jóvenes y bellas, escogiendo a las que no gustan de espantar de su lado a la juventud. Pero eso no tiene importancia, sino que aquella solterona se fijó en mi contemplativa mirada y acercó la cabeza a la de su vecina de asiento mientras le susurraba entre risas algo al oído. De pronto la rubia se dio la vuelta y recuerdo que sus ojos de fuego brillaron de tal modo en la penumbra que me estremecí como si me quemaran, pues no estaba preparado para el encuentro. La bella dama sonrió.

—¿Te gusta lo que están representando? —me preguntó, mirándome a los ojos burlona y maliciosamente.

—Sí —respondí yo, sin quitarle ojo de encima y asombrado, cosa que a ella al parecer le gustó.

—Y ¿por qué estás de pie? Te vas a cansar. ¿No tienes sitio para sentarte?

—Así es, no hay sitio —respondí, más ocupado en esta ocasión en encontrar un asiento que en los ojos chispeantes de la beldad y alegrándome muy seriamente por haber encontrado finalmente un corazón bondadoso en quien poder confiar—. Ya he buscado, pero todas las sillas están ocupadas —añadí, quejándome de no encontrar sitio.

—Ven aquí —dijo ella vivamente, resuelta a tomar cualquier decisión, de igual modo que lo haría para tomar cualquier extravagante idea que pudiera pasársele por su alborotada cabeza—. Ven aquí, conmigo, y siéntate sobre mis rodillas.

—¿En las rodillas?... —pregunté yo desconcertado.

Como ya comenté antes, mis privilegios de niño empezaban a ofenderme y avergonzarme seriamente. Y además yo, que siempre había sido un muchacho tímido y vergonzoso, me sentía ahora especialmente intimidado frente a las señoras, lo que me hacía quedar terriblemente confuso.

—Pues sí, ¡en mis rodillas! ¿Por qué no quieres sentarte en mis rodillas? —insistió ella, riéndose cada vez más, hasta que finalmente estalló en Dios sabe qué risas, puede que a causa de su propia ocurrencia o divirtiéndose por mi confusión.

Sonrojado y turbado miré alrededor, como si buscara un hueco donde esconderme. Pero a ella ya le había dado tiempo a agarrarme de la mano para impedirme marchar, y de pronto, para mi gran asombro, estrujó mi mano con tanta fuerza entre sus traviesos y cálidos dedos, que me hizo retorcer de dolor para no gritar, obligándome a poner caras raras. Al margen de lo que me sucedía, estaba asombrado, desorientado e incluso horrorizado al ver que existían damas tan simpáticas y malvadas, capaces de hablar con chiquillos de semejantes bobadas, a la vez que los pellizcaban dolorosamente, Dios sabe por qué motivo, en presencia de todos. Probablemente mi infeliz rostro reflejaba mi desconcierto, porque la traviesa señora reía como una insensata mirándome a los ojos y, mientras tanto, estrujaba cada vez más mis pobres dedos. Estaba fuera de sí por el asombro de lograr finalmente hacer una travesura y poner en trance de confusión a un pobre muchacho hasta hacerle polvo. Mi situación era desesperante. En primer lugar, estaba rojo de vergüenza porque casi todos cuantos estaban alrededor de nosotros se dieron la vuelta para mirarnos, algunos asombrados y otros riéndose, captando al instante la travesura de la bella dama. Además, yo tenía ganas de gritar, porque ella me destrozaba con saña los dedos, precisamente porque no gritaba; y yo, como un espartano, había decidido aguantar el dolor, temiendo armar escándalo con mis gritos, después de los cuales no sé lo que hubiera podido suceder. En un ataque de completa desesperación, comencé a luchar con todas mis fuerzas: hice lo posible para liberar mi mano, pero mi tirana era más fuerte que yo. Por fin no soporté más y lancé un grito, cosa que ella esperaba. Al momento me soltó la mano y se dio la vuelta, como si nada sucediera y no fuera ella quien hiciera la travesura sino cualquier otro, comportándose como una colegiala a la que al primer despiste del profesor ya le había dado tiempo a hacer la trastada, como pellizcar a algún compañero más pequeño y débil, darle un capirotazo, un puntapié o codazo. Una vez cometida la fechoría, la colegiala se daba la vuelta disimulando como si nada sucediera, enfrascándose en el libro para proseguir con la lección y dejando de ese modo con un par de narices al enfurecido profesor que se lanza como un gavilán al oír el alboroto.

Pero, para mi suerte, en aquel momento toda la atención se centró en la actuación magistral de nuestro anfitrión, que representaba el papel principal en la comedia. Todos empezaron a aplaudir y yo, aprovechando el ruido, me escabullí entre las filas y salí corriendo hasta el fondo de la sala, hacia el rincón opuesto, desde donde, ocultándome tras una columna, miré horrorizado a donde estaba sentada la bella y astuta dama. Ella seguía riéndose con el pañuelo a la boca. Durante un buen rato estuvo dándose la vuelta para buscarme por todos los rincones; probablemente sintiera que nuestra estrafalaria lucha hubiera terminado tan pronto mientras seguía tramando otra fechoría.

Así fue como nos conocimos, y desde aquella tarde ya no me dejó en paz un momento. Me perseguía sin miramiento ni conciencia, y se convirtió en mi perseguidora y tirana. Lo cómico de su artificio consistía en que parecía haberse enamorado locamente de mí, dejándome en una situación de lo más embarazoso frente a todos. Claro que a mí, un muchacho salvaje, todo eso me resultaba muy duro de sobrellevar, conduciéndome en varias ocasiones a una situación tan crítica que estaba dispuesto a enzarzarme en una pelea con mi astuta admiradora. Mi ingenua turbación y mi desesperada tristeza parecían animarle a perseguirme hasta el final. Desconocía la compasión, y yo ignoraba cómo podía esconderme de ella. La risa, que resonaba alrededor y que ella suscitaba de maravilla, la invitaba a hacer nuevas travesuras. Pero sus bromas ya empezaban a convertirse en pesadas. Y además, según recuerdo, se permitía demasiadas libertades con un niño como yo.

Pero su carácter era así: todo su temperamento era travieso. Después me enteré de que quien más la mimaba era su propio marido, hombre regordete, bajito y de piel encarnada; persona de mucho dinero y muy ocupado, al menos a primera vista: nunca estaba quieto y, puesto que siempre estaba haciendo gestiones, no sabía permanecer en el mismo sitio un par de horas. Todos los días salía de la finca en que nos encontrábamos para viajar a Moscú, en ocasiones hasta un par de veces; y confesaba que hacía todo por asuntos de negocios. Era difícil encontrar algo más alegre y bondadoso que su cómica y además honesta fisonomía. Por si fuera poco, amaba a su mujer hasta más no poder, hasta provocar lástima: sencillamente, la adoraba como a una diosa.

No le negaba nada. Ella tenía multitud de amigas y amigos. En primer lugar, había poca gente que no la quisiera y, en segundo, tampoco era muy exigente en la elección de sus amigos, aunque en el fondo de su carácter había aspectos bastante más serios de lo que se podría suponer si se juzga por lo que acabo de contar. Pero, de todas sus amigas, la que más quería y a la que más atención prestaba era una joven dama, una lejana pariente suya, que también ahora se encontraba invitada en la finca. Había entre ellas una especie de tierna y delicada unión, una de esas relaciones que a veces se producen al encontrarse dos caracteres a menudo completamente contrarios, de los cuales uno es más severo, profundo y transparente, mientras que el otro, por ser muy resignado y de nobles sentimientos, se somete humildemente a él, reconociendo su superioridad y guardando en su corazón su amistad como una verdadera dicha. Es cuando surge esa tierna y noble sutileza en la relación de tales caracteres: por una parte, el amor y toda la condescendencia del mundo y, por otra, el afecto y el respeto; un respeto rayano en temor de uno mismo ante los ojos de aquel que tienes en tan alta estima y que llega hasta el ansioso deseo de acercarse en la vida paso a paso cada vez más a su corazón. Las dos amigas eran de la misma edad, pero entre ellas había una inconmensurable diferencia en todo, comenzando por la belleza. Madame M* también era muy agraciada, pero su belleza tenía un halo especial que la distinguía drásticamente del resto de otras bellas mujeres. En su rostro había algo que atraía irresistiblemente toda su simpatía o, mejor aún, que suscitaba la noble y elevada simpatía del que se cruzara con ella. Hay caras así. Junto a ella todos se sentían mejor, más libres y afables; y, sin embargo, sus grandes y tristes ojos, llenos de pasión y fuerza, miraban tímida e inquietamente, como si estuvieran constantemente atemorizados por algo hostil, y esa extraña timidez melancólica cubría al instante sus tranquilos y dulces rasgos, que evocaba el rostro iluminado de las *madonnas* italianas, de modo que al mirarla uno se sentía tan triste como si tuviera su propio pesar. Esa cara pálida y delgada en la que, a través de la irreprochable belleza de unos rasgos correctos y limpios y la triste y severa melancolía oculta, a menudo se traslucía el original semblante infantil, el semblante de los años mozos, probablemente de una ingenua felicidad; y esa sonrisa silenciosa, tímida y vacilante a la vez, lo predisponían inconscientemente a uno a la simpatía hacia esa mujer, que hacía nacer en su corazón una dulce y ardiente inquietud que se percibía a distancia, y que le hacía sentirse aún más cercano a ella. Pero la bella dama parecía callada, misteriosa, aunque nada había más atento y amable que ella cuando alguien necesitaba compasión. Hay mujeres que parecen auténticas hermanas de la caridad. Ante ellas uno puede sentirse libre para no ocultar nada, al menos nada que no sea dolor o herida para el alma. El que sufre puede dirigirse a ellas sin temor, porque pocos sabemos hasta qué punto pueden ser interminables y pacientes el amor, la compasión y el perdón que alberga el corazón de una mujer. Esos corazones puros albergan auténticos tesoros de simpatía, consuelo y esperanzas; corazones que también a su vez fueron ofendidos, pues el corazón que ama sufre, pero su herida se cierra parcamente frente a una mirada curiosa, ya que los pesares profundos suelen ocultarse y llevarse en silencio. No les arredra ni la profundidad de la herida, ni la purulencia ni la pestilencia de esta: el que se acerca a ellas es ya digno de ellas; además, parecen haber nacido para ayudar... Madame M* era alta, airosa y esbelta, pero algo delgada. Todos sus movimientos eran algo desproporcionados, a veces resultaban lentos, suaves e incluso impetuosos; otras, parecían infantiles y rápidos, trasluciéndose a su vez en sus gestos una apocada resignación, algo trémula e indefensa que jamás imploraba ayuda.

Como ya dije, me intimidaban las censurables pretensiones de la astuta rubia, que provocaban en mí dolor y rabia extremos. Pero había además una cuestión oculta, extraña y absurda, que yo mantenía en secreto y ante la que temblaba como un avaro ante su tesoro con solo reparar en ella; cabizbajo y a solas con mi pensamiento me ocultaba en algún rincón secreto y oscuro, a salvo de la burlona e inquisidora mirada azul de alguna curiosa; me ahogaba de pudor, vergüenza y temor ante la sola idea del objeto en cuestión; en una palabra, estaba enamorado, aunque supongamos que es absurdo lo que acabo de decir: pues no podía ser. Pero ¿por qué de entre todos los rostros que me rodeaban solo había uno que atraía mi atención? ¿Por qué solo me gustaba seguirla con la mirada a ella, aunque yo no tuviera la edad apropiada para fijarme en las damas y presentarme a ellas? Esto sucedía con más frecuencia por las tardes, cuando el mal tiempo nos obligaba a todos a entrar en casa; cuando me ocultaba solitario en algún rincón del salón y miraba alrededor sin finalidad ni distracción alguna, pues en escasas ocasiones hablaba alguien conmigo, a excepción de mis perseguidoras. Como aquellas tardes yo estaba terriblemente aburrido, me fijaba en los rostros que me rodeaban, ponía atención en sus conversaciones, de las que a menudo no entendía una palabra; y he aquí que en uno de esos momentos la mirada silenciosa, la dulce sonrisa y el bello rostro de madame M* (porque así era ella), ¡Dios sabe por qué!, fueron presa de mi fascinada atención sin que pudiera abandonarme aquella extraña, indefinida pero incomprensiblemente dulce impresión mía. A menudo creía no poder apartar de ella mi mirada durante horas; conocía todos sus gestos, sus movimientos, aguzaba el oído a cada vibración de su voz profunda, plateada y algo apagada; pero (¡cosa rara!) de todas aquellas observaciones mías, de aquellas tímidas y dulces impresiones, nació en mí una increíble curiosidad. Parecía que no me quedaba otra opción que la de descubrir algún secreto…

Lo que más me atormentaba eran las burlas en presencia de madame M*. Esas burlas y persecuciones cómicas, tal y como yo las interpretaba, me hacían sentirme humillado. Y cuando alguna risa generalizada estallaba a mi costa y en cuya chanza participaba a veces involuntariamente madame M*, entonces, desesperado, ofendido y fuera de mí, salía corriendo de mis tiranos y subía arriba para dedicarme a hacer el salvaje durante el resto del día y sin atreverme a asomar al salón. Además, ni yo mismo entendía entonces ni mi vergüenza ni mi inquietud; todo el proceso lo vivía yo de un modo inconsciente. A madame M* apenas le había dirigido un par de palabras, y tampoco me hubiera atrevido a hacerlo. Pero he aquí que una tarde, tras un día abundante en contrariedades para mí, me quedé rezagado del resto de la gente durante el paseo. Estaba muy cansado y regresaba a casa atravesando el jardín. Sobre un banco, en una solitaria alameda, divisé a madame M*. Estaba completamente sola, como si hubiera elegido aquel solitario lugar a propósito. Tenía la cabeza inclinada y daba vueltas al pañuelo entre las manos. Estaba tan sumida en sus pensamientos que no se dio cuenta cuando me aproximé a ella.

Al verme, se levantó rápidamente del banco, se dio la vuelta y yo me percaté de que se enjugaba las lágrimas. Estaba llorando. A continuación me sonrió y juntos nos dirigimos a casa. No recuerdo de qué hablamos ella y yo, pero no hacía más que apartarme de su lado poniendo todo tipo de pretextos: tan pronto pedía que le arrancara una flor como que mirara quién era el que iba a caballo por la alameda contigua. Cuando me apartaba de ella, al instante se llevaba el pañuelo a los ojos y se enjugaba las rebeldes lágrimas, que no cesaban de fluir, y que se le acumulaban en el corazón sin parar de aflorar a sus pobres ojos. Comprendí que mi presencia le molestaba (pues no hacía más que apartarme de su lado), que se había dado cuenta de que yo me percaté de todo y que no conseguía dominarse, y eso hacía que me entristeciera aún más. Me enfadaba desesperadamente conmigo mismo, me maldecía por mi torpeza y, sin encontrar la manera más sutil de apartarme de ella y sin expresarle que me había percatado de su pena, seguía caminando junto a ella sumido en la tristeza e incluso el temor, completamente confuso y sin encontrar la palabra adecuada para mantener nuestra absurda conversación.

Aquel encuentro me causó tanta impresión que me pasé la tarde entera mirando a hurtadillas a madame M*, sin poder apartar mis ojos de ella. Pero en un par de ocasiones me sorprendió observándola, y la segunda vez, al darse cuenta, sonrió. aquella fue la única sonrisa que me dirigió en toda la tarde. La tristeza no se iba de su semblante, que en aquel momento estaba muy pálido. Durante todo el tiempo estuvo hablando en voz baja con una dama entrada en años, una vieja malhumorada que respondía a regañadientes y con quien nadie simpatizaba por sus continuos chismorreos, pero a la que a su vez todos temían, y por ello se veían obligados a agradarla, aun en contra de su voluntad…

Aproximadamente a las diez de la noche llegó el marido de madame M*. Hasta aquel momento yo la seguía observando sin apartar los ojos de su entristecida cara. Pero entonces, ante la inesperada llegada de su marido, vi cómo se estremecía toda y su semblante se ponía aún más pálido. Fue tan notorio que también otros se percataron de ello: capté una conversación entrecortada de la que, como pude, deduje que la pobre madame M* no era muy feliz. Decían que su marido era más celoso que un árabe, pero no por amor a ella, sino por amor propio. Por encima de todo se trataba de un hombre europeo, actual, con las ideas modeladas a lo moderno y muy orgulloso de ellas. Por lo que a su físico se refiere, era moreno, alto y bastante robusto, con unas patillas a la europea, con la cara sonrosada y satisfecho de sí mismo; tenía unos dientes tan blancos como el azúcar y el porte de un caballero impecable. Se le consideraba un hombre inteligente. Así es como en algunos círculos llaman a un tipo concreto de hombres cebados a costa de otros, que no hacen ni quieren hacer absolutamente nada y que, de la continua pereza y del no tener nada que hacer, en el lugar del corazón tienen un trozo de tocino. A cada instante se les oye lamentarse alegando que si no hacen nada es a causa de algunas circunstancias enrevesadas y hostiles que terminan por «agotar su genio», y esta es la razón que hace que «resulte tan triste verles de ese modo». Esta expresión se convierte para ellos en una frase habitual y pomposa, su *mot d'ordre*, su consigna y lema, la expresión que mis satisfechos gordinflones sueltan constantemente a diestro y siniestro y que, al tratarse de palabras rematadamente huecas, resulta cansina. Por lo demás, algunos de esos chistosos que no acaban de encontrar el quehacer (algo que por otra parte jamás han buscado) pretenden que todos piensen que en el lugar del corazón no tienen un trozo de tocino, sino, contrariamente a ello y hablando en términos generales, algo muy profundo, pero sobre lo cual ni el mejor cirujano, lógicamente por cortesía, se atrevería a decir palabra. Estos caballeros se abren paso en la vida agudizando todos sus instintos hacia la burda broma, la crítica más simplona y el desmedido orgullo. Como no tienen otra cosa que hacer que advertir y aprenderse de memoria los errores y debilidades ajenos, y dado que sus buenos sentimientos son comparables a los de una ostra, no les resulta difícil en tales circunstancias convivir con las personas cautelosamente. De ello se jactan sobremanera. Por ejemplo, están casi convencidos de que el mundo entero debe rendirles pleitesía; de que este para ellos es como una ostra que cogen por si acaso; de que todos son idiotas, excepto ellos; de que cualquier persona se asemeja a una mandarina o una esponja, que ellos pueden exprimir mientras haya jugo; de que son dueños de todo y de que todo ese digno orden de elogios se debe a que son muy inteligentes y poseen una gran personalidad. Su desmedido orgullo no les permite adscribirse defecto alguno. Se parecen a aquella raza de bribones cotidianos, antecesores de Tartufo y Falstaff, que llegaron a tal grado de bribonería que finalmente se convencieron de que las cosas habían de ser así: es decir, que vivir para ellos era sinónimo de ser bribón. Hasta tal punto se empeñan en persuadir a todo el mundo de que son gente honesta, que finalmente se convencen de ello como si realmente lo fueran y de que las bribonadas son una cuestión honorable. Jamás anhelan la autocrítica y la justa valoración de sí mismos. Son demasiado torpes para eso. Siempre, y en todas las cosas, sobresale su particularidad, su Moloch y Baal, su magnífico ego. La naturaleza y el mundo entero no son para ellos más que un precioso espejo creado para que ese diosecillo pueda admirarse en él continuamente, sin ver detrás de sí nada ni a nadie. Después de ello, nada de extraño hay en que todo en esta vida lo vean ellos de un modo tan deforme. Para cada circunstancia tienen la frase apropiada y, sin embargo, el súmmum de su habilidad se circunscribe a la frase más moderna. Incluso contribuyen a la moda difundiendo gratuitamente por todos los rincones aquella idea que intuyen que tendrá éxito. Para ser más precisos, poseen el olfato para hacer suya la frase más moderna antes de que otros se la apropien, de modo que parezca propia. Especialmente se proveen de frases que expresan la profunda simpatía que sienten hacia la humanidad y definen del modo más correcto posible la filantropía justificada racionalmente, para finalmente arremeter sin piedad contra el romanticismo, es decir, contra lo que a menudo es todo lo bello y elevado, y donde un simple átomo es más valioso que toda la naturaleza de molusco que ellos poseen. Sus toscos espíritus no reconocen la verdad que se presenta en una forma todavía inmadura y transitoria, y rechazan todo aquello que aún no ha robustecido o cristalizado completamente. Un hombre cebado ha llevado una vida alegre, acostumbrado a cosas que él mismo no sabe hacer y de las que ignora la dificultad que implica conseguirlas, y por ello es una desgracia rozar sus cebados sentimientos con alguna rudeza: eso es algo que jamás perdonarán esos hombres, que lo recordarán y se vengarán gustosos. Resumiendo, este héroe mío no es ni más ni menos que un gran saco inflado de sentencias, frases modernas y etiquetas de toda naturaleza y todo género.

Pero, por lo demás, monsieur M* poseía una particularidad: era un hombre curioso, ocurrente, buen conversador y narrador; en los salones, alrededor de él siempre se reunía un grupo de gente. Aquella noche estuvo especialmente ocurrente. Se hizo dueño de la conversación. Estaba ingenioso, alegre, satisfecho de sí mismo, consiguiendo acaparar la atención por encima de todo. Sin embargo, madame M* tuvo durante toda la velada aspecto de indispuesta. Tenía una expresión tan triste que parecía que de un momento a otro las lágrimas aflorarían de nuevo a sus largas pestañas.

Todo ello, como ya comenté antes, me había impresionado y sorprendido sobremanera. Me marché con el sentimiento de una extraña curiosidad, y durante toda la noche estuve soñando con monsieur M*, a pesar de que hasta entonces había tenido pesadillas en escasas ocasiones.

Al día siguiente, por la mañana temprano, me llamaron para ensayar los cuadros vivos en los que también yo tenía asignado un papel. Los cuadros vivos, el teatro y después el baile, que se representarían en la misma noche, estaban programados para tener lugar dentro de cinco días, con motivo de una fiesta familiar: el nacimiento de la hija pequeña de nuestro anfitrión. A aquella casi improvisada fiesta se había invitado a unas cien personas, gente de Moscú y de las casas de campo de los alrededores, de manera que había mucho alboroto, quehaceres domésticos y barullo. El ensayo, o mejor dicho el examen de los trajes, se hizo a destiempo, por la mañana, porque nuestro director de escena, el prestigioso pintor R* (compañero y huésped del dueño de la hacienda, que por amistad con el anfitrión se encargó de la composición y la puesta en escena, así como de nuestros papeles), tenía prisa por ir a la ciudad para comprar cosas para la fiesta, de modo que disponíamos de poco tiempo para el ensayo. Yo participaba en uno de los cuadros junto a madame M*. El cuadro representaba la vida medieval y se titulaba *La señora del castillo y su paje*.

Me sentí terriblemente turbado al verme junto a madame M* durante los ensayos. Me dio la impresión de que, con solo mirarme a los ojos, podía adivinar al instante mis pensamientos, las dudas y sospechas engendradas en mi cabeza desde el día anterior. A ello se unía que me sentía culpable por haberla sorprendido llorando ese día por la tarde, de manera que sin querer me miraría de reojo como si yo fuera un desagradable testigo y partícipe no invitado de su secreto. Pero, gracias a Dios, la cosa pasó sin grandes alborotos: sencillamente, no se había fijado en mí. Parecía que su ánimo no estaba para reparar en mí y tampoco para ensayar: estaba ausente, triste y sumida en pensamientos que le preocupaban. Era notable que tenía un problema considerable que la hacía sufrir. Al finalizar mi papel salí corriendo para cambiarme de ropa y pasados diez minutos me presenté en la terraza del jardín. Casi a la vez que yo, por la otra puerta, salió madame M*, y justo enfrente de nosotros hizo aparición su autosatisfecho marido, que regresaba del jardín tras acompañar a todo un grupo de damas para dejarlas en compañía de un ocioso *cavalier servant*. Al parecer, el encuentro entre el marido y la mujer fue inesperado. Madame M*, sin saber por qué, se ruborizó y un ligero disgusto se traslució en un involuntario gesto suyo. Su señor marido, que venía silbando relajadamente un aria y atusándose concienzudamente las patillas, frunció el entrecejo al cruzarse con su mujer, escudriñándola de arriba abajo (según lo recuerdo ahora) con una mirada inquisidora.

—¿Vas al jardín? —preguntó él, fijándose en el libro que su mujer llevaba en las manos.

—No, al bosque —respondió ella, sonrojándose ligeramente.

—¿Sola?

—Con él... —dijo madame M* señalándome a mí—. Por la mañana paseo sola —señaló con un tono de voz irregular e indefinido, igual que cuando se miente por primera vez en la vida.

—Hum… Y yo acabo de acompañar allí a toda una pandilla. Se van a reunir en el cenador para despedir a N*. Se marcha; supongo que sabrás… que al parecer le ha ocurrido una desgracia en Odesa… Su prima —se refería a la rubia— tan pronto ríe como llora, cuando no hace las dos cosas a la vez, sin que nadie pueda sacarle nada en claro. Me dijo que por alguna razón estabas enfadada con N* y por eso no fuiste a su despedida. Me imagino que es algo absurdo.

—Es su forma de burlarse —respondió madame M* mientras bajaba las escalerillas de la terraza.

—¿De modo que este es tu *cavalier servant* de todos los días? —añadió monsieur M* haciendo una mueca con la boca y apuntando hacia mí con su monóculo.

—¡Un paje! —exclamé yo, enojándome por el monóculo y la burla, y riéndome directamente en su cara salté de golpe tres escalones de la terraza…

—¡Que lo pasen bien! —murmuró monsieur M*, y continuó su camino.

Enseguida me acerqué a madame M*, en cuanto señaló hacia mí su marido; la miraba como si me hubiera invitado hacía una hora y como si la acompañara en sus paseos matutinos desde hacía un mes. Pero no conseguía entender: ¿por qué se había azorado y turbado tanto y qué fue lo que se le pasó por la cabeza cuando decidió recurrir a su pequeña mentira? ¿Por qué no había dicho sencillamente que iba sola? Ahora ya no sabía cómo mirarla. Sorprendido por su actitud, le miraba ingenuamente la cara a hurtadillas; pero igual que sucedió durante el ensayo, una hora atrás, ella no se daba cuenta ni de mis miradas ni de mis mudas preguntas. Seguía igual de inquieta y preocupada, lo que se reflejaba con más evidencia que antes tanto en su rostro como en su forma de andar. Tenía prisa por llegar a alguna parte, aceleraba cada vez más el paso y miraba nerviosa en dirección a los paseos de la alameda, y en cada claro del bosque volvía el cuerpo hacia un lado del jardín. También yo estaba a la expectativa de algo. De repente detrás de nosotros se oyeron pisadas de caballo. Era toda una cabalgata de jinetes y amazonas que estaban despidiendo a aquel N* que de un modo tan inesperado abandonaba nuestra compañía.

Entre las damas también se encontraba mi rubia, a la que se había referido monsieur M*, cuando habló de sus lágrimas. Pero, como era habitual en ella, se reía igual que un niño y cabalgaba velozmente sobre un caballo bayo. Al alcanzarnos, N* se quitó el sombrero, pero no se detuvo y no dijo palabra a madame M*. Pronto todo el tropel desapareció de nuestra vista. Miré a madame M* y me faltó poco para lanzar un grito de asombro: estaba completamente pálida y unas enormes lágrimas empañaban sus ojos. Nuestras miradas se cruzaron sin querer. Madame M* se sonrojó de pronto, se dio la vuelta por un instante, y la inquietud y el pesar refulgieron claramente en su rostro. Yo estorbaba aún más que ayer, y ello era evidente, pero ¿dónde podía meterme?

De pronto madame M* abrió el libro que tenía en las manos, y sonrojándose, probablemente evitando mirarme, dijo como si cayera en la cuenta:

—¡Ah! ¡Pero si es el segundo tomo! ¡Me he equivocado! Haz el favor de traerme el primero.

¿Cómo no había de entenderla? Mi papel había finalizado y no se me podía echar de una manera más clara.

Salí corriendo con su libro y no regresé. El primer tomo reposó tranquilamente sobre la mesa hasta el amanecer...

Pero yo no era el mismo. El corazón me palpitaba deprisa, como si estuviera continuamente asustado. Hacía todo lo posible por no encontrarme con madame M*. En cambio, observaba de un modo casi salvaje la personalidad autosatisfecha de monsieur M*, como si su persona albergara ahora algo especial. Decididamente no comprendo en qué consistía aquella cómica curiosidad mía. Solo recuerdo que me encontraba curiosamente sorprendido por lo que había visto aquella mañana. Y, sin embargo, era solo el principio de un nuevo día repleto de sucesos.

Aquel día almorzamos muy temprano. Por la tarde se había programado una excursión a la aldea vecina donde se celebraba una fiesta rústica, y se necesitaba tiempo para prepararse. Yo llevaba un par de días soñando con aquella excursión, que era un motivo de gran alegría para mí. Nos reunimos casi todos a tomar café en la terraza. Los seguí prudentemente y me oculté detrás de la tercera fila de asientos. La curiosidad me devoraba, pero no quería que madame M* me viera por nada del mundo. Sin embargo, el destino quiso situarme cerca de mi rubia perseguidora. En aquella ocasión le había sucedido algo maravilloso y casi inverosímil: estaba más hermosa que nunca. No sé la razón, pero las mujeres suelen sufrir a menudo ese tipo de transformaciones. En aquel instante se encontraba entre nosotros un nuevo huésped. Era un hombre joven, alto, de semblante pálido y apasionado seguidor de nuestra rubia, que, como si fuera a propósito, acababa de llegar de Moscú para sustituir a monsieur N\*, que se marchaba, y sobre el que corrían rumores de que estaba locamente enamorado de nuestra beldad. En lo que se refiere al recién llegado, este tenía desde hacía tiempo con ella la misma relación que Benedicto con Beatriz en la obra de Shakespeare *Mucho ruido y pocas nueces*. Resumiendo, nuestra beldad gozó durante ese día de un gran éxito. Sus bromas y comentarios resultaron tan simpáticos y tan ingenuamente inocentes como perdonablemente indiscretos. Estaba convencida con tan graciosa presunción del entusiasmo general que suscitaba que realmente acaparó admiración. En torno a ella se había ceñido un estrecho círculo de admiradores y oyentes sorprendidos, y jamás estuvo tan seductora como en aquel momento. Cualquier palabra suya se tomaba como un prodigio y una originalidad; se captaba rápidamente y pasaba de unos a otros, sin que ninguna broma ni ningún gesto suyo pasaran desapercibidos. Al parecer, nadie esperaba de ella tanto derroche de buen gusto, brillo e ingenio. Sus mejores cualidades cotidianas eran sepultadas en la más voluntariosa extravagancia, en la terquedad más colegial, que rayaba casi en la bufonada. Pocos se percataban de ello; y si lo hacían no lo tenían en cuenta, de manera que ahora su extraordinario éxito era acogido por un generalizado susurro de apasionado asombro.

Por lo demás, una situación especial y bastante delicada contribuía a ese éxito; al menos a juzgar por el papel que a su vez desempeñaba el marido de madame M\*. La traviesa había decidido (y debería añadirse que con el beneplácito de la mayoría, o al menos de toda la juventud) atacarle encarnizadamente por diversos motivos, que desde su punto de vista probablemente fueran de considerable importancia. Le lanzaba una descarga de ocurrencias, burlas, irrebatibles y atrevidos sarcasmos que resultaban de lo más astuto, compactos y rotundos; aquellos que dan directamente en la diana, pero a los que resulta imposible engancharse para responder y que solo consiguen agotar a la víctima en infructuosos esfuerzos, para llevarla hasta la locura y la desesperación más cómica.

A decir verdad, no lo sé con exactitud, pero parecía que todo su comportamiento no era casual ni improvisado. Ese desesperado duelo comenzó ya durante el almuerzo. Y digo «desesperado» porque monsieur M* tardó en bajar la guardia. Necesitaba, apelando a su presencia de ánimo, toda su agudeza y su escaso ingenio para no resultar completamente derrotado y cubrirse definitivamente de deshonor. La cosa transcurría en medio de una incontrolable risa de testigos y participantes del duelo. Verdaderamente el hoy no tenía para él comparación con el ayer. Resultó notorio que en varias ocasiones madame M* estuvo a punto de cortarle la palabra a su imprudente amiga, que a su vez deseaba disfrazar infaliblemente a su celoso marido con el traje más bufón y ridículo posible, y es de suponer que con el de Barba Azul, a juzgar por las evidencias y cuanto quedó grabado en mi memoria, así como el papel que finalmente me tocó representar en aquella farsa.

Ocurrió de pronto, de la forma más inesperada y graciosa que se pueda imaginar. Como si fuera a propósito, en aquel momento yo me encontraba a la vista de todos, sin sospechar malicias y olvidándome incluso de mis recientes cautelas. De repente fui sacado a primer plano como si fuera un enemigo mortal y realmente un adversario de monsieur M*; alguien desesperadamente enamorado de su mujer, cosa que juró mi tirana, dando su palabra de honor y alegando tener pruebas, poniendo para más exactitud el ejemplo de haber visto hoy mismo en el bosque…

No le había dado tiempo a terminar la frase cuando la interrumpí, en el momento más decisivo para mí. Ese minuto estaba tan deshonestamente calculado, tan deslealmente preparado para un desenlace cómico, y dispuesto de un modo tan ridículo que un incontrolable estallido de risa generalizada respondió a esa última extravagancia. Y aunque ya entonces me había percatado de que no era a mí a quien correspondía representar el papel más grotesco, a pesar de ello estaba tan avergonzado, irritado y asustado que, con lágrimas en los ojos, triste, desesperado y ahogándome de vergüenza, me metí entre dos filas de asientos hasta situarme delante y, dirigiéndome a mi tirana, exclamé con voz entrecortada por las lágrimas y la indignación:

—Y ¿no le da vergüenza… decir en voz alta… y en presencia de todas las damas… una mentira de ese calibre?… Se comporta como una chiquilla… delante de todos los caballeros… ¿Qué dirán ellos?… ¡Usted es una persona adulta… y está casada!…

No había acabado la frase cuando se oyó un ensordecedor aplauso. Mi postura suscitó un verdadero *furore*. Mi gesto inocente, mis lágrimas y, lo que es aún más importante, la impresión de haber salido yo en defensa de monsieur

M*, todo ello provocó una carcajada tan infernal que incluso recordándolo hoy me entra una incontrolable risa. Me quedé estupefacto, petrificado, y, al estallar de sonrojo como la pólvora, me cubrí la cara con las manos. Me lancé hacia fuera, en la puerta tiré la bandeja que llevaba un criado y subí corriendo a mi habitación. Arranqué la llave que asomaba de la cerradura y me encerré por dentro. Había actuado correctamente, porque me perseguía toda una procesión. No había transcurrido un minuto cuando mi puerta fue rodeada por toda una cuadrilla de nuestras más bellas damas. Oía sus sonoras risas, cómo charlaban en tono alto y también sus penetrantes voces. Gorjeaban como golondrinas, todas al unísono. Todas, desde la primera hasta la última, me rogaban y suplicaban que les abriera la puerta aunque solo fuera por un minuto, que no me harían daño, sino que todas me llenarían de besos. Pero… ¿qué podía resultarme más horrible que aquella nueva amenaza? Me consumía de sonrojo y vergüenza escondiéndome tras la puerta y ocultando el rostro en la almohada. No abrí y ni siquiera respondí. Estuvieron un largo rato dando golpes en la puerta y suplicándome, pero yo estaba insensible y sordo como corresponde a un muchacho de once años.

¿qué iba a hacer? Todo cuanto había ocultado con celo se había descubierto y sacado a la luz… ¡Me veía cubierto de eterna vergüenza y deshonra!… Aunque, a decir verdad, ni yo mismo habría sabido decir lo que tanto me asustaba y lo que deseaba ocultar. Y, sin embargo, temía algo, y el descubrimiento de ese algo me hacía temblar como si fuera una hojita de árbol. Lo que hasta entonces no sabía es de qué se trataba: si de algo bueno o vergonzoso, digno de alabanza o no. Entonces, sumido en el sufrimiento y la tristeza, supe que aquello resultaba ridículo y bochornoso. Instintivamente sentí en aquel momento que aquel veredicto era falso, inhumano y tosco; pero estaba derrotado, y aniquilado. El proceso de razonar pareció detenerse y enredarse dentro de mí. Ni siquiera me sentía con fuerzas para oponerme a ello ni juzgarlo debidamente: estaba aturdido. Solo percibía que mi corazón estaba inhumana y vergonzosamente ofendido, y que no cesaba de llorar. Estaba irritado. Dentro de mí hervían la impotencia y el odio, que hasta entonces no había conocido jamás, porque por primera vez en la vida había experimentado una seria desgracia, ofensa y dolor. Y realmente, sin exagerar, todo ello resultaba así. En el niño que había en mí, había sido toscamente ofendido ese primer sentimiento todavía desconocido e inexperto. El primer y fragante pudor virginal había sido tan tempranamente descubierto y profanado que se había puesto en ridículo a su vez la primera, y puede que muy seria, sensación estética. Claro está que los que se burlaban de mí ignoraban muchas cosas y no se imaginaban mi sufrimiento. Una parte la formaba una situación recóndita que hasta entonces ni yo mismo había tenido el valor de analizar y que me daba miedo. Sumido en la tristeza y la desesperación, continué tumbado en la cama, con la cara hundida en la almohada; el calor y los escalofríos corrían por mi cuerpo alternativamente. Dos cuestiones me atormentaban: ¿qué era exactamente lo que había visto aquella rubia entrometida de lo que había sucedido ese día en el bosque entre madame M* y yo? Y ¿con qué ojos y cómo podía yo mirarle ahora a la cara a madame M* sin perecer en el instante de vergüenza y desesperación?

Un extraordinario ruido que provenía del patio me sacó finalmente de mi semiinconsciencia. Me levanté y me acerqué a la ventana. El patio estaba lleno de carruajes, carros de caballos y sirvientes que iban y venían. Parecía que todos se marchaban. Varios jinetes ya estaban sentados sobre los caballos. Otros invitados se acomodaban en los coches… En aquel momento me acordé de la excursión proyectada, y empecé a inquietarme poco a poco. Me puse a buscar con la vista a mi corcel. Pero no estaba; se habían olvidado de mí. No pude soportarlo y bajé volando las escaleras, sin pensar ni en los encuentros desagradables ni en la vergüenza que acababa de pasar…

Me esperaba una terrible noticia. En esta ocasión no disponía ni de caballo, ni de un asiento en un coche: todo estaba cogido y ocupado, y yo me vi obligado a ceder mi puesto a otros.

Abatido por el nuevo pesar, me detuve en el porche y miré con tristeza la larga hilera de los coches, los cabriolés y carretelas entre los que no había ni un hueco para mí. Miraba también a las elegantes amazonas cuyos caballos estaban ya impacientes.

Uno de los jinetes se retrasó por alguna razón. Solo faltaba él para partir. Su corcel estaba junto a la entrada, mordiendo su bocado, dando coces en la tierra, estremeciéndose constantemente, erizándose y asustado. Dos mozos de escuadra le sujetaban cuidadosamente las riendas y todos se mantenían alejados de él, a una distancia prudente.

En realidad, razones de contratiempo impedían que yo fuera de excursión. Aparte de que hubieran llegado nuevos invitados y se hubieran distribuido todas las plazas y los caballos, dos de ellos se pusieron enfermos, por lo que uno de ellos era el mío. Pero no solo a mí me estaba predestinado sufrir por esa circunstancia. Nuestro nuevo invitado, aquel joven de tez pálida que ya mencioné, tampoco disponía de caballo. Para suavizar el desagradable incidente, nuestro anfitrión se vio en la obligación de recurrir al extremo de ofrecerle su potro salvaje, aún sin domar, alegando, para librarse así de responsabilidad, que no había forma humana de montarlo y que, dado su carácter indómito, llevaba tiempo queriéndolo vender si le saliera un comprador. El joven, que fue advertido, declaró que sabía montar perfectamente, y que con tal de ir de excursión estaba dispuesto a montar cualquier corcel. Entonces el anfitrión se quedó callado, pero en ese momento me pareció que una sonrisa ambigua afloraba en sus labios. A la espera del jinete que había hecho alarde de su arte, estaba aguardando para subir a su caballo frotándose inquieto las manos y mirando a cada minuto hacia la puerta. Pensamientos similares debieron pasar por la cabeza de los dos mozos de cuadra que sujetaban al potro y que se mostraban muy orgullosos ante todo el público frente a un caballo que en cualquier momento podría soltarle una coz mortal a uno. Una sonrisa similar a la de su dueño se percibía también en los ojos de los mozos, que apuntaban expectantes hacia la puerta por la que debía aparecer el atrevido caballero. Hasta el propio caballo se portaba como si hubiera llegado a un acuerdo con el dueño y los mozos de cuadra. Se mantenía soberbio y arrogante como si supiera que le observaban varias decenas de curiosos ojos, y se mostraba orgulloso de su mala reputación igual que unos incorregibles juerguistas se jactan de sus fechorías. Parecía provocar al atrevido jinete que pretendía privarle de su libertad.

Finalmente apareció el temerario jinete. Se disculpó por haber hecho esperar a la concurrencia mientras se ponía apresuradamente los guantes y se dirigía hacia delante sin mirar, descendió las escalerillas del porche y levantó la mirada solo cuando hubo extendido la mano para coger la crin del caballo. De pronto se desconcertó por un inesperado brinco que dio el potro, seguido de los gritos del alarmado público. El joven retrocedió un paso y miró asombrado al indómito potro, que temblaba como una hoja y resoplaba rabioso moviendo salvajemente sus ojos inyectados en sangre, a la vez que se alzaba a cada minuto sobre sus patas traseras decidido a lanzarse contra viento y marea hasta llevarse por delante a los dos mozos de cuadra. Durante un minuto el caballero permaneció completamente desorientado. Después, ligeramente sonrojado por el pequeño incidente, elevó los ojos, miró alrededor y observó a las asustadas damas.

—¡Un buen caballo! —dijo como si hablara solo—; y, si se tiene en cuenta todo, debe ser un placer cabalgar sobre él, pero ¿saben? No iré —concluyó, dirigiéndose a nuestro anfitrión con una amplia y sencilla sonrisa que le iba tan bien a su bondadoso e inteligente rostro.

—A pesar de todo, le considero un extraordinario jinete, se lo prometo —respondió satisfecho el dueño del indomable potro, apretando con fuerza y probablemente agradecido la mano de su invitado—, pues desde el primer momento se percató usted del tipo de animal con que se las veía —añadió con dignidad—. ¿Querrá creerme que, después de veintitrés años de servicio en los húsares, he tenido el gusto de caer rodando a tierra hasta tres veces, las mismas que he subido a este... parásito? Tankred, amigo mío, somos poca cosa para ti. Debe de ser que tu jinete es algún Ilia Muromets que por ahora está quietecito en la aldea de Karacharovo esperando a que se te caigan los dientes. ¡Vamos, muchachos, lleváoslo de aquí! ¡Ya está bien de espantar a la gente! Lo han sacado en vano —concluyó, frotándose satisfecho las manos.

Hay que señalar que Tankred no le aportaba el más mínimo beneficio, y se limitaba a comer pienso de balde. Al margen de eso, el viejo húsar echó a perder su fama de remontista al pagar un fabuloso precio por un inservible parásito que solo lucía por su belleza... Pero a pesar de todo el dueño estaba asombrado de que su Tankred no descuidara su dignidad, obligando a apearse a su jinete y ganándose con ello nuevos e inútiles laureles.

—¿Cómo? ¿No viene usted? —exclamó la rubia, que al parecer necesitaba irremediablemente que su *cavalier servant* estuviera junto a ella en aquella ocasión—. ¿Acaso no se atreve?

—¡Como lo está viendo! —le respondió el joven caballero.

—¿Y lo dice usted en serio?

—Escuche: ¿acaso desea que me rompa el cuello?

—Bueno. Pues monte usted mi caballo. No tema, es pacífico. No nos entretendremos. Enseguida les cambiarán las sillas. Yo intentaré montar el suyo. Es imposible que Tankred sea siempre tan descortés.

¡Dicho y hecho! La traviesa dama saltó de la silla y se plantó ante nosotros al terminar la frase.

—Conoce usted poco a Tankred si piensa que consentirá dejarse montar con su inservible silla. Y además no permitiré que se rompa usted el cuello. Porque ciertamente sería una lástima —dijo nuestro anfitrión con su afectada galantería, que ya no precisaba de aquella brusca y artificial forma de hablar que, según él pensaba, distinguía a un bonachón y viejo soldado, y que imaginaba que gustaba sobremanera a las damas. Esa era una de sus fantasías, su manía más característica.

—¡Vamos! Y tú, llorica, ¿no querías probarlo? Tenías tantas ganas de hacer la excursión —dijo la audaz amazona al darse cuenta de mi presencia mientras me hacía burla e indicaba hacia Tankred con la única finalidad de no marcharse sin obtener nada, tras bajarse en vano del caballo, y sin haber soltado una pulla contra mí, ya que yo mismo había metido la pata por estar cerca de ella.

—Seguramente ¿no serás como…? Bueno, no vamos a mentar nombres de famosos héroes para que te avergüences de acobardarte; especialmente cuando te están observando todos, ¡maravilloso paje! —añadió ella a la vez que echaba una fugaz mirada a madame M*, cuyo coche estaba más cerca del porche que otros.

El odio y el sentimiento de venganza invadieron mi corazón cuando la maravillosa amazona se acercó a nosotros con intención de montar a Tankred… Pero no sería capaz de explicar lo que sentí ante aquella inesperada invitación de colegiala. De repente una idea pasó por mi cabeza… Fue en un instante o incluso menos, como si explotara la pólvora o rebasara una medida; de pronto me sentí tan indignado como si en aquel momento quisiera apabullar a todos mis enemigos para vengarme de ellos por todo y demostrar por fin qué clase de hombre era yo. O quizás fuera también que alguien me había enseñado entonces algo de la historia medieval, de la que yo hasta aquel momento nada sabía, y en mi cabeza, que daba vueltas, centellearon torneos, paladines, héroes, maravillosas damas, el honor y los ganadores; se oyeron las trompetas de los pregoneros, el sonido de las espadas, los gritos y aplausos de la muchedumbre, y entre todos esos gritos se oía uno, tímido, el de un corazón asustado que acariciaba el alma orgullosa y que era más dulce que la victoria y la gloria… ignoro si toda aquella situación absurda se me pasó en aquel momento por la cabeza, o si como creo era el presentimiento de lo que se me avecinaba a causa del inevitable absurdo; yo solo pensaba que había llegado mi hora. Mi corazón se exaltó, se estremeció, y ni yo mismo recuerdo cómo salté del porche y me planté junto a Tankred.

—Y ¿piensa usted que me da miedo? —exclamé yo de un modo descarado y orgulloso, inconsciente de lo que hacía y tan sofocado de excitación y sonrojo que las lágrimas me quemaban las mejillas—. Pues ¡ahora verá! —y, mientras me agarraba a las crines de Tankred, coloqué mi pie en el estribo antes de que a nadie le diera tiempo a hacer el más mínimo movimiento para sujetarme; en ese momento Tankred dio un respingo, elevó la cabeza y de un brusco salto se liberó de las manos de los mozos de cuadra que lo sujetaban; raudo como el viento echó a correr ante las exclamaciones y ayes de los presentes.

Solo Dios sabe cómo pude levantar la otra pierna en plena carrera; tampoco logro entender cómo conseguí no perder las riendas. Tankred salió corriendo conmigo, atravesó los portones de rejas, giró bruscamente a la derecha y se dirigió sin detenerse a lo largo del enrejado sin saber adónde iba. Solo en aquel momento pude oír detrás de mí las voces de unas cincuenta personas gritando, y esas exclamaciones resonaron en mi estremecido corazón con un sentimiento de satisfacción y orgullo que jamás olvidaré de aquel loco instante de mi infancia. Toda la sangre se me subió a la cabeza, me ensordeció y se esparció ahogando mi temor. No me reconocía ni yo mismo. Y realmente, según lo recuerdo ahora, había en todo ello algo de caballeresco.

Por otra parte, todas mis andanzas caballerescas comenzaron y finalizaron en menos de un instante, pues de lo contrario este caballero lo habría pasado mal. Ignoro cómo pude salir sano y salvo de aquel trance. Sabía montar a caballo: me lo habían enseñado. Pero mi caballo se parecía más a una oveja que a un caballo propiamente dicho. Claro que podía haber salido disparado y caerme de Tankred, aunque solo si le hubiera dado tiempo; al dar unos cincuenta pasos, de pronto se asustó de una piedra de considerable tamaño que había en medio del camino y dio un respingo, echándose atrás. Giró según galopaba, aunque lo hizo tan bruscamente que hasta el día de hoy me sigo preguntando cómo es posible que no saliera despedido de la silla como una pelota lanzada a tres *sázhenas* de distancia, que no me matara y que Tankred no se partiera las patas al girar tan bruscamente. Se volvió atrás, hacia los portones, y mientras movía bruscamente la cabeza se puso, enloquecido, a dar brincos de un lado a otro, poniéndose de manos e intentando con cada salto desprenderme de su lomo, como si un tigre se hubiera lanzado sobre él clavándole sus uñas y dientes en la carne. Un momento más… y me caería; ya me estaba cayendo; pero unos jinetes venían a toda prisa a socorrerme. Dos de ellos le cerraron el paso al caballo y otros dos se acercaron tanto que les faltó poco para aplastarme las piernas. Rodearon a Tankred por ambos lados con sus caballos, y los dos sujetaron sus riendas. Al cabo de unos segundos ya estábamos cerca del porche.

Me bajaron del caballo, pálido y sin que apenas pudiera respirar. Temblaba como un tallo de hierba azotado por el viento, igual que Tankred, que empujaba hacia atrás con todo su cuerpo, inmóvil con los cascos clavados en tierra y echando el sofocado aliento de sus humeantes ijares; temblaba nervioso, verdaderamente petrificado de humillación y rabia por la insolencia de un crío sin castigar. Alrededor se oían exclamaciones de turbación, asombro y miedo.

En aquel momento mi mirada perdida se cruzó con la de madame M*, que estaba alarmada y pálida; no puedo olvidar aquel instante. En un momento todo mi rostro se cubrió de rubor y se prendió como el fuego. No sé lo que me sucedió, pero, turbado y asustado de mi propia sensación, bajé tímidamente la mirada. Pero esta fue advertida, captada y arrebatada. Todos se fijaron en madame M*, quien, presa de la atención general, se sonrojó como una niña por algún sentimiento involuntario e inocente y, aunque torpe en su esfuerzo, intentó sofocar su sonrojo con una sonrisa…

Todo ello, lógicamente, resulta muy gracioso si se observa desde fuera; aunque en aquel momento una inesperada e ingenua situación me salvó de la risa generalizada y le dio un colorido especial a lo sucedido. La culpable de todo aquel alboroto, la que hasta aquel momento era mi irreconciliable enemiga, mi maravillosa tirana, se lanzó de pronto a abrazarme y a darme besos. Miraba sin dar crédito a sus ojos cuando me atreví a desafiarla y levantar el guante que ella me había arrojado mirando a madame M*. Casi se muere de susto y remordimiento cuando me vio volando a lomos de Tankred. Y en aquel momento, cuando todo había terminado y ella había captado, igual que otros, mi mirada a madame M* así como mi turbación y mi inesperado sonrojo; cuando finalmente se le ocurrió otorgar a aquel instante, gracias a la predisposición de su romántica y superficial cabecita, una idea nueva, secreta e inexpresada... en aquel momento, después de lo sucedido, se entusiasmó tanto con mi «caballerosidad» que se lanzó hacia mí y, toda conmovida, feliz y orgullosa de mí, me apretó contra su pecho. Al instante, con semblante completamente ingenuo y serio, sobre el que brillaban dos cristalinas lágrimas, se volvió hacia los que nos rodeaban y en un tono grave que jamás había oído en ella, dijo, señalándome:

—*Mais c'est très sérieux, messieurs, ne riez pas!** —sin percatarse de que cuantos estaban frente a ella parecían hechizados contemplando su claro entusiasmo. Todos aquellos movimientos suyos rápidos e inesperados, su seria expresión de cara, su cándida ingenuidad, aquellas hasta entonces insospechadas lágrimas que se concentraban en sus eternamente sonrientes ojillos, resultaban tan milagrosamente inesperados en ella que todos se quedaron clavados frente a ella electrizados por su fugaz mirada, su palabra ar-

* «Pero es muy serio, señores, no se rían». *(N. de la T.)*

diente y su gesto. Parecía que nadie podía desviar de ella la mirada por miedo a perderse aquel espontáneo minuto que expresaba su inspirado rostro. Incluso el anfitrión se puso más colorado que un tulipán, y, según afirman, más tarde se le oyó confesar que «para su sonrojo» había estado durante casi un minuto enamorado de su arrebatadora invitada. Pero, después de cuanto había sucedido, el caballero, el héroe, lógicamente, era yo.

Alrededor se oyeron exclamaciones y aplausos.

—¡Viva la nueva generación! —añadió el anfitrión.

—¡Tiene que hacer la excursión con nosotros! ¡Tiene que hacerla sin falta! —exclamó la beldad—. Tenemos que hacerle un hueco para que venga con nosotros. Puede ir conmigo sentado en mis rodillas… ¡o no, no! ¡Me he confundido…! —corrigió ella, para después echarse a reír sin poder aguantar la risa al recordar el día en que nos conocimos. Pero mientras se reía me acariciaba suavemente la mano, intentando con todas sus fuerzas mimarme para que yo no me ofendiera.

—¡Por supuesto, por supuesto! —exclamaron varias voces—. Tiene que hacer la excursión, se merece un hueco —y, en un instante, todo quedó resuelto. Aquella solterona que me presentó a la rubia fue asediada al instante con ruegos de todos los jóvenes para que me cediera su lugar y se quedara ella en casa, solicitud que muy a su pesar se vio en la obligación de aceptar, sonriendo por fuera pero contrariada y gruñona por dentro. Su protectora, que antes había sido enemiga mía y ahora era amiga, le gritó al galope, desde su veloz caballo y riendo como una cría, que la envidiaba y que le hubiera encantado quedarse con ella, ya que de un momento a otro iba a ponerse a llover y todos nos mojaríamos.

Su profecía pareció cumplirse realmente. Al cabo de una hora nos sorprendió una fuerte lluvia y nuestro paseo tuvo que interrumpirse. Tuvimos que aguardar varias horas en casas de gente labriega para regresar hacia las diez, con el ambiente húmedo tras la lluvia. Yo empecé a tiritar. En aquel instante, cuando ya nos disponíamos a montar nuestros caballos y partir, se me acercó madame M* y, sorprendida, me preguntó por qué iba tan desabrigado. Le respondí que no me había dado tiempo de coger la gabardina. Ella sacó un imperdible y me prendió los cuellos hacia arriba; se quitó de su cuello un pañuelo de seda y lo ató al mío para que no cogiera frío en la garganta. Lo hizo tan deprisa que no me dio tiempo ni de darle las gracias.

Cuando regresamos a casa la busqué en el pequeño salón, junto a la rubia y el joven de cara pálida que aquel día dejó en mal lugar su fama de buen jinete, por no atreverse a montar a Tankred. Yo me acerqué para darle las gracias y devolverle el pañuelo. Pero en ese momento, después de todas mis peripecias, y sin saber el motivo, me sentía incómodo. Tenía ganas de subir lo antes posible a mi habitación y, una vez allí, pensar y reflexionar un rato. Tenía multitud de nuevas impresiones. Al devolverle el pañuelo, como era de esperar, me sonrojé hasta las orejas.

—Apuesto a que le gustaría quedarse el pañuelo —comentó el joven sonriendo—; sus ojos dicen que le da lástima desprenderse de él.

—¡Eso, eso es! —añadió la rubia—. ¡Hay que ver cómo es! ¡Ay!... —dijo, al parecer enojada y moviendo la cabeza;

se detuvo al instante frente a la seria mirada de madame M*, que no tenía ganas de bromear.

Me aparté lo más deprisa que pude.

—¡Hay que ver cómo eres! —dijo la colegiala, alcanzándome en la habitación contigua y cogiéndome de las manos—. Si tenías tantas ganas podías haberte quedado con el pañuelo. Podías haber dicho que lo dejaste en algún lugar que no recuerdas y ya está. ¡Hay que ver cómo eres! ¡No te has atrevido a hacerlo! ¡Qué gracioso!

Y en ese momento me dio suavemente con su dedo en la barbilla y se echó a reír porque me había sonrojado como una amapola:

—Pero ahora yo soy tu amiga, ¿no es así? ¿Verdad que ha terminado nuestra hostilidad? ¿Sí o no?

Me eché a reír y sin decirle nada estreché sus dedos.

—¡Pero bueno…! ¿Por qué estás tan pálido y temblando? ¿Tienes escalofríos?

—Sí. No me encuentro bien.

—¡Ay, pobrecillo! ¡Eso te pasa por las impresiones tan fuertes que has tenido! ¿Sabes una cosa? Será mejor que te vayas a dormir, sin esperar la cena; se te pasará durante la noche. Vamos.

Me acompañó arriba y me pareció que se excedía en atenciones conmigo. Tras esperar a que me desvistiera, se fue abajo para subirme después personalmente una taza de té cuando ya me había metido en la cama. También me trajo una manta caliente. Las atenciones y los cuidados que me prodigaba me sorprendieron hasta conmoverme, o tal vez yo estuviera predispuesto a ello por la excursión y la fiebre. Al despedirme de ella le di un fuerte y caluroso abrazo, como si yo fuera un amigo querido y cercano, y en ese momento todas las impresiones afluyeron de golpe a mi enternecido corazón. Me faltó poco para echarme a llorar al apretarme contra su pecho. Ella se dio cuenta de mi impresión, y creo que mi revoltosa amiga también estaba algo emocionada...

—Eres un chico excepcionalmente bueno —dijo, mirándome con sus suaves ojillos—; por favor, no te enfades conmigo, ¿de acuerdo?, ¿lo harás?

En una palabra, nos hicimos buenos y fieles amigos.

Cuando me desperté era muy temprano, pero el sol ya inundaba toda la habitación con su clara luz. Me incorporé de la cama completamente sano y alegre, como si no hubiera tenido fiebre la noche anterior o si en ese momento se hubiera desplazado por una inexplicable alegría que sentía en mi interior. Recordé lo sucedido el día anterior, y sentí que habría podido entregar toda mi felicidad por haber podido en aquel momento abrazar, igual que el día anterior, a mi nueva amiga, nuestra beldad de manos blancas. Pero era muy temprano y todos estaban durmiendo. Tras vestirme a toda prisa salí al jardín y desde allí al bosque. Intentaba llegar al lugar donde había más vegetación, donde la resina de los árboles olía más intensamente y el rayo de sol se introducía más radiante y feliz de penetrar por los recovecos del tupido follaje. Hacía una mañana espléndida.

Sin darme cuenta y adentrándome cada vez más, salí finalmente al otro lado del bosque, donde se encontraba el río Moskova. Fluía a unos doscientos pasos de mí y estaba al pie de la colina. En la otra orilla estaban segando el heno. Me quedé contemplando cómo una hilera de afiladas guadañas, a cada golpe de los segadores, relucía amigablemen-

te para nuevamente desaparecer escondiéndose como cule-
brillas de fuego. Miraba cómo la hierba, cortada de raíz,
caía en espesos y gruesos montones, y se colocaba en rectos
y largos surcos. Ya no recuerdo cuánto tiempo estuve con-
templándolo, cuando, de pronto, en el bosque, a unos veinte pasos de mí, en el cortafuego que se extendía desde el
camino ancho que llevaba hasta la casa del dueño, oí el re-
soplido y los impacientes pasos de un caballo que piafaba.
Ignoro si oí al caballo en el momento en que se acercaba y
se detenía el jinete o si, por el contrario, el ruido llevaba ya
largo rato acariciándome inútilmente el oído, incapaz de
arrancarme de mi contemplación. Con curiosidad me
adentré en el bosque y, tras dar unos pasos, escuché unas
voces que hablaban deprisa pero bajito. Me acerqué un
poco más, apartando cuidadosamente las últimas ramas de
los arbustos que orlaban el cortafuego, y al instante retrocedí asombrado: ante mis ojos relució un vestido blanco
que me resultó familiar y una voz femenina suave como
una melodía resonó en mi corazón. Era madame M*. Estaba de pie junto a un jinete que le hablaba deprisa desde su
caballo. Para mi asombro pude reconocer a monsieur N*,
el joven que el día anterior por la mañana se había marchado
de la hacienda y que había ocasionado tantos desvelos a monsieur M*. Habían dicho que se marchaba muy lejos, al sur
de Rusia, y me extrañó sobremanera volverle a ver de nuevo
en nuestro bosque, tan temprano y junto a madame M*.

Ella parecía tan animada y alterada como jamás la había visto. Unas lágrimas brillaban en sus mejillas. El joven
sostenía su mano, que besaba inclinado desde su montura.
Los sorprendí en el momento de la despedida. Parecían te-

ner prisa. Finalmente él sacó de su bolsillo un sobre cerrado, se lo entregó a madame M*, la abrazó igual que antes sin bajarse de su caballo y le dio un fuerte y prolongado beso. Un instante después, golpeó con la fusta a su caballo y como un relámpago pasó cerca de mí. Madame M* le siguió con la mirada durante unos segundos; después, pensativa y triste, se dirigió camino de casa. Pero, tras dar un par de pasos por el cortafuego, de pronto pareció despabilarse, apartó enérgicamente las ramas de los arbustos y se puso a andar atravesando el bosque.

Yo la seguía, asombrado y perturbado de lo que había visto. Mi corazón latía fuertemente, como cuando uno se da un gran susto. Estaba aturdido y ofuscado. Mis pensamientos se esparcían y desparramaban; aunque recuerdo que por alguna causa me sentía terriblemente triste. De cuando en cuando veía refulgir su vestido blanco por entre el follaje del bosque. Yo la seguía mecánicamente, sin perderla de vista, pero tembloroso de miedo por si se percataba de mi presencia. Finalmente salió al camino que conducía al jardín. Dejé pasar medio minuto, y salí también yo al camino. Pero cuál no sería mi sorpresa cuando de pronto me di cuenta de que sobre la gravilla rojiza del sendero había un sobre cerrado que reconocí nada más verlo: el mismo que hacía diez minutos le había entregado el jinete a madame M*.

Lo recogí del suelo. Era blanco y no llevaba firma alguna. Al primer golpe de vista no era grande pero parecía grueso y pesado, como si en su interior llevara unos tres pliegos de carta o más.

¿Qué llevaría dentro? ¡Indudablemente desvelaría todo el secreto! Probablemente en su interior se hallara aquello que el señor N* habría querido terminar de decir y que no pudo por la precipitación y la brevedad del encuentro. Ni siquiera bajó del caballo… Tal vez tuviera prisa o quizás temiera contradecirse en el momento de la despedida, ¡sabe Dios…!

Me detuve sin salir al sendero, tiré el sobre en el lugar más visible del camino sin apartar los ojos de él, suponiendo que madame M* se daría cuenta de que lo había perdido y que regresaría y se pondría a buscarlo. Pero tras esperar unos minutos no aguanté más, recogí nuevamente el sobre del suelo, lo metí en un bolsillo y eché a correr tras madame M*. La alcancé ya en el jardín, en la gran alameda. Se dirigía a la casa con pasos rápidos y apresurados, aunque pensativa y con los ojos clavados en tierra. No sabía qué hacer, si acercarme y entregárselo. Hacerlo sería como decir que lo sabía todo y lo había visto todo. Al empezar a hablar me pondría nervioso. ¿Cómo podría mirarla? Y ¿cómo me miraría ella…? Yo esperaba que se diera cuenta de que lo había perdido y se volviera atrás, en cuyo caso yo podría dejar disimuladamente el sobre en el suelo para que ella lo viese. ¡Pero no fue así! Ya nos estábamos acercando a la casa; y los que estaban allí ya la podían ver…

Aquella mañana casi todo el mundo se había levantado muy temprano porque ya desde el día anterior, y a consecuencia de la malograda excursión, habían planeado hacer otra, cosa que yo ignoraba. Todos se estaban preparando para partir y desayunaban en la terraza. Esperé unos diez minutos para que no me vieran junto a madame M*, y, bordeando el jardín, me acerqué por otro lado a la casa, bastante más tarde que ella. Ella iba y venía por la terraza, estaba pálida y excitada, con las manos cruzadas sobre el pecho, y por todo su comportamiento era visible que quería mantenerse firme, intentando sofocar en su interior la dolorosa y desesperada tristeza que no hacía más que asomar a sus ojos, en su forma de andar y en todos y cada uno de sus movimientos. En algunos momentos descendió la escalinata y dio unos pasos alrededor de los parterres en dirección al jardín. Sus ojos inquietos, ansiosos e incluso indiscretos, buscaban algo sobre la arena de los senderos y el suelo de la terraza. No cabía duda: se había dado cuenta de la pérdida y debía estar pensando en algún lugar cerca de casa en que perdió el sobre. ¡Sí, eso era! Y estaba convencida de ello.

Alguien se percató de su palidez y excitación, detalle que después confirmaron otros invitados. Empezó el aluvión de preguntas sobre su estado de salud y las enojosas lamentaciones. Ella se veía en la necesidad de bromear, sonreír y aparentar estar contenta. De vez en cuando miraba a su marido, que estaba de pie al fondo de la terraza hablando con dos damas, e igual que sucediera la tarde en que este llegó, el temblor y la confusión se apoderaron de ella. Con la mano metida en el bolsillo y agarrando fuertemente el sobre, yo me mantenía alejado de todos, rogando para que madame M* se percatara de mi presencia. Deseaba tranquilizarla y animarla aunque solo fuera con la mirada, decirle algo furtivamente y a escondidas. Pero, cuando casualmente me miró, me estremecí y bajé los ojos.

Yo veía cómo sufría y no me equivocaba. Hasta el día de hoy ignoro el secreto, y no sé nada, excepto lo que vi y que ahora estoy contando. Pero aquella relación podría no ser lo que me pareció al primer golpe de vista. Puede que aquel beso fuera el de despedida, o la última y débil recompensa por el sacrificio en aras de su tranquilidad y honor. El señor N* se marchaba; probablemente, la dejaba para siempre. Finalmente, incluso esta carta que yo apretaba entre mis manos; ¿quién sabe lo que contendría? ¿Cómo habría de juzgarse, y quién debía hacerlo? Mientras tanto, es indudable que una repentina revelación del secreto se convertiría en un horror y en un fuerte golpe para su vida. Todavía recuerdo su rostro durante aquel minuto: sufría lo indecible. Sentir, saber y estar segura y a la espera de la sentencia que al cabo de un cuarto de hora o un minuto lo sacaría todo a la luz. Alguien podía encontrar el sobre y recogerlo del suelo. Como no llevaba destinatario podían abrirlo y... ¿qué sucedería en tal caso? ¿Qué otra sentencia peor que esta la esperaba? Iba y venía por la terraza rodeada de sus futuros jueces. Pasados unos minutos sus sonrientes y aduladores semblantes se tornarían severos e implacables. Ella vería la burla, la maldad y el frío desprecio en aquellos rostros y después una noche interminable y oscura cubriría su vida... Sí, por aquel entonces yo no entendía lo que sucedía como ahora. Únicamente podía sospechar, presentir y compadecerme de todo corazón del peligro que la acechaba, del cual no era completamente consciente. Fuera cual fuere su secreto... el caso es que con aquellos dolorosos instantes de los que fui testigo, y que jamás olvidaré, ya había expiado ella mucho, si es que tenía algo que expiar.

De repente sonó la alegre llamada para partir de excursión; todos se mostraron ajetreados y alegres; por todas partes se oían vivas conversaciones y risas. Pasados un par de minutos la terraza quedó desierta. Madame M* no quiso hacer la excursión, alegando finalmente estar indispuesta. Pero, gracias a Dios, todos partieron apresuradamente y no había tiempo para importunarla con lamentaciones, preguntas y consejos. Unos pocos se quedaron en casa. El marido de madame M* intercambió con ella un par de palabras; ella le respondió que hoy mismo se repondría, que no se preocupara, que no necesitaba retirarse a su habitación para descansar y que prefería dar conmigo a solas una vuelta por el jardín… En aquel momento me miró. ¡Yo no podía sentirme más feliz! Me sonrojé de alegría. Al cabo de un minuto emprendimos el paseo.

Seguía los mismos senderos, paseos y caminitos por los que hacía poco regresó del bosque, recordando instintivamente el itinerario que había seguido y mirando inmóvil delante de ella, sin apartar los ojos de la tierra y buscando algo sin hablar conmigo, olvidándose probablemente de que caminaba junto a ella.

Pero, cuando casi habíamos llegado al lugar donde yo recogí el sobre y donde finalizaba el sendero, madame M* de pronto se detuvo y con voz débil y angustiada me dijo que se encontraba peor y que pensaba regresar a casa. Al llegar a la reja del jardín, se paró otra vez, y se quedó pensativa un rato; la sonrisa de desesperación afloró a sus labios y completamente vencida, agotada, decidida y resignada a todo, se dirigió en silencio al primer camino, olvidándose, en esta ocasión, incluso de avisarme…

Yo estaba triste a más no poder y sin saber qué hacer.

Nos dirigimos, o mejor dicho, la conduje hasta el lugar en que hacía una hora había oído yo el ruido de los pasos de un caballo y la conversación entre ellos. Allí, junto al espesor del olmo, había un banco esculpido en una enorme piedra y sobre el que se enredaba la hiedra y crecía jazmín salvaje y escaramujo. (Todo ese bosque estaba repleto de puentecillos, cenadores, grutas y sorpresas por el estilo.) Madame M* se sentó en el banco, mirando inconscientemente el encantador paisaje que se extendía frente a ella. Al cabo de un minuto abrió un libro e inmóvil se quedó mirándolo sin pasar página ni leer; apenas sabía lo que hacía. Ya eran las nueve y media de la mañana. El sol estaba muy alto, y se desplazaba esponjosamente sobre nuestras cabezas por el azul y profundo cielo, consumiéndose en su propio fuego. Los segadores ya estaban lejos: apenas se les veía desde nuestra orilla. Tras ellos, seguían uno tras otro infinitos surcos de hierba segada y de cuando en cuando el apenas perceptible aire nos traía su fresca fragancia. Alrededor de nosotros se oía el ininterrumpido concierto de gorjeos de los que «ni siembran ni siegan», sino que son libres como el aire que surcan con sus ágiles alas. Parecía que en aquel momento cada flor y el insignificante tallo de hierba, con el humeante aroma de la abnegación, le susurraban a su creador: «¡Dios mío, qué feliz soy!».

Miré a la pobre mujer, que solo ella parecía un ser inanimado en medio de aquella vida alegre: sobre sus pestañas había dos grandes y fijas lágrimas, que con gran dolor afloraron de su corazón. En mi mano tenía la posibilidad de hacer revivir y sentirse feliz a aquel pobre y entristecido corazón, solo que ignoraba cómo abordar la situación y dar el primer paso. Estaba sufriendo. Varias veces estuve tentado de tomar la decisión de acercarme a ella y cada vez algún sentimiento nuevo me dejaba clavado en el sitio haciéndome sonrojar como si me prendieran fuego.

De pronto una idea me aclaró la situación. Había encontrado el medio; y yo estaba salvado.

—¿Quiere que vaya a recoger flores y le haga un ramo? —dije, con una voz tan alegre que madame M* alzó de pronto la cabeza y se quedó mirándome fijamente.

—¡Ve! —dijo por fin ella con voz débil y sonriendo suavemente, a la vez que bajaba instantáneamente la cabeza para clavar sus ojos en el libro.

—¡Porque también aquí pueden segar la hierba y hacer desaparecer las flores! —exclamé yo, mientras me disponía alegre para la tarea.

Rápidamente recogí un ramo de flores; un ramo sencillo y modesto. A uno le daría bochorno ponerlo en un jarrón. Pero con cuanta alegría latía mi corazón mientras lo recogía y ataba. El escaramujo y el jazmín campestre los recogí en el mismo sitio. Sabía que cerca había un campo con los trigales en flor. Corrí hacia allí para recoger los acianos. Los mezclé con las largas espigas de trigo, de las que había escogido las más doradas y colmadas. En el mismo lugar, muy cerca de allí, encontré toda una familia de nomeolvides y mi ramo ya empezó a rellenarse. Más lejos, en el campo, encontré campanillas azules y claveles salvajes, y bajé hasta la misma orilla del río para recoger los nenúfares amarillos. Finalmente, ya de regreso, me introduje por un instante en el bosque para cortar unas hojas de arce de vivo color verde con que rodear el ramillete, y casualmente me topé con toda una familia de pensamientos silvestres junto a los cuales, para mi felicidad, el aromático olor a violetas que provenía de la jugosa y espesa hierba ocultaba una flor, todavía cubierta de brillantes gotas de rocío. El ramo ya estaba listo. Lo até con una larga y fina hierba, que trencé como una sirga, introduje cuidadosamente el sobre en su interior, y lo oculté entre las flores. Lo había hecho de tal modo que podía verse con solo mirar el ramo.

Se lo llevé a madame M*.

Por el camino me pareció que el sobre asomaba demasiado y lo cubrí un poco más. Cuando me estaba acercando, lo empujé más adentro entre las flores, y finalmente, ya casi en el lugar donde se encontraba ella, de pronto lo introduje tan dentro del ramo que desde fuera apenas se veía. Mis mejillas ardían como el fuego. Quería taparme la cara con las manos y echarme a correr al instante, pero ella miró mi ramo como si hubiera olvidado completamente que había ido a recogerlo. Mecánicamente, y sin apenas mirarme, extendió la mano y cogió mi regalo, para depositarlo al instante sobre el banco como si esa fuera la finalidad, y de nuevo, completamente ensimismada, bajó la mirada al libro. Me entraron ganas de llorar por mi fracaso. «¡Lo único que quiero es que no aparte el ramo de su lado!», pensé, «¡que no se olvide de él!». Me tumbé sobre la hierba, no lejos del banco, coloqué la mano debajo de la cabeza y cerré los ojos, como si tuviera sueño. Pero no apartaba los ojos de ella y permanecía a la espera…

Pasaron unos diez minutos; me daba la impresión de que ella estaba cada vez más pálida… De pronto, una casualidad salió en mi ayuda.

Se trataba de una grande y dorada abeja que para mi suerte había traído el aire consigo. Al principio revoloteó zumbando sobre mi cabeza y después se acercó a madame M*. Un par de veces ella la apartó con la mano, pero la abeja, como si fuera a propósito, se ponía cada vez más pesada. Por fin, madame M*, cogió mi ramo y lo sacudió delante de ella. En ese instante, el sobre salió de entre las flores y cayó justo en el libro, que estaba abierto. Me estremecí. Durante un rato madame M*, estupefacta de asombro, miraba tan pronto el sobre como el ramo que sostenía entre sus manos y parecía no dar crédito a sus ojos… De repente se sonrojó y, sofocada, me miró. Pero a mí ya me había dado tiempo a captar su mirada y cerrar fuertemente los ojos haciéndome el dormido. En aquel momento, por nada del mundo la habría mirado directamente a la cara. El corazón me palpitaba ansioso como un pajarillo que ha caído preso en las manos de un chaval travieso de cabellos alborotados. No recuerdo cuánto tiempo estuve echado de ese modo, con los ojos cerrados. Unos dos o tres minutos. Por fin me atreví a abrirlos. Madame M* leía ansiosa la carta y, por las mejillas encendidas, por la mirada iluminada y humedecida, así como por la claridad de su rostro, en el que cada rasgo palpitaba de alegre sensación, me percaté de que aquella carta era portadora de la felicidad y de que toda su tristeza se había desvanecido como humo. Un sentimiento dulce y doloroso se adhirió a mi corazón, y me costaba trabajo fingir…

¡Jamás olvidaré aquel momento!

De improviso, todavía lejos de nosotros, se oyeron unas voces:

—¡Madame M*! ¡Natalie! ¡Natalie!

Madame M* no respondió, se levantó rápidamente del banco, se acercó a mí y se agachó. Sentí cómo me miraba directamente a la cara. Mis pestañas temblaron, pero me contuve y no abrí los ojos. Procuraba respirar uniforme y tranquilamente, pero el corazón me ahogaba con sus bruscas palpitaciones. Su cálido aliento me abrasaba las mejillas; ella se agachó muy cerca de mi cara como si me estuviera poniendo a prueba. Finalmente, un beso y unas lágrimas cayeron sobre mi mano, la que tenía puesta sobre mi pecho. Me besó dos veces.

—¡Natalie! ¡Natalie! ¿Dónde estás? —se oyó de nuevo, esta vez ya muy cerca de nosotros.

—¡Ya voy! —dijo madame M* con su voz plateada y suave, pero tan apagada y temblorosa por las lágrimas que solo yo pude oírla—. ¡Ya voy!

En ese instante fue cuando mi corazón me traicionó, y me dio la impresión de que toda la sangre afluía a mis mejillas. En aquel momento, un rápido y ardiente beso abrasó mis labios. Lancé un suave grito, abrí los ojos, pero al instante un pañuelo de seda me cayó sobre ellos, como si con él quisiera ella resguardarme del sol. Al cabo de un rato había desaparecido. Solo pude oír el rumor apresurado de sus pasos que se alejaban. Estaba solo.

Me quité el pañuelo de la cara y me puse a besarlo entusiasmado; permanecí varios minutos como si estuviera trastornado. Sin apenas coger aliento y con los codos apoyados en la hierba, inmóvil e inconscientemente contemplé el paisaje que dibujaban las colinas abigarradas de trigales, el río que se deslizaba serpenteándolas, y a lo lejos, tan lejos hasta donde alcanzaba la vista, ondulándose entre nuevas colinas y aldeas, centelleando como puntos sobre la lontananza iluminada, los azules y apenas perceptibles bosques, que parecían humeantes al borde del incandescente cielo; y un dulce silencio, que parecía emanar de un solemne cuadro, poco a poco fue sosegando mi corazón. Me encontré aliviado y respiré con libertad... Pero toda mi alma empezó a sentir una dulce y apagada nostalgia, como si entreviera algo similar a un presentimiento. Mi corazón, asustado y tembloroso por la espera, parecía adivinar algo tímida y alegremente... De pronto mi pecho se agitó y sentí en él un dolor como si algo lo penetrara y unas dulces lágrimas brotaron de mis ojos. Me cubrí la cara con las manos y, temblando como un tallo de hierba, sin ningún obstáculo me entregué al primer conocimiento y la primera revelación de mi corazón, a la primera sensación de mi aún confusa naturaleza de hombre... En aquel instante finalizaba mi primera infancia.

Cuando, al cabo de dos horas, regresé a casa, ya no encontré a madame M*; se había marchado con su marido a Moscú, por algo que les había surgido repentinamente. Nunca más volví a verla.

# El niño con la manita

## (*Mal'chik s ruchkoi*, 1876)

Los niños son unas personitas un tanto particulares. Uno
sueña con ellos y se los imagina. En Navidades, o el mismo
día de Nochebuena, tropecé en la esquina de una famosa
calle con un muchachillo que no tendría más de siete años.
Hacía un frío espantoso y el niño vestía ropa de verano y
unos trapos viejos atados al cuello que hacían de bufanda
(lo que significaba que a pesar de todo, había alguien que
se los ponía antes de salir a la calle). Andaba él «con la manita» extendida, un término técnico que significa... pedir
limosna. Lo acuñaron los propios muchachos. Hay muchos chicos como él que se cruzan en tu camino repitiendo lo mismo (y aullando algo ya aprendido). Pero este
niño no lo hacía, hablaba ingenuamente y con un estilo
poco corriente y sincero, mirándote a los ojos; quizás se estuviera iniciando en el oficio. A mis preguntas respondió
que tenía una hermana que no trabajaba y estaba enferma.
Probablemente fuera cierto, pero después me enteré de que
hay una multitud de esos muchachos: los echan a la calle
«con la manita» aunque haga un frío terrible y, en caso de
no recoger limosna, seguramente les aguarde después una
paliza. Tras reunir algunas monedas, el niño, con las ma-

nos ateridas y enrojecidas, se dirige al sótano, donde algún grupo de gente se emborracha a su costa: son aquellos que «tras holgar del sábado al domingo, no regresan a sus puestos de trabajo hasta el miércoles por la tarde». Y allí, en los sótanos, se emborrachan junto a ellos sus hambrientas y apaleadas mujeres, y allí mismo gimen sus bebés. El vodka; suciedad y depravación, pero que no falte vodka. Con los cópecs reunidos envían rápidamente al niño a otra taberna a por más vino. Para divertirse, a veces también le dan un poco de alcohol, mientras el niño, medio ahogado, cae inconsciente al suelo,

> … y en su boca vierten
> despiadadamente el desagradable vodka…

En cuanto estos muchachos crecen un poco los envían a trabajar a alguna fábrica y se ven nuevamente obligados a entregar cuanto ganen a esos bribones que se lo gastan en alcohol. Pero ya antes de empezar a trabajar esos niños se convierten en auténticos delincuentes. Deambulan por la ciudad y llegan a conocer todo tipo de sótanos donde pueden pasar la noche sin que nadie repare en ellos. Uno de esos muchachos pasó varias noches seguidas en una portería dentro de una cesta y nadie se percató de su presencia. Se convierten en unos ladronzuelos sin darse cuenta. Incluso en niños de ocho años, el hurto se torna pasión y apenas son conscientes del delito cometido. Finalmente, lo padecen todo —hambre, frío y palizas—, y solo para conservar la libertad, y huyen de esos bribones para mendigar por su cuenta. Esos pequeños salvajes a veces no saben nada, ni dónde viven, ni de qué nacionalidad son, ni si existe Dios, y se comentan a veces de ellos tales cosas que hasta le parece a uno mentira oírlas; y, sin embargo, todo eso son hechos.

## El niño ante el árbol de Navidad

Pero soy un novelista y creo que una de esas «historias» fui yo mismo quien la inventó. Y si he dicho «creo» es porque soy consciente de haberla inventado y, sin embargo, me parece que realmente sucedió en algún lugar, y, para más exactitud, en vísperas de Navidad, en *alguna* ciudad terriblemente grande, un día que hacía mucho frío.

Veo en un sótano a un niño pequeño que como máximo tendrá unos seis años, quizás menos. Se despierta por la mañana en un sótano húmedo y frío. Lleva algo parecido a una bata, y tirita. Al respirar, sale de su boca vaho, y mientras se acurruca sobre un baúl se entretiene soltando al aire bocanadas de vaho. Pero tiene mucha hambre. A lo largo de la mañana se acerca varias veces al finísimo petate de paja, con un hatillo de trapos que hace de almohada, sobre el que yace su madre, que está enferma. ¿Cómo fue a parar allí? Debió de venir de otra ciudad junto a su hijo y después enfermó. Hacía un par de días que la policía había echado a la patrona de aquel lugar; los inquilinos se marcharon Dios sabe adónde, y allí tirado se quedó solo un indigente que llevaba veinticuatro horas completamente borracho sin haber llegado la fiesta. En otro rincón de la habitación gemía una anciana octogenaria que trabajó de criada durante algún tiempo y ahora estaba muriéndose en soledad; la anciana gruñía al niño cada vez que se le acercaba, hasta que el muchacho dejó de hacerlo. En el zaguán encontró algo de beber, pero no consiguió dar con un pedazo de pan; se había acercado ya una decena de veces a su madre para despertarla. Finalmente, la angustia empezó a apoderarse de él: hacía mucho que había anochecido y no encendían las luces. Al palpar el rostro de su madre, le extraña que no se inmute y esté tan fría como el témpano. «Aquí hace demasiado frío», piensa el muchacho, que se queda un rato de pie y apoya inconscientemente su mano sobre el hombro de la fallecida; a continuación se sopla los dedos ateridos de frío, se coloca la gorra, que está sobre el petate, y despacito y a tientas sale del sótano. Quería haber salido antes, pero le retuvo el miedo a un perro grande que estaba en la escalera de arriba y que se pasó el día entero aullando en la puerta de los vecinos. Pero, como el perro ya se había marchado, el muchacho pudo finalmente salir a la calle.

¡Dios mío, qué ciudad! Jamás había visto nada semejante. En el lugar del que provenía, las noches eran muy oscuras y en toda la calle había solo una farola. Las casitas bajas de madera se cerraban con sus contraventanas. Apenas anochecía no quedaba un alma en la calle, pues todos se escondían en sus casas y solo se oían aullidos de jaurías enteras de perros. Centenares y miles de ellos aullaban y ladraban durante toda la noche. Pero, a pesar de todo, allí hacía calor y le daban de comer, mientras que aquí… ¡Dios mío, ojalá pudiera llevarse algo a la boca! ¡Aquí, en cambio, cuánto ruido y bramido había! ¡Cuánta luz y cuánta gente, cuántos coches, caballos! ¡Y frío, cuánto frío! Los morros de los sudorosos caballos que corren veloces desprenden un vaho blanco; sus cascos resuenan en el empedrado cubierto de mullida nieve. Pero ¡Dios mío! ¡Qué hambre tiene! ¡Con que solo pudiera llevarse a la boca un pedazo de pan! De pronto siente un fuerte dolor en sus deditos. Un guardia pasa junto a él y se da la vuelta, haciéndose el despistado.

He aquí otra calle. ¡Oh, qué ancha es! Le pueden aplastar a uno, por eso todos gritan y corren de un lado a otro, ¡y cuánta luz hay! ¡Cuánta luz! «Y ¿eso qué es?», piensa el niño. ¡Oh! ¡Qué cristal tan grande, y detrás una habitación con un árbol que llega hasta el mismo techo! Es un abeto con muchas luces, adornos dorados y manzanas. Alrededor del árbol hay juguetes y caballitos pequeños. Por la habitación corretean niños vestidos de gala. Están limpios y ríen, juegan, comen y toman refrescos. Una niña se pone a bailar con un niño. ¡Qué niña más guapa! También hay música que se oye a través de la ventana. El niño la mira sorprendido, incluso tiene ganas de reír, pero le duelen los dedos de los pies y los de las manos los tiene tan enrojecidos que no los puede doblar. Y de pronto vuelve a sentir que le duelen los deditos, se echa a llorar y sale corriendo hacia otro lugar, donde ve otra habitación detrás de una ventana y varios árboles, y sobre las mesas hay bollos de todo tipo, de almendra y de color rojo y amarillo. Y junto a la mesa están sentadas cuatro ricachonas que ofrecen bollos al que se acerca a la mesa, y la puerta de la casa, donde entran muchos señores, se abre constantemente. El niño se acerca agazapado, abre despacito la puerta y entra. ¡Uf! ¡Cómo le gritan y le espantan! Una señora se acerca rápidamente y le da un cópec mientras abre la puerta y le indica la salida.

¡Cómo se asusta! Al instante, la moneda se le resbala de las manos y cae al suelo sonando escaleras abajo. El niño no puede doblar sus helados deditos para agarrarla. Sale a toda prisa sin saber adónde. Otra vez le entran ganas de llorar, pues tiene miedo, y corre deprisa mientras se sopla los deditos. Y la tristeza nuevamente se apodera de él porque está solo y angustiado, pero ¡Dios mío! ¿Qué es esto? Hay una muchedumbre que se asombra y se agolpa junto a una ventana. Al otro lado del cristal hay tres muñecos pequeños, vestidos con preciosos vestidos de color verde y encarnado, que parecen de verdad: un ancianito sentado que toca un enorme violín y otros dos de pie junto a él que tocan unos violines pequeños. Pero ¡cómo giran sus cabecitas mirándose los unos a los otros, y moviendo los labios como si realmente hablaran! Aunque a través del cristal no se les oye. Al principio, el niño creyó que se trataba de personas vivas, pero al percatarse de que eran muñecos se echó de pronto a reír. ¡Jamás había visto semejantes muñecos! ¡No pensaba que pudieran existir! Tiene ganas de llorar, pero los muñecos le hacen mucha gracia. De repente siente que alguien le agarra del abrigo. Un chico grandote con cara de malas pulgas, y que está a su lado, de improviso le da un capirotazo en la cabeza, le quita el gorro y le propina una patada en la espinilla. El niño cae estupefacto al suelo en medio de un gran alboroto; se levanta y echa a correr a toda prisa. De pronto se encuentra en un patio desconocido y se acurruca tras un montón de leña: «Aquí no me buscarán y está oscuro», piensa.

Se queda acurrucado y sin aliento por lo asustado que está, y pronto empieza a sentirse a gusto: súbitamente deja de sentir dolor en sus manitas y piececillos y le parece estar junto a una estufa. El muchacho se estremece: ¡oh!, pero ¡si se había quedado dormido! «¡Qué a gusto se duerme aquí! Estaré aquí un ratito y otra vez iré a ver los muñecos», pensó el niño, y sonrió al recordarlos. «¡Si parecen de verdad…!». Y se imagina que su madre le canta una canción al oído. «¡Mamá, estoy durmiendo! ¡Oh! ¡Qué bien se duerme aquí!».

—¡Vamos a ver mi árbol de Navidad! —le susurra de pronto una voz cariñosa.

El muchacho cree que es su madre, pero no lo es. No ve quién le llama ni quién, en medio de la oscuridad, se agacha junto a él y le abraza, y también el niño le extiende sus bracitos y… ve mucha luz. ¡Qué árbol! ¡No parece un árbol, jamás había visto nada semejante! ¿Dónde está ahora? Todo refulge y brilla y alrededor hay muchos muñecos. Pero si no son muñecos, sino niños y niñas, solo que iluminados, revoloteando y dando vueltas en torno a él. Todos lo besan, lo cogen de la mano, lo llevan con ellos, y él ve que su madre lo mira y sonríe feliz.

—¡Mamá! ¡Mamá! ¡Oh! ¡Qué bien se está aquí! —exclama el niño, y vuelve a besarse con los niños, y tiene muchas ganas de contarles los muñecos que vio detrás de los cristales de un ventanal—. ¿Quiénes sois, niños? ¿Quiénes sois, niñas? —les pregunta, sonriendo amorosamente.

—Este es el «Árbol de Noé» —le responden—. En un día como este, Cristo siempre tiene un Árbol de Noé para los niños que no tienen su propio árbol allí, en la Tierra…

—y se enteró de que todos aquellos niños y niñas eran muchachos como él, solo que unos murieron congelados en las cestas en que los abandonaron tras arrojarlos a las puertas de algún funcionario petersburgués; otros, asfixiados a manos de las cuidadoras de los orfanatos donde les daban de comer; otros, en los extenuados pechos de su madre (durante la hambruna de Sámara); otros, asfixiados por el aire fétido en los vagones de tercera. Y ahora todos están aquí, todos son ángeles que están junto al Niño Jesús, y él en medio, con las manos extendidas hacia ellos; los bendice tanto a ellos como a sus pecadoras madres… Y las madres de esos niños también están aquí, a un lado, y lloran: todas reconocen a sus hijos, y los niños vuelan hacia sus madres y las besan, les secan las lágrimas con sus manitas, y las consuelan para que no lloren, pues están muy bien en este lugar…

Mientras tanto, por la mañana, aquí abajo en la Tierra, los barrenderos encontraron el pequeño cuerpo sin vida de un niño escondido detrás de la leña; también encontraron a su madre… Había fallecido antes que él; ambos se reencontraron en el cielo.

Y ¿para qué habré escrito yo una historia de este tipo, ajena a la línea de un diario normal, máxime cuando es el de un escritor? ¡Había prometido hablar únicamente de historias reales! Pero ahí está la cuestión, que no hace más que figurárseme que todo ello pudo haber ocurrido realmente, es decir, lo que ocurrió en el sótano y detrás de la leña. Y en cuanto a lo del Árbol de Noé, ni yo mismo sabría decirles si realmente pudo haber ocurrido o no. Pero por algo soy novelista y puedo imaginar.